轮回

米泽穗信精选集

〔日〕**米泽穗信** 著

徐奕 译

著作权合同登记:图字 01-2019-1728 号

Original Japanese title: RECURSI・BLE
Copyright © 2013 Honobu Yonezawa
Original Japanese edition published by SHINCHOSHA Publishing Co., Ltd.
Simplified Chinese translation rights arranged with SHINCHOSHA Publishing Co., Ltd.
through The English Agency(Japan) Ltd.

图书在版编目(CIP)数据

轮回/(日)米泽穗信著;徐奕译. —北京:人民文学出版社,2021(2023.5 重印)
(米泽穗信精选集)
ISBN 978-7-02-015346-6

Ⅰ.①轮… Ⅱ.①米… ②徐… Ⅲ.①长篇小说-日本-现代 Ⅳ.①I313.45

中国版本图书馆 CIP 数据核字(2019)第 112049 号

责任编辑　朱卫净　王皎娇　何王慧
装帧设计　钱　珺

出版发行　人民文学出版社
社　　址　北京市朝内大街 166 号
邮政编码　100705

印　　制　山东临沂新华印刷物流集团有限责任公司
经　　销　全国新华书店等

字　　数　178 千字
开　　本　850×1168 毫米　1/32
印　　张　10.5
版　　次　2021 年 3 月北京第 1 版
印　　次　2023 年 5 月第 2 次印刷

书　　号　978-7-02-015346-6
定　　价　55.00 元

如有印装质量问题,请与本社图书销售中心调换。电话:010-65233595

目录

序章 ... 001

第一章 ... 002

第二章 ... 033

第三章 ... 063

第四章 ... 090

第五章 ... 143

第六章 179

第七章 198

第八章 251

第九章 280

终　章 326

序　章

我已经记不起自己来到小镇的时间了。

我们破晓前出发，在车上睡了一夜。我睡得很浅，因此妈妈喃喃一句"到了"，就把我吵醒了。妈妈应该不知道我没睡着，她大概只是在自言自语。我记得自己蒙眬中应了一声。妈妈仍兀自说了句"到家了"，声音一如往昔般轻柔。

这条路细长又曲折，总在上坡，却不知通向何方。妈妈说到了，我也弄不清到了哪里。只是汽车翻过山冈时，我总算见到了一个镇子。

我眯着眼睛看着坂牧市，此刻它正笼罩在晨曦之中，横陈于山岭之下，小小的、灰灰的、迷迷蒙蒙的一个镇子。对要在此地安家我至今仍觉得恍惚。

到达新家后，定有许多事要做，所以最好还是多睡一会儿。于是我又闭上眼睛，直到车子停稳，妈妈把我摇醒，其间我记忆全无。故而我无从知晓，在到达这座奇妙小镇时，小悟到底想起了些什么，抑或什么也没想起来。

第一章

1

我想不起来该干些什么,干脆就重复一下刚才的动作。

我趿拉着踩瘪了后跟的球鞋出了家门。从外面跑回来的时候,我似乎计划了要做什么。如今我再重复一遍,兴许便能记起。于是我抬头望着新家,依然说不上喜欢——这是一幢两层的小楼,白铁皮铺就的屋顶涂了焦油,黑亮黑亮的。无论是伸出板壁和道路的屋檐,还是装在玄关处的巨大圆形电灯,都很干净,却又都很旧。这里根本不是我家。我家在那幢三层楼的公寓里,是一套白墙围起来的两居室。当然我知道现在它已经不属于我了。

我的行李都还没有拆,所以现在称这儿为家还为时过早。等我把在公寓时用过的箭翎纹窗帘挂上,兴许会有所改观。想到这里,我的记忆逐渐恢复。对了,是窗户。刚才进门时,我心里想的就是:"二楼窗台边的纸箱堆得太高了,得在小悟惹出麻烦之前,把它们搬下来。"尽管小悟迟早都会碰倒些什么,也得把损失降低到最小。

我在玄关的水泥地上蹬掉球鞋,迅速爬上陡峭的楼梯。这楼梯太陡,一旦失足准会跌断脖子。我的房间只有六张榻榻米大,等我打开沾着酱油渍的拉门,小悟果然正在里面怯生生地望着我。

"遥遥。"小悟已经把四个叠放着的纸箱,移成了台阶状,而他此刻正在动手搬最上面的那一个。他急急忙忙地缩了缩手,却碰到了箱沿。摇摇晃晃的纸箱高塔在我面前轰然倒下,而我一脸淡漠。眼见着事情在意料之内时,顿觉一切愚蠢得无以言表。

写着"遥遥的文具"字样的纸箱正好压在小悟身上。箱子不重,小悟却没有撑住,他"咚"的一下跌坐在了地上。小悟个子矮,人又瘦,柔弱无力,行动迟缓,还特别爱哭。他开春就上三年级了,也许三年级孩子普遍如此,可无论从长相还是声音都很难判断出他到底是男生还是女生。他现在还抱着那个纸箱,凄声地叫着:"遥遥,遥遥。"

楼板发出嘎吱嘎吱的声音,这让我很恼火。妈妈没必要为这点小事就赶过来。好不容易有了一间自己的房间,可这破楼板哪里守得住秘密?

房间的拉门开着。一看见妈妈上来,小悟就好像抱着的不再是一个纸箱,而是一块大石头似的,他整个被压在了下面,故意大声呻吟起来。妈妈瞅了他一眼,问我:"怎么了?"

"没什么,妈妈。箱子倒了而已。"

"哦。"

妈妈拉长了脸训了小悟几句:"赶紧起来。别让遥遥看笑话了。"小悟一看没人相救,立刻闭了嘴,把箱子推到一边。箱子果然不重。他站起来,垂下头,小声嘟哝着:"还是以前的公寓好。"

刚才妈妈叫小悟别让遥遥看笑话。其实我根本没笑。这时候笑反倒让小悟有机可乘了。

妈妈素来温和,不管是对我还是对小悟,都一视同仁。不过她目前首先要安抚住小悟,便蹲下身子,看着小悟的眼睛说:"是啊,妈妈也这么觉得。对不起啊,小悟。我们没办法啦。"接着,她又来安慰我,转过头冲我笑了笑:"遥遥出去走走吧。收拾行李也不急在一天。"

我微微点了点头,走了出去。脚一踩上楼梯,楼板就吱呀地响了起来。木板声中混合着妈妈劝慰小悟的轻声细语:"没事啦,很快一切就会好的,很快,很快。"

我无法断言此话的真实性,但据我判断,根本没有这种可能。然而,我们别无他法,只能在这个陌生的小镇,在这幢不大讨人喜欢的旧房子里先住下再说。

听说新家之前一直空着。我们从职工宿舍的公寓楼里被赶出来后,妈妈就托一位老友,给我们在她老家的这个镇上找到了这间出租屋。人家在租金上打了不少折扣，妈妈向来婉转，没有告诉我具体数额。

搬家前，妈妈说："房子没人住就坏得快，那里说不定早都变成一幢鬼屋了。"我们实际看到屋子时，确实到处都积着灰尘和蛛网，有几处地板一踩就往下陷。屋子外边，板壁前停靠着一辆残破的自行车。大概是从前的住户留下的。

不过，新家也并非一无是处，至少较之前的公寓要大很多。楼梯虽嘎吱作响，毕竟能有一间属于自己的小屋，这叫我很兴奋。

我照妈妈说的，出去走了走。离开学只剩三天了，就算小悟再哭再喊我也想尽快把行李收拾出来，可妈妈让我出来，我就只得照办。我一向对妈妈言听计从。

房前的小路很窄，附近零零落落有几家和我们一样老旧的房子。路面多处开裂，转角镜似乎被车撞过，歪歪地挂着。倘若遇上人，我便打算寒暄两句。以前我们从不需考虑如何跟陌生人打交道，现如今周围净是一幢幢小屋，叫我不得不去主动招呼对方。所幸，这一路上我一个人也没碰到。

新家的旁边有一条河，是一条名叫佐井川的大河，两岸筑着宽宽的堤坝。由于堤坝太宽，俨然已经成了马路，虽没有防护栏，汽车却一辆接一辆地从它上面飞驰而过。沿河的马路直直地伸向远方,叫司机忍不住加大油门。

我看到有台阶可以走到堤坝上去,台阶是黑水泥浇的,陡得很,两边没有扶手。我爬上台阶,虽然车道下面就有供行人步行的小路,可我为了看得更远些,还是爬了上去。等我爬上堤坝,才发现高速行驶的卡车几乎就跟我挨着,它们呼啸而过带起的风把我的头发吹得胡飞乱舞。大概再往前靠几十厘米,我就会被轻而易举地撞飞出去。倘若真出事,倒霉的是司机,我赶紧向左右张望了一下。

佐井川在我脚下流淌着,哗哗的水声和不绝于耳的汽车引擎声直冲我的耳膜。河水又浑又黄。"看到河水发浑,"爸爸曾告诉过我,"就说明河的上游下过雨了。"我木然地看着浑浊的河面,想象不出这陌生小镇的陌生河流它的上游会是一番什么景象。刚才我一直在忙着搬行李和打扫卫生,完全没注意,时间已近黄昏。从今天起,我便要开始在这里生活。

小镇铺展在河的对岸,它是妈妈出生的故乡,也是我要定居的场所,坂牧市。小镇上空布满了电线和褪了色的白铁皮屋顶。有几处高耸的烟囱,不知下面是工厂还是澡堂。我久久地凝望着暮色中的小镇,只觉得目光所到之处一片惨淡,丝毫没有接受我的气氛。当然,这一定是我多心了。只要打起精神讨好地向众人微笑,到哪里生活都不用发愁。

坚信这一点，我才能应付周遭的一切。

晚饭吃的是清汤荞麦面。

"之前常去的老店铺居然还在。叫外卖是奢侈了些，不过这是乔迁面嘛，下不为例。"我印象里乔迁面是给来帮忙的人吃的，不过我还是很高兴地全吃完了。叫外卖花了点时间，面有些凉，不过也由不得我们挑三拣四了。

新家还没有安电灯。刚才电冰箱倒是启动了，说明电是通的，可我们还没有买灯泡。一旦太阳下山，屋里就一片漆黑。不趁早把被子铺上，晚上睡觉都成问题。我想着，紧扒了几口面，却听妈妈问道："怎么样，这小镇？会喜欢上吧？"

"不知道……"我直言相告，"感觉有点冷清。"我本以为妈妈会生气，她却只是凄然地笑了笑："也许吧。不过……"

风从屋子的缝隙里钻进来，窗户关不严。屋外已近全黑，我一门心思想着得早点把被子铺上，没有注意妈妈还说了些什么。

"一切都会好的。"

2

开学那天，没有人发现我是转学生。

我们是在四月搬的家,而我恰在四月升中学,这让我躲过了转学的尴尬。从镇上小学升入初中的孩子有一百多人,我很快就混在了新生们当中。否则我准得被带上讲台,在大家面前说:"我是转学来的越野,请大家多多关照。"而现在,从镇上 A 小学升上来的学生以为我是 B 小学的,B 小学升上来的以为我是 C 小学的,C 小学毕业的那帮家伙又以为我大概就是 A 小学中一个比较陌生的面孔罢了。正因为如此,我很自然地就融进了新班级。所有人都在努力适应新环境包括新校服,谁也不会特意来注意我。我原本这么认为。

然而我这雕虫小技只在第一天管用。

开学典礼第二天,我们只上半天课。所谓上课,也就是听老师讲讲中学生守则,师生间互相认识,半天时间就结束了。下了课我赶紧收拾书包准备回家。也不是我多么盼着回去,只是有点小事要办。就在我把簇新的课本塞进书包里时,身后突然有人叫我:"喂,越野吧,你是转学来的?"我回过头,只见一个身材瘦削、眼睛溜圆的女孩子,正一脸得意地看着我。虽然她在班级里并不惹眼,我却已经记住了她的名字。她叫在原琳花。

在原并无恶意,我也不好不作答,便先坦然一笑:"嗯,不过我并没有转学。"

"那是刚搬来的?"

"对，这个月。"

班里的女生呼啦一下围了上来，没想到竟有这么多人还留着没走。

"咦？越野不是镇上的吗？"

"你住哪儿？我的意思是，你从哪里来的？"

"真讨厌，怎么不早说？"

我故作轻松地说："不好意思，太紧张了，还没来得及说呢。"

在原高声笑了起来："骗人，你看上去一点都不紧张嘛。"

大家又一阵喧哗，班里其他几个没有围过来的男生，都各自看向我们，一脸得知了真相的释然表情。

我感觉自己已经轻松地躲过了一劫，大家都知道我不是本地人了。我本担心若让大家知道我在班里孤立无援会很难应付，不料在原的开朗帮了我大忙。

我心怀感激地冲她笑了笑，虽然我并不知道她是否领会，她倒也还了我一个微笑。

不知谁问了一句："你住哪儿？"我把还不熟悉的地址说了出来。在原开心地叫起来："真的吗？跟我家一个方向呢，走，一起回家。"没想到事情这么顺利。能在班里找到一个朋友，将有利于我今后融入这个集体。

"好啊,在原,你是叫这个名字吧?"

"对,不过叫我琳花好了。"

"嗯,那你叫我遥遥吧。"

在女生们的簇拥下,我跟琳花就这么相识了。看来我的中学生活开了个好头。

琳花虽然不很漂亮,也算不上可爱,笑容却很有魅力。她声音清亮,有力,不做作。只是她瘦得有些反常,以前我们班也有特别相信杂志宣传拼命减肥的女生,可能她也属于这一类吧。要么,就是体质特别差。

琳花最先问我的问题是:"遥遥,你对俱乐部的事怎么看?"

"嗯,挺有兴趣的,还在纠结。"

我没有说谎,但也不完全是实话。我真的很想参加俱乐部,哪种运动都行,我挺想好好活动活动的。可不管哪个俱乐部,都必须花钱买装备不是吗?我不能让妈妈为我花这个钱。只能找机会,加入一个不怎么费钱的文艺小组了。

"琳花你呢?"我问。

琳花噘起嘴,说:"我得帮家里干活呢。有没有什么可以随便逃的俱乐部呢?文艺类的吧。"

原来我们的想法竟如此相似,说不定今后我们真会进同一个俱乐部。

我突然想起了件事,说:"对了,教社会的那个老师,叫三浦老师吧?"

"嗯,小浦。"

今天第三节课才刚刚见了一面,没想到他就已经有绰号了,果然我的信息来源慢了半拍。

"对,那个小浦,他不是说他是历史俱乐部的顾问吗?如果是他当顾问,大概蛮容易逃的。"

三浦老师自我介绍时,就没怎么把我们当回事。我们开始都以为他一定会说:"嗯,我是教社会的三浦,恭喜大家入学,今后还请多多关照。"可他说的却是:"我教你们社会课的所有科目,不过我自己比较喜欢日本历史。世界史也不讨厌,地理嘛,不太喜欢,不过我还是会好好教的。总之我已经教过好几年了,大家别担心。嗯,日本最早的文字出现在公元三世纪,就是那本《魏志倭人传》里记录的,书里称我们为邪马台国。"他滔滔不绝地说着,搞不清是在上课还是在侃大山,总之一发不可收拾,"嗯。《魏志倭人传》。不错哈,名字好。它记载的是魏志,其中有关于倭人的传记。顺便说一句,我觉得邪马台国应该在九州。理由嘛,算了。"他就这么沉浸在自己的世界里。三浦老师个子很高,身材却很纤弱,大概二十来岁吧。不晓得他为什么会来当老师。

可琳花却皱了皱眉头。她这个人不光是笑容可掬，任何表情在她脸上都很有魅力。

"可能吧。不过，总感觉他会把我们拉成他的同伴。"被她这么一说，我也有同感："是有点。"

"是吧。"

我们俩相视而笑。

从家到学校的路，我是看地图记住的。为了好记我选了大路走，人行道太窄，我昨天今早都被吓到了。可琳花到底是本地人，她说："来，走这边。"便把我带进了另一条路。

我们俩走在只有猫和我们俩才能通过的小路上，琳花在前，我在后。尽管今天一天都是晴天，路面却有点湿。琳花转过头来，问了些平常的问题："你为什么搬来这里？父母工作关系？"

确实，我们搬家是因为父母工作上的原因，可一句话讲不清楚，我便默默点了点头。琳花故意神情严肃地说："真麻烦啊。我们小孩子总被大人耍得团团转。"就在她说完这一句可以贱卖到一百日元的格言后，又突然狡黠地笑了笑，好像在说："开句玩笑啦。"我被她逗引着，也脱口而出："就是嘛。可我们也就是要这样各自坚强地生活啊。"我的这句可以卖八十八日元。琳花终于忍不住哈哈大笑起来，笑声在小路上空回荡。

我面带微笑继续问："对了，你怎么知道我不是本地人的？不过我也没想隐瞒。我是不是看上去有点格格不入？"

"不知道这样说对不对，"琳花把新书包往肩膀上拉了拉，歪了歪脑袋，"其实就是因为你八面玲珑，丝毫不给人格格不入的感觉。我看你跟各个小学升上来的同学关系都不错，就想着也许你其实跟他们谁都不熟。"

"就凭这个？"

"也不光是这个……"琳花又诡秘地笑了笑，"其实我第六感很准的。"一脸志得意满。

穿过小路就是我熟悉的路线，从这里我就知道怎么回去了。看样子我们不但没有去什么危险的地方，反而还走了近道。

只是我还有点事要办，快到十字路口时，我稍稍放慢了脚步。我自己没怎么在意，不过脸色可能有些阴郁，事情倒也不特别讨厌，琳花却很快就觉察到了："怎么了？有心事？"

"你为什么这么想？"我笑着掩饰，心里却被她的第六感惊到了，难怪她会自夸呢。

我跟小悟约好了在这条路上碰面。妈妈嘱咐我："到了一个新地方，小悟还没把路记熟，你帮他一下。"其实我也需要好好熟悉一下路线的，不过我向来很听妈妈的话，所以下了课就立即整理书包准备回家。

现在麻烦来了。考虑到今后班上的集体生活，我确实需要跟琳花搞好关系。所以我尽量不想让她跟小悟照面。要是她知道我还要接一个小学三年级的弟弟放学，还真尴尬。

小悟还没有到，我们放学的时间应该没差多少，说不定他又去哪里闲逛了，或者还在学校磨蹭？为了不让琳花看到小悟，我只能若无其事地走开。

其实我就是先走了也没什么大不了的。

早上小悟都已经自己走到学校去了，他应该不会迷路。虽是一个新地方，但一个八岁的小孩还不至于没法一个人回家吧。扔下他，他也肯定会像只弃犬似的自己找回来。过后小悟大概会一把鼻涕一把眼泪地抗议："遥遥先走了。说好了一起回去的，还不管我。"妈妈知道了也不会怪我，最多说几句："这不也自己回来了嘛。好厉害呢。你看，又要被遥遥笑话了。"

我不想给妈妈添麻烦。

考虑到我今后的学校生活，现在就跟琳花两个人一起回去尤为重要，能不能在班里交到第一个朋友就看现在了。虽然有负妈妈的嘱托，可我跟小悟又不是伙伴，我就自己先回去。

"没事。"我笑着答道。就在这时，一个率直的声音响了起来："遥遥。"我立刻明白了是谁在叫我，甚至他此时的表情我都能猜到。倘若身边没有这个自诩"有第六感"的琳花，我绝对会仰天长叹一声。

我刚才打算自己先回去的呀。

小悟背着书包,在斑马线那头朝我张望,一脸的哀相。小悟永远都心怀不满又是一副不幸缠身的模样。今天一定也是满腔怨愤——什么午饭学校给了一大盘他最讨厌的豆渣、老师点了他两次名、被叫去收拾跳箱,这些都叫他感觉别人对他不公。只要他一过来,这股怨气立刻就会喷涌而出。

然而,小悟刚看到绿灯,准备开步走,就立刻收住了脚,大概他发现了琳花。他想躲起来,可他毕竟是一个一眼就能被人看穿的胆小鬼,又特别怕生人。他想避开,可离得太近了。他只好战战兢兢地穿过马路,低着头不看我们。

"你好。"

琳花也回了一句"你好",当然,她也立刻就明白了。

"你弟弟吧。"她笑嘻嘻地问。我只得无奈地点了点头:"嗯。"

"哇,好可爱哦。"

小悟平时在我面前不是哭就是闹,我从来没觉得他可爱过。即便客观一点,他也没有可爱之处,普普通通而已。琳花这么说一定只是出于礼貌。小悟这个年纪也应该懂的。而他居然面红耳赤,低头害羞起来。我立刻气不打一处来,真想掉头就走。

琳花蹲下身子,冲小悟笑了笑:"你也才搬来吧。怎么样？住得惯吗？"

"嗯。"

"我是你姐姐的朋友，叫在原琳花。"

我听不清小悟嘴里支支吾吾了些什么。突然他抬起头，跟平时判若两人似的盯着琳花看了起来。

"琳花？"他鹦鹉学舌地重复道。我实在受不了他这副嘴脸，便从旁叫道："小悟。"

"咦？"

"名叫小悟？他的名字？"

我不等他们开口，就赶忙说："喂，你其实自己认得路的吧？"

若在平时，小悟一定又会上演他的受害记。可今天他竟坦然地点点头，"嗯"了一声拔腿就跑。琳花一脸不解："为啥啊？大家一起走嘛。"如果琳花真如她自己说的那样敏感，那我不说也会穿帮的，想到这我便说："太难缠了，这家伙。"

小悟跑到拐角处停了下来，回头大声说了句："再见。"

琳花轻声一笑："不是挺可爱的嘛。别欺负他了，你弟弟嘛。"

我感到应该赶紧澄清一下，"他不是我弟弟"，话几乎到了嗓子口，还是咽了回去。要跟琳花继续交往，现在和盘托出还为时过早。

3

我以为我们的关系还不到很快就能约着出去玩儿的地步，可琳花的邀约还是早早地来了。

小悟走后，琳花像是想到了什么，跟我说："你们刚搬来，镇上的事情还不太熟悉吧。我给你介绍介绍。"我心里想得更多的是要好好跟琳花培养感情，但对小镇一无所知也是事实，她若能跟我讲讲就太好了。

"真的？那太好了。"

"遥遥你一会儿有事吗？"说到有事，倒是叫我想起还有行李要收拾，有些纸箱我还没拆，不过倒也不急这一时。

"没有啊。"

"那就好，那我们吃完饭再见吧？"因为今天只上半天课，我们都还没吃午饭，得先回家一趟，随便找点吃的，之后再出来。我觉得有一个小时就足够了，只是我对路还不熟，不知路上得花多长时间，便说："那两小时后，再到这里碰面吧。"也许我看上去很愉快，琳花也跟着对我微微一笑。

"好呀，不过，怎么办好呢？要不我们手机联系吧？"琳花很自然地建议道，我却有点难为情，琳花天真地继续追问："你手机号码多少？"我没法再瞒下去，尽量装着若无其事地作答，声音却还是轻了下来:"不好意思哦,我没手机。"琳花吃惊地瞪大了眼睛,我感到双颊一阵发热。不过,琳花很快恢复了笑脸:"是吗?那我就不能迟到咯。"她笑得很爽快,既非安慰也不是假装。

我之前读的那所学校,有没有手机是个大问题。没手机的孩子在班级里被孤立起来,我当时是有手机的,所以见识过别人的惨状,现在大概该轮到我了吧。琳花的笑让我心怀感激,却又不知如何表达,便只轻轻地点了点头。

我急急忙忙地往家走,很顺利地就走到了那座熟悉的铁桥上。从新家到学校必须穿过这座桥。可能别的途径也是有的,只是大路比较好记。我一上桥就看到了自家涂了焦油的房顶。

家里的玄关处,摆着小悟刚脱下的球鞋,一只球鞋还踢翻了过来。妈妈的鞋子不见了,家里的行李还没完全收拾好,她已经开始上班。听说她的老朋友给她介绍了一份在宾馆打扫卫生的活儿。我听到妈妈在喃喃自语地说:"好久没有外出工作了。"她似乎很紧张。我们平时在学校也要大扫除的,难道清扫工会有什么不同吗?

客厅里传来电视的声音。电视里演员的笑声敞亮得叫人讨厌,小悟一定又跟往常一样粘在了电视机前面吧。

琳花叫我们吃完午饭再集合，其实我不吃也没什么大碍的。如果爸爸还在的话，他也许会说："小孩子必须吃好一日三餐。"可我认为肚子不饿就没必要顿顿都吃。我真想放下书包就赶紧跑出去，可家里有小悟。他一个人什么都不会，别指望他能给自己做午饭。上楼之前，我冲客厅叫了一声："小悟，你吃午饭了吗？"客厅里传来慌乱的一句："你回家后应该先说'我回来了'。""你真啰嗦，我问你吃午饭了没有？""怎么可能吃过呢。"果然不出我所料。可我不懂小悟为什么能如此理直气壮。

我把书包放在走廊上，没有换下校服就直接进了厨房。我把早上剩下的酱汤热了热，盛了饭，又从水槽下的柜子里拿出铁锅，做了个荷包蛋。尽管我希望这些事小悟自己也能做，可要叫一个八岁的孩子点火上灶似乎还是不大可能。

我马马虎虎地把饭做好，放在托盘里端了出去，因为两只手上都有东西，不方便开门，又不想叫小悟来帮忙，只好用脚把门弄开。

"吃饭。"

果然，小悟正张着大嘴在看电视。我把饭菜放好后，就拿起遥控器关了电视。爸爸绝不允许我们在吃饭的时候看电视，这个习惯我们现在都还坚持着。

我跟小悟没话说，就闷头吃饭。中途小悟嫌酱汤凉了，我没理他，虽然我也发现了。我先吃完，便把自己的碗筷拿了下去，跟锅一起洗了。小悟还在吃，我不想再等着给他洗碗了，急忙跑上嘎吱作响的楼梯，从有限的几件衣服里找一件出来，准备穿去赴搬家后第一个朋友的约会。

我决定穿那件喜欢的黑T恤，虽然有点素，但花是用金线绣的，还不至于太寒酸，而且黑色不惹眼。T恤上还印了一些难念的英语，很遗憾初一学生看不懂。下身我穿了一条单色的裙子。家里只有洗脸盆前的一面镜子，我下去照了照。整体看上去有点灰暗，但我没什么衣服可选只好将就了，至少看上去还不太难看。

鞋子我也只有一双普普通通的球鞋，鞋底都有些磨平了，我还是擦了一下。就在我穿鞋的时候，小悟从客厅跑了出来："遥遥你去哪儿？"

"外面。"我答道，踩着鞋后跟就出了家门。

我大约是一点出的门，到约会地点大概用了十五分钟，最多不超过二十分钟。时间尚早，不过我不在乎。只是一直站在红绿灯变换的路口，让我有些不自在。几个开车的司机都误以为我要过马路，特意踩了刹车，我实在过意不去，只好转过去背对马路。

路口一角有座小庙，红色的旗幡上写着"正一位稻荷大明神"几个字。庙门前有个儿童储蓄罐大小的功德箱，边上还放了个六角形的铁筒。大概是抽签用的吧，我轻轻松开了口袋里捏着钱包的手。

在等琳花的这段时间里，我有些紧张。

上小学时大家都穿自家的衣服上学，升入中学就得穿校服了，所以我不知道琳花脱下校服会是个什么样子，在班里她算不上突出，放了学她又是什么样呢？我以前读书的那所学校，有些孩子上学时穿得灰头土脸，一放假立刻就换上满是花边的粉色衣裙。琳花会不会也这样？

琳花在约会前十分钟到达了指定地点。

她只穿了一件平常的连帽衫和一条牛仔裤，身上也没戴什么饰品，依然是笑脸盈盈地说："啊，你早到了啊。"我有些如释重负又似乎有些失望，好像我心里一直觉得琳花应该有点不同寻常才对。其实琳花哪儿都很普通，就是有点与众不同。第六感很准当然也算一个方面吧。

琳花完全没觉察出我心里的想法，她朝我正盯着的方向看了看，笑道："你在看稻荷神啊。抽签了吗？"

"没有。"

"这里的签挺准的哟。抽一个？"

我摇了摇头，我不愿意当着别人的面抽。琳花"哦"了一声，并没有多想。

"那我们走吧。"琳花带头走开了。朝前走,是一条长长的拱廊步道,两旁排列着一些不高的楼房,步道大约可以并排走三个人,琳花伸出手说:"我简单地介绍一下,这就是坂牧市最繁华的一条路,常井。"

常井这名字大概是地区的名字吧。

"繁华?"我有些不信,"啥意思啊?"

琳花愣了一下:"不知道,我爸说的。"

她竟也不清楚。

我跟着蹦蹦跳跳的琳花往前走,天气和暖,正是人间的四月天。突然,琳花回过头来,跟我说:"这里虽然不怎么华丽,但基本上什么都有得卖,记住它以后总会派上用场。"

话是这么说。

可我踮起脚尖,就能一眼把路看到头,便略带讥讽地说了句:"可还是没什么人啊。"

路上行人很少,能看到的都是些爷爷奶奶,一个年轻人都没有,今天各中小学都只上半天课,人这么少,店铺撑得下去吗?我不禁有些担心。

我们一路走,鞋帽店、箱包店、理发店等倒是应有尽有,却都不兴旺。基本上就是陈列着商品,了无生气。比如鞋店,从外到内只有黑皮鞋。虽有拂琳花的好意,我却一点也不想进去。而且每走过两间必有一间店铺关着门,卷帘门都一个样子,灰蒙蒙的。

整个镇子死气沉沉的。

"嗯,也对。"琳花做了个鬼脸,想掩饰过去,"还是外地来的人旁观者清啊。这里本来就挺破的,邻镇新盖了一个大卖场之后就更萧条了。"

"这样啊。"

"有车的人家都上大卖场去买东西,我想买新鲜玩意儿的时候也去。不过,如果是买书啊文具什么的,这里倒都买得到,还有就是吃饭啥的。"

琳花突然停下了脚步,害我差点撞了上去,向前倒了一下。

她眼前是一个感觉比我年纪都大的老旧门帘,帘子上歪歪扭扭地写了几个字,大概是荞麦面吧。这家店的木门也跟酱油一个颜色,要我这样一个中学新生进去似乎有点勉为其难:"这种店不太敢进呢。"

"但是很好吃的,比如天妇罗荞麦面。"

"也许吧……琳花,你喜欢老店?"

"也不能说喜欢。"她调皮地指了指门帘。我看见上面写着几个字,好像哪个孩子不情不愿地写在课本上的那种,是"在原"。上当了,我的脸唰地红了。这个荞麦面店是琳花的家。

"……老店最好了,我很喜欢的。"

"没事的啦,等你长大以后来。"

多大才算长大啊。我还是赶紧问问:"小孩子不方便进吧?"

琳花嘻嘻一笑:"里面也很旧。"

我们继续往前走,心想也许接下来会被她请到家里去做客,看来我想得早了。

突然,琳花回过头来,假装开玩笑地说:"我可不是为了推销,才叫你出来的哟。"

"不是吗?"

"我家在这儿也算是有人气的呢,中午也会有两三个顾客。"

我不认为这就算人气了,可即使不是推销……

"总是喜欢的吧?"

"啥?"

"对这个镇子啊。琳花你不是从小生活在这里的吗?"

"是没错。可……"

我原本是顺口一问,没想到琳花沉吟了半晌:"怎么说呢?我没想过这个问题。"

"不是因为喜欢这个镇子才想向我介绍的?"

"这你就说错了。"她说得这么直白,我还以为自己听错了。紧接着我就听见琳花说:"我讨厌呢。"

讨厌这个词语气好强烈,我还以为她在说我,猛地一怔。不过我误会了。琳花说的讨厌,不是指我。我不知道该进一步叫她把话说完呢,还是问一句"你刚才说什么",结果只能不了了之,对于眼前的突发事件我不知如何是好。

了无生气的街道上,有间店铺里有几个人,是蔬菜店。这是我生平第一次见到蔬菜店,以前我们都在超市买菜。店里一个头发花白的胖大叔正一边跟相熟的女顾客交谈,一边找钱。而就在他们旁边、大叔背后,我看到了一只伸出的手,是一只骨节粗大的手。

手的主人没有刮胡子,是个矮个子男人。穿的衣服还过得去,头发和脸也比较干净。但是我一看见他就打了个寒战。他眼窝深陷,不带一丝表情,双颊消瘦,背微弯,大概有点驼背吧。我猜不出他的年纪,从三十到七十,似乎都有可能。

只见他从摊位上拿起番茄就往口袋里放,然后朝一串香蕉伸了伸手,扯下一根塞进袖子里。我看得清清楚楚。

是小偷。

我身子发僵。

我并不是怕小偷。而是他那满不在乎、无所畏惧的偷窃行为叫我恶心,我不由得握住了琳花的手腕。

"喂,你看。"

"嗯,哦……"

"在偷东西呢。看到了吧?"

那男人距离我们不过数米之远，而我一下就激动起来，嗓门也不禁提高了。那人肯定听见了，我想到这儿感觉脚有些发软。我咬紧牙关，不想让人家以为我胆小，再害怕也不退缩。如果那男人发了飙，我也打算抗争到底。我运足了气。大白天的，这里是小镇的中心，没关系，尽管放马过来。

而琳花却好像很不耐烦地咕哝了一句："嗯，是啊。"

"你说是啊？"

"没事。是阿丸，没事的。"

那男人是叫阿丸吗？我才不管他叫啥。他正在偷店里的番茄和香蕉呢，怎么能说"没事"？

我无法赞同琳花的观点，可又不知该怎么办。这会儿那男人根本没有朝我们看一眼，径直走出了店门。我这才意识到，我刚才的喊声不光那男人，店里其他人也应该听到了，包括顾客。可他们谁都没吭声，似乎也没有人要去追，照常做着葱姜的买卖。

大惊小怪的只有我一个。

琳花拉着发呆的我，走到街上。她轻轻叹了一口气，低声说道："真不是时候。"随后凑近我，像班里的前辈教育后辈似的，"我本来想晚点再跟你说的。这条街上，不，整个镇子都对阿丸睁一只眼闭一只眼，这是规矩。"

"什么？那人？有啥事吗？"

是有无人能管的暴力倾向？还是欠了还不清的债？

"说有事，也是有啦。"

"告诉我啊。"

"以后让知道详情的人说吧，总之你先好好地记下规矩就是了，如果你要在这里生活下去的话。"

怎么会有这样的规矩？

"那警察来了呢？也不管？"

琳花微微蹙了蹙眉："警察不是我们镇上的，他们不懂规矩。不过没事，如果警察来了引出什么麻烦的话，店里的人会说'是我们给他的'。"

我背后一阵发凉。

一个地方有一个地方的规矩，这我知道，只是这种做法能行吗？"坂牧市有人可以随便偷店里的东西"这种规矩说得过去吗？

不行，肯定不行。

而且琳花也没说"阿丸可以偷东西"，她只是说"对他睁一只眼闭一只眼"。也许人们可以不管他偷番茄的事，那偷钱呢？伤人呢？或者更出格的事？

这些事都可以不去管吗？我的脑子里充满了疑问和厌恶。一定是哪里出了问题，肯定是出了问题。正当我这么想的时候……

"事情就是这样。"琳花笑了起来，刚才的冷漠统统一扫而光。

"什么？你骗我的？"

"没有骗你，只是阿丸就是他们店里的人啦，自己店里的东西拿一点又不要紧咯。"

啊，原来如此。

是嘛，就是嘛。我长舒了一口气，怪不得店里的人和顾客都显得那么不当一回事。我大叫大喊，反倒让自己难堪了。我挥了挥手："差点就相信你了。"

"我就想看看你会不会信，你还真信了啊。"

调皮的琳花吐了吐舌头。她还真把我这个刚搬来的、神经兮兮的少女之心着实戏耍了一番。"我以后对你说的话，都只当半真半假了哦。"琳花故意低下了头："对不起，对不起。我一下没忍住。"

4

这天晚上，小悟格外惹人讨厌。

晚饭时他就鬼鬼祟祟地不知在捣鼓些什么。饭后，往常他都是紧紧地粘在电视前的，也不一定有什么好节目，反正就一直没完没了地看下去。可今天，他一吃完就回了房间。倘仅是如此也就平安无事了。

这次搬家唯一的好处就是大家各自有了自己的房间。交到琳花这个朋友，现在对我来说还排不进好处榜。我在之前的住处有很多要好的朋友，减掉十个后再加上一个，根本就不算赚。

这幢两层楼的老房子里房间倒不少，把我从跟小悟用一个帘子隔开的共用空间里解放出来，这确实叫我欣喜。

然而，就在我在自己屋里整理行李的时候，突然感觉有冷风吹过。我当时正准备开一个糖果罐盖子。铁罐子是平整的四方形，上面画着漂亮的宝石。可我突然觉得屋里空气有些不对劲，就停了手。拉门是关着的，当然房子本就很旧，房间四处钻风……我回头一看，只见开了一道缝的拉门外，小悟正站在黑漆漆的走廊上。

"看什么看！"平时我一吼，小悟就会吓得跑掉。可今晚，小悟并没有走。与其说是他在等我注意他，不如说是他自己把拉门打开的。

"遥遥。"他声音轻得几乎听不见。

小悟是个胆小鬼。他对发生在自己身上的事都觉得不满，可又从来不反抗。尽管抱怨起来没个完，可一旦我忍无可忍准备发火，他就像野生动物觉察到危险似的立刻逃走。这家伙战战兢兢地走了进来。

还真有胆了。

"不许进来。这是我的房间。"

"可……"

"有什么话就在走廊里说。"

听到我这么说,小悟悻悻地向后退了几步,退到门外后,又把门掩上了。他低头看着自己的两只手,朝都没朝我看一下:"那个……遥遥,你今天出去玩了吧?"

"去了啊。"

"跟中午碰到的那个人一起?"

"嗯。"我随口答道,可我好像没告诉他自己和谁出去了呀。小悟竟然知道了。

"你……跟踪我?"如果真是这样就太可恶了。小悟大概是看到我皱起了眉头,赶忙摇了摇头:"没,没。只是偶然,真的是偶然……我没想到会碰到你,根本没……"

"哦。"十分可疑,他一个人会胡乱跑去常井?谁信?不过,无所谓啦,"然后呢?"

小悟长舒了一口气:"有人在超市偷番茄吧。"

"不是超市,那是蔬菜店。"

"哦,蔬菜店。"他显出自己原本就这么说的样子。我以为他是装的,他还真的好像什么都懂的样子,说:"我早知道那个人要偷东西。"

"啊?"

"真的,我早知道他要拿店里的东西呢。"

"为什么?"

我这句为什么里有三个意思:你怎么知道的?

你为啥要撒这个谎？又为什么要告诉我？如果想讲故事，尽管去讲给妈妈听好了。

而小悟的表情却不像是要讲故事。他一直低着头，就好像在害怕什么，许久才吐出一句："不知道。我不知道为什么，但我知道他会那么做的……我以前见过那人偷店里的东西。"

我刚想说不可能，话到嘴边又咽了下去。仔细想想，小悟这么说也不是没有道理。这个小镇原本就是小悟妈妈的老家嘛。"也许你见过。你以前跟妈妈来过吧？"那时，他看见过阿丸像今天一样伸手去拿店里的东西了吧。

小悟跺了跺脚。我还是头一次看见有人急得跺脚的样子。

"不是的。"

"你只是不记得了，你这个傻瓜。"

"不许说我傻，你才傻呢。"

他竟……

"妈妈说我以前没来过这里，我是第一次来。可是好奇怪啊，今后一定会有怪事发生的。"

哦，原来如此。

我全明白了。

他一定是把同样的话跟妈妈说过了，妈妈一句"想太多了"就把他打发了。如果妈妈说他从来没到过这里，就肯定不存在他说的事情。总之小悟就只是想着法子找人跟他玩。

愚蠢。

"那今后会发生什么呢?"

"嗯,"小悟略显滑稽般地畏缩起来,"我不知道。"

"那我来告诉你。"我伸手抓过枕头,"就会发生这个。"我迅速地把枕头扔到他的脸上,打了个正着。我柔声地告诉按着鼻子快要哭出来的小悟说:"别拿那些破事烦我。"小悟大概觉察出我已不想再理他,一句话也没说,帮我拉上了拉门。他嘴里还在嘟囔着些什么,声音太轻了,我听不清楚。

第二章

1

小悟开始不想上学了。

吃完早饭,小悟把自己的碗筷拿去厨房,回到客厅就磨磨唧唧。"我不去学校。我害怕。"他向穿着围裙的妈妈说,声音轻得像蚊子叫,头低得都快断了。我瞥了他一眼就去洗脸。

镜子里我的脸上还带着倦容,都怪昨晚熬得太晚。我正在刷牙突然想到,小悟平时总觉得事事不顺他意,老觉得学校的事没道理不公平,可之前一次也没提出过不想上学。

真烦人。

都怪小悟说的那些鬼话,我的不安化作了气愤,牙刷得太用力,漱口时竟觉出了一丝铁屑味。接下来我只要上楼换了校服,便可以到傍晚都不需要考虑其他了。可等我经过客厅时,却听见妈妈说:"再说这样的话,会被遥遥笑话哦。"我停下脚步,明明听见有人在说自己,却假装没听见一走了之似乎不妥。

拉门没有关,妈妈看到我像发现了救星似的,转过身来:"啊,遥遥,不好意思,能帮个忙吗?"

"啊?哦,什么事?"

妈妈站起来,来到走廊上,她压低了嗓音跟我说,小悟应该也能听见:"他说不想去学校。"

"嗯,我听到了。"真烦人。我好不容易忍住没再挖苦,反而问道,"怎么了?突然这样。在学校出什么事了?"

"这个……"妈妈歪了歪脑袋,"不是的,他说他害怕大桥。"

"大桥?"

我们家坐落在河堤边,小学和中学都在河对面,我和小悟去学校都得过桥。只不过不是同一座桥,我这边是离家最近的铁桥,小悟则是那座架在河上游的桥。其实这个路线上学对我们俩都是最近的。并无其他理由。

"说是桥太旧了,汽车开过去就晃,有人能陪他一起的话会好些。说实话,妈妈要是能陪他就好了。"这不可能。妈妈又上班又忙家务,早上的时间最宝贵,这不用说都是明摆的。总之,就是想让我去陪他呗。

我的脑海里浮现出一幅地图,精确度不高,模模糊糊的,大概我跟着小悟过那座桥去学校,距离上也不会差太远。我担心的是,跟小学生一起去上学被班里的同学看到怎么办?可细想一下,我们住在一块儿，一起去上学比一起放学要更顺理成章，不是吗？

哎，想也白想，我是从不拒绝妈妈的，就是没法装出笑脸来，我极不情愿地板着脸说："知道了，只要把他送过桥就行了吧？"

"谢谢，拜托了……实在不行，就让小悟回来。"

我倒真希望能这样。

妈妈松了一口气，笑了，从围裙口袋里摸出了两张票，像托人办事时给人送的礼："商店街的抽奖券，单位发的。喜欢的话，放学后去试试吧。"奖券上写着"常井互助会 春季大奖券"。我把大、奖券读成了大奖、券，脑海中立刻闪现出自己抽中大奖的模样。一等奖是温泉旅行，这个我不要，二等奖的三万日元商品券和三等奖的三十公斤大米还是蛮有吸引力的。可万一妈妈说"抽中了，你就自己看着办吧"，那也挺为难的。不过有奖抽还是很开心。我见过转扭蛋的机器，却一次也没玩过。这个不开心的早晨，终于有了点小期待。

可妈妈随口又加了一句："跟小悟一起去，两个人的话，抽中的概率会高一倍。"不可能，只要我一个人去抽两次不就得了？我刚想说我要一个人去，就发现奖券上几个写得小小的注意事项："一人限抽一次。"哎，没办法。

我打开箭翎图案的窗帘，朝阳照进屋内。

我的校服用衣架挂在门楣上，这种挂法不太稳妥，衣服每两天就会掉下来一次。我每天都在想——今天一定要钉一枚挂衣服的钉子。可结果每天都忘记。

今天校服又掉在了榻榻米上，我用手掸掉衣服上的草屑，一分钟就换好了校服，又花了一分钟来系领巾，尽管昨晚我很晚才睡，睡前却已整理好了书包。

一切准备就绪，我随时可以出发。

就在我穿着校服下楼来时，小悟还在客厅里，身上居然还穿着睡衣。他倒没在磨蹭，若无其事地看着电视，嘴唇微张。电视里在放晨间新闻，播报着日本哪里有了当季食物、很好吃之类。我叫了他一声，小悟如梦初醒，身体颤了一下，别扭地转过头来："啊，遥遥……"语气好像没有睡醒。

妈妈没在客厅，大概在洗衣服或者准备上班。我柔声对小悟说："小悟，你说你怕过桥？"

"没有啊。"他突然提高了嗓门，倔头倔脑地说。我本可以很简单地反驳一句："哦，是吗？不怕的话就自己去学校吧。"可他大概又会反悔。早上的时间已经很紧迫了，我只好不去理会："不管啦，你就想穿成这样去学校？"

"啊？"小悟低头看了看身上的睡衣，不知他是不是一直在担心过桥的事,或纯粹是没睡醒,总之他忘了换衣服。只听见他高呼一声,腾地跳起来冲上楼去。楼梯非常陡,我在他身后吼道:"别跑啊,傻瓜。"

"不许叫我傻瓜,傻遥遥。"都带哭腔了,还不忘记怼人。要不是妈妈关照过,我真想把他绑在摇晃的桥中央。

一时没事可干,我看了会儿电视。说很远的国家有什么人跟什么人在打仗。下一则是国家赤字的报道。真够乱的。等到播报地区新闻时主播的表情才不那么严肃。这时,我听见了下楼的脚步声。下楼的速度不快,这点让我满意。

小悟穿了件皱皱巴巴的polo衫,下面是一条运动裤似的软布裤子。背着书包的他又是一脸的不满,大概换衣服时又出什么状况了。算了,不关我事,再不走就要迟到了。我听见厨房里有洗东西的水声,便朝那边叫了一声:"我们走了啊。"

没有人回答,兴许水声太大了吧。这样也好,我正想着,只听到小悟两手勾着书包带,在我耳边大叫起来:"我们走啦。"

水声停了,传来妈妈温柔的声音:"好,去吧,路上小心。"

我的耳膜阵阵难受,总有一天我要把小悟狠揍一顿,此刻我先凶巴巴地瞪了他一眼:"吵死了。"

小悟有时又突然很老实:"对不起。"

我穿上球鞋出了门,天色乌沉沉的,大概要变天了吧。"会下吗?"我望着天空咕哝了一句,并没想问谁,自言自语罢了。然而小悟耳朵特别尖,一听就得意地说:"不会下。"

"什么啊?"

"今天是晴天,我知道的。"

这又叫我猛地想起小悟昨晚的话,血立刻涌上脑门,虽然看在妈妈的面子上我知道自己不应该发火,还是没忍住朝小悟吼了起来:"什么啊。你怎么会知道?骗人。"

小悟往后缩了缩,一副受伤的样子,脸色煞白:"我……我没骗人。"

"那你怎么会知道?你要是没骗人的话。"

"因为,"小悟声音轻得几乎听不见,勉强说了句,"电视上说的嘛。"

啊。

这样啊。

小悟刚才睡衣也没换,一直在看电视。电视肯定放过天气预报。我长舒了一口气,原打算平心静气出门的,因为天色的关系,让我有些神经质。没错,即使小悟没看天气预报,随口胡说,我也不必发火嘛。我必须向吓坏了的小悟说一声:"是吗?对不起。"

小悟单纯得可怜,他见我道了歉立刻露出笑脸,自鸣得意起来。

"据说是百分之十晴天。"

"那不就是不好嘛。"

"说是什么什么的概率为百分之十啦。"

"那就是好天嘛。"

"所以我说晴天啊。"

无论如何,不需要带伞了。

早上同小悟一起去学校,算上搬家前,今天也是头一次。

两个人一起走路的时候,小悟总是喋喋不休,话题离不开"那天碰到了不讲理的事""今天也弄得很惨"之类。再往好听里说,他也真够烦的。可今天他却一反常态,没有发一句牢骚,大概已经忘了昨天发生的事,再没想起什么让他感觉不公的事了吧。这个傻瓜。

我们沿着佐井川往上游走,并排走在水平铺设在堤坝边的人行道上,较远处可以看到几个零零落落的上学的人。另一边,堤坝上人却很多,电动车、小汽车、大卡车一辆接一辆,堵得动不了,因为前面恰好碰上红灯。也许这些就是我今后每天上学的风景了,我不认为自己能适应这些机动车的尾气。

小悟呆呆地望着车流，微张的嘴巴几乎能飞进小虫。我真希望有虫飞进他嘴里，不料他突然转过头来："新闻里说有车祸呢。"

"哦。"

"说是死了四个人。"

"这种事经常发生。"

我猜想小悟根本还不知道死究竟是怎么一回事，总有一天他会明白的。他又转过头，从下到上打量了我一下："喂，遥遥，我想到一个好主意。"

"馊主意。"

"你说什么馊主意？"

"就是想听你说的意思啦。"

话音刚落，小悟就坏笑着歪了歪脑袋："嗯，怎么办啊？你想听？"

"不想。"

"你听我说。"他继续说。我想过用一句"不想听啦"叫他闭嘴，不过也无所谓，姑且让他说吧。

"给汽车装上磁铁。"

"啊？"

"就是给汽车都顺次装上 S 极和 N 极，这样汽车就不会撞到一起了。"他信心十足地说。

"顺次装上 S 极和 N 极，那不全撞到一块儿了？"

"啊？"

"照你这么说，应该是 S 极和 S 极，或者 N 极和 N 极这么装吧。"

"我就是这么说的啊。"

不知道他是不想认输,还是在头脑里偷换了自己说过的话,那张傻脸得意洋洋的,叫我无从判断。

"主意不错吧?我可以申请个专利发大财了。"他究竟是从哪里知道专利这回事的?算了,就是问我,我也回答不上来。

"这怎么可能会有专利?"

"为啥?"

"因为……"我也看了看堤坝路上的车流,如果那些车子上全都装了 S 极的磁铁……那它们彼此相互排斥,反而更危险。不对,不能这样解释,这原理跟电脑一样,磁场的强度稍加改变不就没事了?

"你说啊,为什么?"小悟拽了拽我的校服裙。

"别拽呀。"我打掉他的手,把头扭向一边,"为什么?你傻呗。"

"傻遥遥。"

"闭嘴,在外面不许大声叫。"我不再理他,管他还有什么意见。他说的一定有毛病。小悟的想法太奇怪了,不可能成立的。可到底怪在哪儿呢?

"不让我在外面大声叫,在家大声叫,你不是还更不高兴?你才是傻瓜遥遥呢。"小悟笑话我,虽说有点强词夺理,倒也并非没道理,我竟反驳不了。今天早上真是倒霉透了。

我们很快就走到了我平时要过的铁桥边，桥是钢架结构，很长，因为河滩面积大，实际上河面没那么宽。小悟看着银光闪闪的桥身，说："遥遥你平时走这儿吧？"

"是啊。"

"晃不晃？"

"有点。"

说实话，搬来坂牧市之前，我还从没有徒步过过桥呢。而且完全没有心理准备地第一次上桥时，脚底传来的阵阵震动着实叫我吓了一跳，当然还不至于吓得发抖，只是觉得这种铁制的大桥不应该晃的。如果说一点都不害怕，那我就真撒谎了。

但是，小悟问我："遥遥也怕了吧？"我怎么都不承认，我默默地摇了摇头。要是他没用那个"也"字，或者问我时换掉那副死缠烂打的可恶表情，也许我就实话实说了。为了不在耍小聪明的小悟面前露馅，我换了一个话题："你怎么样？"

"什么怎么样？"

"换了一个新学校，应付得来吗？"

小悟嘲弄似的回答："桥会晃嘛，所以我不想上学了。这事你知道了吧？不知道？"

真够拽的。

"所以我才陪你一起走啦。不是说这个，我是问你其他事，朋友啥的。"

我是正好在升中学的时候到镇上来的,所以几乎没感到转学的压力,可小悟不一样。他是整个儿被扔进完全陌生的三年级小学生队伍里去的,况且小悟本就胆小、认生,很可能根本没法在班级里软着陆呢。

他本人倒一副无所谓的样子。

"朋友总有的嘛,简直废话。我才不会孤零零的。"

据我观察,小悟绝不是一个讨人喜欢的角色,总有一天他会明白他现在所说的有多么奢侈。

"哦,是吗?那上课呢?都听得懂?"

"嗯,还行。"

"骗人。"我一听他的语气就知道了,三年级小学生真不善于说谎。小悟笑了笑准备蒙混过关:"还没发挥好嘛。"他大概不理解"发挥"的意思,学校还没正式上课,哪来发挥不发挥?

"今天我们小测验。"

"啊?前天才开学,这么快?"

"考语文,如果考数学就好了。"

"你数学不也不行吗?"

"谁说的?我上次不是考了一百?"

"那不是二年级的事吗?到了三年级,肯定会掉得一塌糊涂。"

"我说不会的啦。"他很认真地辩驳道。他这种反应很好对付。随便嘲笑他几句解解闷,就不跟他计较了。不知不觉我们前面已经多出了好多孩子，快到学校了。

我喜欢稍微有点内容的交谈，可面对一个三年级小学生，尤其是像小悟这样的，想好好交谈就等于痴人说梦。

桥的名字叫"报桥"。我们刚才经过的银色铁桥，桥上架着拱形的铁梁。而这座报桥就只有桥面、桥墩和栏杆，十分简陋。栏杆涂着深绿色的漆，可能才漆过，远看并没有剥落的痕迹，就连通勤车络绎不绝驶过的马路上也没有裂开的沥青。可不知什么原因，我一见这桥就有一种"破旧"的感觉，跟其他桥都不太一样。

过了桥就是小学了，人行道上都是小学生。有的低年级学生仿佛我一脚就能踢飞，而有些高年级的比我还更像中学生呢，他们全都坦然自若地过了桥。既然大家都这么平安，在人多势众的心理暗示下，小悟也应该没什么可怕的。然而，此时小悟站在报桥前不走了。

"遥遥……"他语气怯懦，脸扭曲着好像马上就要哭出来了，他两眼直盯着我，刚才那股子傻里傻气的欢实劲儿，现在完全不见了。

我腾地来了气。小悟真的是害怕过桥吗？眼前的他只是不肯上桥，看都不朝桥上看。如果妈妈在一定会纵容他的,可我毕竟不是妈妈,我可不想迟到。

"走啦。"说完我就往前走。我听见他紧张地叫着:"等等我。"我没有回头,我不想再陪他玩了,从我看到他眼泪汪汪地盯着我的那个瞬间开始。

脚一踏上桥身我就感觉到了晃动,过桥的车辆不算多但也不少,小型车也有几辆,速度都很快。桥身一直微微颤动。我走到桥中央,大概因为桥一直晃的缘故,我也有些头晕,类似晕车一般。这座桥确实比我上学经过的那座摇晃得厉害,但也还不至于可怕,小悟太夸张了。

这时桥头传来不同寻常的动静,像惨叫又像呼喊,只见一辆巨大的拖车开上了车道。我预感到桥会很晃,立刻停下脚步牢牢地站稳。即使心理已有所准备,仍"哇"地叫出了声,刹那间自己就像飘起来了一样。拖车轰隆隆地开过桥身,桥面也跟着晃动。我什么面子也顾不上了,只觉得桥快断了。之后我就听到一声刺耳的尖叫,是小悟。我回过头去,只见他紧紧地抓着人行道和车道之间的隔离栏,离我不远。我立刻明白了自己觉得这座桥旧的原因——小悟才小学三年级,他比我矮一个头到一个半头,栏杆的高度大概在他肚子这里,如果有人从旁轻轻一推,他马上就会掉下桥去。报桥的各个部分修得都很低,人行道两侧的扶手、栏杆都很矮。

我赶紧从晃动的桥上向小悟跑去，惊恐万分的小悟始终不敢松开拉着栏杆的手。我一句话也没说，静静地等着破桥停止摇晃。大概也就是十秒钟的工夫，却感觉过了很久，好不容易桥身不再摇晃了，小悟就像双手受了重伤似的哭丧着一张脸："对吧，很晃吧？"

"是呢。"桥确实比我想象的更加晃，大概我们还不太习惯，不习惯的话还真有些可怕。

车轮碾过沥青桥面的轰隆声里，夹杂着佐井川的流水声，我越过低低的栏杆朝河水看了看，桥面果然很高，河水仍是黄黄的，污浊不堪。

我说："站在这里也解决不了问题，快走吧。"

"哦。"

"放开手。"

一些一、二年级的小学生，也就是身高一米左右的孩子们，都小跑着往前走。不料，小悟很干脆地松了手，说："有人从这里掉下去过。我知道。"

我没吭声，从背后拍了小悟一下，小悟吓得一颤狠狠地瞪着我。我不理他，拔腿就走，步子却不快。小悟追了上来，跟我并排走着，不知是生气了还是害羞，他始终低着头一言不发。

无奈。

"快，牵着我。"我伸出手去，小悟却很不可思议地看着它，好一会儿才小心牵起我的手。

他的手好冷,一定是吓坏了,手上的血都冻住了。

我拽着他就走,小悟仍是低着头。

"你啊,"我说,"你就不能好好的吗?"

"什么叫好好的?"小悟很自然地反问道,我无言以对。我不是小悟的姐姐,没资格教训他。

每当有大车从桥上开过,桥面一晃小悟就紧紧握着我的手。他走得慢,我也就快不起来。一切正如天气预报所说天空转晴了,我抬头看了一眼,心想今天大概要迟到了。

2

早上天气还挺好的,上午最后一节课结束后就起风了,到了下午,风力加强,把操场上的土都刮得飞扬起来。这是春季的暴风。

我们已经正式开始上课,内容暂时还没有比小学阶段难太多,却依然很新鲜。我喜欢新鲜事物,另外我从没跟人吐露过——其实我并不讨厌学习。

此外,学校的午餐今天就开始正式供应了。

我私底下仍略有不安。如果这所学校允许午餐时学生换座位,那今天这顿饭将会成为我人生的头等大事。万一到时没人愿意跟我同桌吃饭,把我陷入独自进餐的窘境,那我马上就会成为班里的热点。

一旦大家知道我在班里孤立无援，大概琳花也不会再继续跟我交往了。

　　班主任是一位姓村井的女老师，年纪不大，目光却相当呆滞，恐怕她今年未必撑得下来。午餐开始前，村井老师愤愤地说："午餐就在座位上吃，不许搬桌椅。"教室里顿时哗然，果然大部分同学都想换座位。可村井老师又补充了一句："我们学校就是这个规矩。"便不再理会大家的争辩。如果我还在以前的学校，说不定我也会想要跟自己的好朋友一起吃午饭。也许之前就有学生因为没人一起同桌吃饭而出了状况，抑或中学都不许换座。总之，我松了一口气。

　　午餐后的午休时间，我跟琳花说了抽奖的事。告诉她妈妈拿回几张抽奖券，所以今天放学后我要去商店街一趟。琳花听后很夸张地皱了皱眉头："是嘛。那玩意儿抽的人开心，准备的人却麻烦得很呢。"

　　"你以前弄过？"

　　"不是以前弄过，是这次要弄。穿着统一的号衣，拿个大喇叭，遇到有人抽中了就赶紧说'恭喜恭喜'。好讨厌吧，那样子。"我听到这儿，更想去了。

　　放学后，我跟小悟约好在昨天的那个路口等，我还以为他不会那么准时，没想到他一分钟也没迟到。这本是很普通的事，可因为约的是小悟，就有点稀奇了，一见面小悟就说："我在学校等了一会儿呢。"小学放学比我们早，他不得不在学校多留一会儿。我们应该先回家以后再一起出来就好了。而我只应了一声"哦"，便不再说话。

去往商店街的路上，小悟好几次拽住了我的校服裙，当然都被我甩掉了。本来能去抽奖挺开心的，可小悟老东张西望，鬼头鬼脑，中途居然还嚷着要回家。

"喂，回家吧。"

"好啊，你自己回去。"

"可妈妈……"

"害怕的话一开始就别说要回去。"

"我又没说怕。"小悟噘起嘴，加重了语气，"可我以前见过这种事的。绝对见过。"

一到常井，我们就看到街道两旁竖着不少写着"大甩卖"的旗幡，每家店铺的橱窗和倒闭店铺的卷帘门上都贴着黄色的海报，行人也较昨天多了些。不知道哪里架起了扩音喇叭，我听到街上传来明快的歌声，歌声嘹亮，街面上比昨天热闹了许多。

我说："你是说这种？那我也见过。"

"啊？遥遥也见过？"

"是不是有点像过圣诞节啊？"我嘴上这么说，

心里却没这么想。

抽奖处设在一个写着"常井互助会"的白色临时帐篷里,看上去人不少,已经有十个人在抽奖转盘前排起了队,旁边还围着些看热闹的。只要有人上前摇奖,人群就一阵骚动。等我排进队尾时,似乎已有人抽中了,前方传来中奖的铃声。

"恭喜恭喜。五等奖,日本茶一套。"发出这个清脆的声音的正是琳花。

如她所言,她也跟其他大人一样穿着统一的号衣,手拿大喇叭,只是有一点不太一样。她说她讨厌这种活动,可我看她很是乐在其中。只不过号衣的尺寸偏大,穿在琳花身上老往下掉,不太合身。

琳花把奖品送到客人手上,松了口气,放下手里的摇铃,她注意到我,冲我挥了挥手,又拿起大喇叭,大声吆喝起来:"温泉旅行的大奖会落在谁手上呢?现在还没被抽走,大家还有机会。有请下一位。"真不愧是生意人家的孩子,吆喝起来一套一套的。我看着活力四射的琳花,心情也开朗起来,我问小悟:"我们会不会抽到?"刚才还别别扭扭的小悟,这时也瞪着眼睛瞅着抽奖转盘。孩子都喜欢这类玩意儿啊。我也是孩子,自然也喜欢。小悟十分肯定地说:"会抽中的,会中大奖的。"

"那太好了。"

"嗯,会中的。"他天真地看着帐篷里的动静,又补充了一句,"不是我,有人会中的。"

  他又说傻话了。我正要生气,可又仔细想了想:小悟中奖的可能性不大,总有人会中大奖的。总之……这么想来,小悟说的并没有错,只是等于没说。我排着队,无聊地朝帐篷里张望。许多卫生纸和面纸就像装饰品似的摆得满满的。这些应该都是参与奖,用卫生纸摆出的金字塔倒也并非天天可见。我的目标是抽个三等奖——大米,可我却没在帐篷里看到用毛笔写着"大米,三十公斤"的纸条,大概是考虑到中奖人不好搬,打算之后给人家送货上门吧。

  跟琳花一样穿着号衣、站在桌子对面清一色的都是成年男子。最年轻的看上去也比我爸爸岁数大。桌边还有个满头白发的老头,他无所事事,只能抽烟。我刚才就闻到一股烟味,原来是他在抽烟啊。

  我突然觉得抽奖很好玩,比抽签有意思,光听转盘摇动的声音就叫人跃跃欲试。真是个开心的活动,而且排队的人和看热闹的人都笑呵呵的,中奖没中奖都会大声喊出来,一会儿欢呼一会儿叹息。只是摇奖桌后边的人,谁都不笑,不但不笑,除了抽烟老头以外,其他人都百无聊赖,光是站着了。他们瞪着浑浊的眼睛看着转动的转盘,或是被风吹起的帐篷布。摇奖桌后边,只有琳花一个人在欢快地吆喝。

  "真不容易。"我不由嘟囔了一句。

小悟在一片嘈杂中竟真切地听见了:"什么?"

在一群沉闷的大人中,只有琳花一个小姑娘在拼命地吆喝,她一定特别不容易。就算我这么解释小悟也未必能懂,我便装作没听见,探身向摇奖台望去。

我前面有个人什么也没抽中,拿了作为参与奖的面纸走了。接着是一个穿粉色衬衫、拿米色提包的女青年,她给自己打了打气,就把提包放在摇奖台上,伸手去摇转盘。她转了两圈,转盘又顺着惯性转了一圈半才停下。一个彩球从转盘中滚出来,落在了下面的托盘里,发出清脆的响声。琳花朝托盘里看了一眼,兴奋地举起双手:"恭喜恭喜,一等奖,温泉旅行被你抽中了。"边说边将摇铃在头上晃得叮当作响,虽说是胜利的铃声,也确实太吵了。排队的人、周围看热闹的人都发出了一阵低低的喧哗。中奖的那位用手挡住嘴,笑着说:"哇,不会吧?真的?我真的抽中了?哇,太不可思议了。"

真好啊,我这样想着心里又泛起了两个问题。首先,我不用再担心自己会抽到一等奖了。就算我们抽中了温泉旅行,也肯定去不了。不管是金钱上还是精神上,都没有这个余地。其次就是小悟的话应验了,他说我们不会中,有人会抽中。他全说中了。我转头看了一眼小悟,立刻僵住了。

小悟觉察到我在看他,生硬地轻叫了声:"遥遥。"我还以为他会得意忘形呢。

"你……"我话还没说完，只听有人尖叫起来："你……你站住。"我赶忙回过头去。

只见一个戴着头盔和围巾的人，正在上一辆电动车，车没有熄火，油门一拧就窜了出去。周围的人不少，却没人去拦，车子一下子就加大了油门。我看见驾车人手里还拿着一个米色的提包。

咦，那个，我顿时语塞。只听琳花在傻愣着的我身边大叫起来："有人抢劫！"哦，对。那个包就是刚才中了大奖的女青年的。她去摇奖时，把包放在了台子上。包在中奖的忙乱中被别人一把抢走了。客人们都站着没动，穿着商店街号衣的人立刻行动了起来："喂，站住。"

一位扎着头巾的大叔从台后跳了出来，慌乱间踢到了放摇奖盘的桌子，用作参与奖的面纸撒了一地。"啊。"穿号衣的胖大叔伸手去护那些倒下的面纸，屁股抵到了帐篷的柱子上，帐篷摇晃了几下，大家都喊起来，那个被抢的女青年尖叫着："谁……谁去抓住他！"会场一片混乱。

红色的号衣飞上了天，有人跑去追电动车。似乎是因为号衣太大，不方便，那人便脱下甩了出去。原来是琳花。我注意到她从我身边跑过时，瞥了我一眼。等回过神来，我也跟琳花一起追了出去。我对自己的速度和体力还是很有信心的。

电动车越驶越远。

常井商店街上没有汽车,这让电动车一路畅通无阻。一开始不抓住那家伙,后面再追也徒劳。可我仍全力飞奔,眼睛一直盯着车牌。电动车很破,车牌却擦得锃亮。车牌号1603。与江户幕府开创年份相同,这下忘不了了。小悟说我傻,我可不傻。

我以为电动车会笔直往前开,不料它一个急刹车,钻进了旁边的小路。我们迟疑了大约十秒,又追了上去。电动车在前面的拐角处不见了,我们把车追丢了。路的前方正好是一个丁字路口,正面的围墙挡住了我们的视线。路很宽,车来车往。琳花大口地喘着气,我倒还轻松,只是没做准备运动突然就全速奔跑,肺部有些难受。倘若这时大口吸气,一定会被强烈的气味呛到。

我没怎么留心周围的环境,这条路对面是一家游戏厅,香烟味是从那里传来的。路边有个车棚,横七竖八地停着一些自行车和电动车,却没有发现一辆牌照是四位数的。

我们被他整个甩掉了。

"跑哪里去了呢?"琳花好不容易调整好呼吸,咕哝了一句。

"不知道。这条路通往哪儿?"

"往右去是市政府,往左是一个大弯道,能通到堤坝路上。"

"也就是说有分岔咯。还是先报警吧。"

只见琳花皱起了眉："报警。还是要走这一步啊。"

"我倒无所谓,那位女士自己也会报的吧,那就趁早报。早点报更容易抓到。"我没有手机,便不断地向琳花使眼色,可她似乎还在犹豫。她的心情我理解,如果有人叫我"赶紧报警",我也会考虑一下的。

"嗯,可……"

"算了,还是叫大人去报,警察才会受理吧。"

"就是,而且……"琳花的手一直插在口袋里,她还在犹豫。再不快点,坏人就不知跑哪儿去了。我正在干着急,只听一个沙哑的嗓音说:"别,先别忙着报警。"是刚才那个扎着头巾的大叔,他奔出来时不小心撞到了台上的奖品。

"会长。"琳花叫道。看来他是这儿的负责人,脸红红的,不知是晒的还是喝多了。会长的肩膀很宽,身体很壮实。他蹲下身子,看着我们两个:"别把事情闹大,让人家知道商店街搞活动出了事,不好。"他居然说这种话,我差点就要脱口而出了——有人被抢了,还谈什么好不好。

不过我并没说出口,我毕竟只是个旁观者。会长显然是在跟荞麦面店家的孩子说话,琳花也表示赞同。这种情况下我就不该出头。"先想想有没有别的办法，不行的话再报警，这样才能说服客人。"

"嗯，这样好。"

"那么，"会长抬起头，"你们看见坏人朝哪个方向跑了吗？"

我和琳花都摇了摇头，会长站直身子，面露难色："这样啊，给点线索也行，你们觉得他会往哪里跑？"我俩面面相觑，这么问我们也只能瞎猜了。琳花对我使了个眼色，要我先说，我只好小声答道："左边。"

"哦。为什么？"

"那个人知道我们在追他，所以故意刹车拐进了小路，想把我们甩掉。那么他就不可能停下来，去等其他车流都过去之后再往右边跑。"

"哦。"会长摸了摸下巴，"有点道理。琳花你怎么想？"

琳花看了我一眼，歪过脑袋说："我觉得是往右。这个时间很少有车往左边去，他混进往右去的车流会更容易一些。"她的看法比较符合当地人的想法。我不知道这个时间为什么往左去的车子少，会长却点了点头："原来如此。"

总之我们谁都没有亲眼看见，只能做证据不足的猜想。会长看着面前的丁字路，突然说："可能反而会笔直走呢。"我想都没想就问："啊？笔直走？"

"你们看,这里看上去像被堵住了,但围墙的过道能通行。"

仔细看正面的围墙并非全封闭的,中途有些可以穿行的小路。可路太窄了,琳花赶紧说:"地方太窄了,电动车过不去吧?"

"也未必。"话是没错,可路太窄,电动车不好加速,落荒而逃的人怎么会选这条呢?况且他若进了小路,我们一定会看见的。不过我也不想再争辩了。无论猜他往左往右还是直走都拿不出证据,纯粹浪费时间,只能让坏人趁机逃得更远。烦死了。细想一下这关我什么事,我正准备甩手不干,校服的衣袖却被人拽了一下。不知何时,小悟也跟了过来。

"喂,遥遥。"

我不理他。

"喂,你听我说呀,遥遥。"他还在扯我的袖子。衣服都被扯大了,我甩开他,叹了口气:"别扯。怎么了?"

我以为他又会抽抽搭搭地说些什么,没想到小悟一脸严肃:"我看见了。我知道那个人去哪儿了。"

"又来了。现在没空陪你玩。"

"我真的知道,"小悟很确定地伸出手指,"那里,就那里面。"他指的是我们身边那家传出香烟味的游戏厅。

啊？他别是傻子吧？不，再傻也应该明白：我们早就确认过了，正因为坏人的电动车没停在那里，我们才在这儿讨论他的行踪。

能不能别胡说八道，这会叫我很难堪的，赶紧给我回去。我正准备这么说。有人抢了先。扎着头巾的会长哼哼一笑说："如果真这样就好办了。"琳花也跟着说："你是叫小悟对吧？你是后边才来的，可不能随便乱说哦。"

大家一致的否定叫小悟也无话可说了，他原本就认生胆小，现在更害怕了。他紧握着双拳，低下头眼泪都快掉出来了。

这就是我为什么不愿跟小悟一起上街的原因。遇到这种情况，若别人都不出声，就只能由我开口："他是个傻子。"

"不许说我傻，傻瓜遥遥。"都含泪低头了，这小子还在争辩。莫非这就叫唇枪舌剑？反正我不是傻瓜，先不去理他。"不过我刚刚只是稍微扫了一眼车棚，要不再好好找一下吧。"我自己都觉得自己好傻。琳花则更不愿接受，她说："但是刚刚不是没看到那辆车吗？"她的做法是对的。

刚才追车时，我看到车牌上写着1603，这个我记得很清楚。然而游戏厅车棚里停的电动车全都是三位数的，这只要花上几秒就能看到。车牌有可能被换，可从电动车消失到我们进入小路之间只隔了十几秒,这么短的时间内是来不及换车牌的。仅凭这点就能证明小悟在信口胡言。再在这里跟他废话也真是太浪费时间了。

我刚想到这,立刻叫出了声:"啊。"我很明显地感觉到自己脸红了,就在我又看了一眼车棚里的电动车时。"怎么了?啊。"琳花也看到了我刚才看到的东西,琳花的脸也红了。虽不知发生了什么,小悟却猛然觉得自己占了上风,赶紧反攻道:"瞧,我说的吧?"

会长也吃惊地问:"怎么?这是真的?"

我跟琳花看到的是一个写着608的车牌。自诩敏感的琳花声音有些发抖:"这怎么可能?"

眼前的现实逼得我不得不承认,这屈辱感叫我手发抖。细细一看,车牌上贴着白色的胶带。破旧的电动车,车牌却擦得雪白铮亮,所以白色的胶带不细看看不出来。最左边的第四个数字完全被遮住了,不用撕开胶带,也知道下面是个1字。这辆车在抢劫时,用胶带贴掉了8字的一半,所以看上去会误以为是3。只需十秒钟,1603就能变成608。再怎么慌张,也不至于被这么拙劣的手法给骗了呀。我不得不大叫起来:"啊,真是的,好傻。"

"吵死了,傻瓜遥遥。"这回小悟说对了,我真傻。琳花也用低得不能再低的声音,小声嘟哝:"没错,嗯,没错,没错。"听到这,会长动了起来,他卷起袖子，铆足精神说："太好了，真是这样我们就去把他抓住。"会长恨不得立刻闯进游戏厅去，而我的袖子又被拽了一下："等一下。""我吗？""不，他。"他指的是会长。有话要跟会长说，干吗不去拽他的袖子？他反正穿的是搞活动用的号衣，拽得再大也没事。不过小悟可想不到这些。

"不行，别一个人去。"

"没事的，店里的人会帮忙的。"

"太危险了。"

现在是要去抓坏人，多少得冒点险。但我不反对小悟，小悟是对的。

之前他说有人会中大奖也是对的。

他说坏人躲在游戏厅也是对的。

原本今天小悟就不想来抽奖，他说要回去的。也许他都只是随口一说，可我现在却不想阻止他了。

他说："太危险了。坏人手里有刀，我知道的。"

3

会长听从了小悟的意见。他找来商店街的会员们，大家拿着绳子和木棍进了游戏厅。坏人果然带着刀。不过没有人受伤，多亏事前做了准备。

我没法仅用偶然二字来解释这一切，我再次亲眼见识了小悟的所谓"我看到的"。他不是信口胡说，这一点我不得不承认。

大家都很感谢小悟，并表扬了他。商店街的谢意是以允许他一个人抽两次奖来表达的，他得到了两盒面纸。回家路上，大英雄紧紧地抓着我的手不放，此刻却待在房里不出来。我大致明白了，他并非假装害怕以吸引我和妈妈的注意力。或许也存在这部分因素，但他确实很害怕。

晚上我一直趴在自己屋里的小矮桌上，许久都没有动一下。地上没有坐垫，破旧的榻榻米一坐就往下陷，叫我不太舒服，可一会儿我就麻木了。

小悟怎么会知道犯人进了游戏厅呢？我们只想着追人，没有注意周围的情况才会错过那么简单的小花招。而后边赶来的人，冷静观察一下就会发现异样。我不知道小悟有没有时间去记坏人电动车的车牌，可只要仔细看，他发现"车棚里停着一辆被做过手脚的电动车"的可能性也是有的。

他说坏人有刀，可能是误打误撞。他成天看电视，坏人作案时都会带刀，小悟大概就是把电视里看到的情节顺嘴说了出来。他说他见过这个镇子，妈妈却说没有带他来过，这话不一定对。一定是妈妈把自己曾带小悟来过的事给忘了。要不就是他自己偷偷来过，不过要说妈妈真的把这事忘了，也挺难理解的，比现在更小些的小悟单独行动的可能性基本上为零，却也并非绝对。有了冷静的观察、慎重的思考和出错的记忆，小悟说的这些事情一个个都能解释得过去。不过我还是有点不相信。

我不相信小悟有预感，但我同样也无法相信这些解释全都出自偶然。我凝视着已经看惯了的箭翎图案窗帘，久久地思考着。突然窗帘被钻进来的风吹得动了一下，我赶紧回头去看拉门，只见小悟正穿着睡衣站在漆黑的走廊上。

"遥遥，今……今天晚上我能跟你一起睡吗？"

我展开灿烂的、充满包容的笑脸，说："开什么玩笑，傻瓜！"

第三章

1

周四,一早便是阴天。

我打开窗闻到空气中有股怪味,之前并没有闻到过,可能一会儿就要下雨吧。堤坝道此时与我的视线同高,罩着帆布篷的大货车,吐着乌黑的尾气从堤坝上驶过。以前爸爸好像说过,汽车的尾气过黑或者过白都表示汽油纯度不够。我看见滚滚黑烟慢慢升上阴郁的天空。预感到今天定会遇到叫人郁闷的事,就像我确信今天会下雨一样。

走出房间,正遇上小悟。他又哭丧着脸,一双没睡好觉的红眼睛朝我望了望,然后用蚊子般的声音喃喃道:"早安。"我没理他。刚才的预感这么快就实现了。我大概能预知未来了吧?然而,忧郁之源若只来自小悟,那我就一脚把他踹走好了。想到这,我心情舒畅了些,转身打着哈欠下楼去了。

可我仍有桩心事——不是小悟说他能预知未来,而是每当小悟说傻话时,在场的都不止我一个,琳花也在一旁。

琳花可能是目前我在镇上唯一的一个朋友,她对小悟所言到底怎么想？她相不相信越野悟有预知未来的能力？还是只觉得遥遥的弟弟在胡说八道？或者……她很快会把这件事拿到学校去宣扬，传成笑话？

总之，学校不会永远是安乐窝。到时总有人会被踩在最底下，虽然我不认为现在与我交好的琳花会突然反目，但我对她的了解还没达到信任的程度。

都怪小悟成天说怪话，搞得我担惊受怕。都是他的错。我随便吃了早饭，就上楼去了。可我还必须跟小悟一起去学校，和他一起过那座摇摇晃晃的报桥。没办法，谁叫妈妈交代我了呢。我穿上校服，心情顿时糟透了。

"别忘了带伞。"要不是妈妈提醒，我差点忘记自己预感过会下雨。

上学路上我没怎么跟小悟说话，等过了桥，只剩我一人时，便不知不觉地加快了脚步。我昨天预备铃响时才刚刚进校，今天出门的时间没变，却早到了十分钟。教室在教学楼四楼，我快步地上了楼。

我走进敞开着大门的教室，一眼就看到了坐在窗边的琳花，她跟往常一样在和同学们开心地说笑。可一见我，立刻就停止了交谈，朝我走来。"早啊。"她若无其事地跟我打招呼，眼睛却滴溜滴溜地转。可以理解。如果她像没事人似的，反而更装腔作势。

于是我先开口:"早。昨天真够呛啊。"

"啊,对啊。"

"最后把那个坏人怎样了?"

昨天把那个坏人从游戏厅抓出来时,我也捎带看了一眼,那人基本符合我的想象,没么不堪。人很瘦,穿了件满是铆钉的夹克,完全不搭调。男人畏畏缩缩的,也就二十来岁吧。

"啊,那个啊。"

我没说话,等着下文。显然琳花不太想提,可还是告诉我说:"昨天那群人里有人跟坏人认识,好像是远亲。他说他会负责叫坏人好好检讨。会长开始也不乐意,最后也就同意了。之后的事我就不知道了。"

"那警察呢?"

"好像没叫。"

互助会会长一开始就不愿报警,看来是他饶过了坏人。按琳花说的,好像也没去问被害人的意见。我不赞成这种做法,可也轮不到我出面。"这样啊。总归是大人们决定的嘛。"

"也不总是这样,一般不这样。"琳花还想掩饰,我笑了。琳花曾说她讨厌这个镇子,可还是不愿我误会这里可以容忍抢劫。

"我没觉得总这样。"

"那就好。"琳花说,"那回头再讲。"便又返回刚才的谈话圈里去了。剩下我一个人，多少有点沮丧。难道琳花一点都没发现小悟很反常吗？我觉得应该不会。不过她没有提，真是帮了我大忙。

第一节是数学课。第二节是语文，第三节体育。

课一节一节上下去，我却一点也没心思学习，总想着小悟的那些预言。趁琳花还在假装对小悟不甚关心之前，我得赶紧给他的"预言"找出些说得过去的解释。到时候，琳花问我："那是怎么回事？"我得胸有成竹地应对才能保全自己。

我不喜欢占卜。不相信通过星座、血型预知今日运程这回事。总之我最不喜欢抽签，即使抽到了上上签，签上说我能心想事成，也从没应验过。所以我不相信事情纯粹是被越野悟说中了，我不允许发生这种事。

很意外，雨一上午都没下下来，到了午饭时外面下起了小雨，上第五节课时就转成大雨了。第五节是社会课。教社会的三浦老师不时推推眼镜，对我们说："这些新型的陶器被称为弥生式陶器，人们的生活从以狩猎采集为主转向了农耕畜牧的形态。嗯，这个嘛，从我个人的角度讲，说实话我还是喜欢绳文时期的土陶，造型上很有想法，可以说是热情吧。很不错。"他又陶醉在自己的世界里了。我呆呆地看着楼下被雨水打得扬起了雨尘的操场。头脑里净是各种片段,却怎么也整合不起来。我想找个人商量商量,找谁好呢?琳花现在还没法坦言相告,妈妈也不行。如果是在过去的住处,倒是有几个朋友,可老提过去也不是办法。

下课铃响了。老师不舍地看了看课本:"我今天本来打算给大家上到卑弥呼这一节,废话多了点。那么就先到这儿吧。"值日生叫大家起立。就在这时,三浦老师好像想到了什么似的,又补充了一句:"对了,越野,你放学后到办公室来一趟。"我一时竟没反应过来他叫的是我,可三浦老师确实站在讲台上朝我这儿看。我不禁指了指自己:"咦?是叫我吗?""是的。"

我被老师叫去办公室了。但我完全想不出会是什么原因,我想反问一句,可问了,老师照样还是要我去,况且我也不想在班级里太引人注意,只好勉强答应:"好的。"

留在班里的那一小段时间,有几个男生上来嘲弄了我两句:"越野,你到底干啥了?"在我的心目中,发生这种事应算作走运。同学们总是比较喜欢一些每年有那么几次会被老师叫到办公室里去的调皮鬼,好学生反倒吃不开。只是我没想到开学才四天,自己竟然成了第一个被叫去办公室的。"不知道啊,大概老师搞错了吧。"我只能这么说。大家听了，也觉得可能是这样。三浦老师一看就经常丢三落四，他完全可能搞错对象。我绷着个脸挨到放学。没辙了，只能去办公室。琳花看到我从位子上站起来，就嬉皮笑脸地走过来："虽然不知道是为什么，还是好好走一趟吧。""什么嘛，一副事不关己的样子……""哈哈，本来就不关我的事嘛。""太过分了。"我想结束后再回教室一趟，就没把书包带去。出教室时我突然想起来，就跟琳花说了一句："你不用等我哟。"

"嗯。"琳花向我挥了挥手。

从四楼的教室到一楼的办公室，我有节奏地一级一级往下走。走廊里没什么人。学校给每个年级都准备了八间教室，实际上却只有四个班。办公室跟我以前学校的完全不同——办公室里充满了烟味。虽然我不喜欢这个味道，倒也有点怀念。因为爸爸抽烟，过去家里住的那套公寓总是烟味不散。我朝两旁看了一下，没看到有老师在抽烟，大概屋子已经被香烟熏透了吧。明明刚放学不久，大部分老师却早已下班。

办公室里每三张桌子相对放置，六张组成一组。三浦老师趴在桌前，弓着腰，我花了几分钟才看到。我不情愿地走到他的桌前，桌上摆满了东西，乱七八糟的。课本、辅助读本、字典、活页夹还有跟上课无关的书、镇纸、小小的电子钟、装满了红笔黑笔的空易拉罐，甚至桌上还有些零钱。就不能稍微收拾一下吗？

三浦老师听见我的脚步声抬起头来，说："哦，来了啊。"我双手交叉放在裙子前面，在老师面前站定。"您有什么事吗？"我自己也没想到声音竟这么粗鲁，不禁一个哆嗦。老师似乎没放在心上，他把转椅转向了我，一只手还放在桌上。

"越野，你一定不知道我叫你来的原因吧？"

"是的。"我坦率地说。

"嗯，你不知道也很正常。我本来没想在教室里把你叫出来的，不过那么一来就得用校内广播了，所以没办法。被广播点名的话更讨厌，对吧？"

确实，被全校的广播点名就更尴尬了，可老师干吗一上来就扯闲话呢？我好想再问一句："那你到底有什么事？"可还是忍住了，我不说话，由他讲吧。三浦老师又像上课似的，很快把话题转到了正事上："昨天，我也在常井的商店街呢。"

"啊？"我完全没注意。

"你好勇敢啊。老师还是头一次知道中学生跑步能跑那么快呢。体育老师是谁来着？哦，星野老师。他一定会高兴的。他还担任校田径队的顾问。越野你不知道吧？我们学校过去田径是强项呢。我差点以为你能追上那辆电动车。"

"啊，谢谢。"

"我可不是表扬你啊。"老师说着,镜片后的眼睛却并没有怒气:"我在想你要是追上了会怎么样?我真是吓出了一身冷汗。如果你追上了那辆车,叫他停下来,那你就得跟坏人正面交锋了。越野,你会格斗?"

"不会……"

"嗯,我也猜你不会。所以一旦坏人发起反击你就完蛋了,说不定还会成人质。我虽没看到,可听说坏人拿着刀,是吗?"

被老师这么一提醒,我当时还真没想过后果,只一个劲地朝前追。我那时怎么会想要去追的呢?琳花和我,谁先跑去追的?

三浦老师仍自言自语似的继续说:"嗯,所以差点出事。老师知道你很勇敢,在场有那么多大人,追出去的却只有你们两个,后来好像还有个互助会的人也过去了。大家都觉得这事得找警察,跟自己无关。老师要表扬你有正义感,但也有责任批评你不计后果。"

"老师没有追吗?"

"啊,你问这个?真难为我了,"老师搔了搔头,"我刚才不该用'大家'两个字。是老师个人觉得这种事该由警察去管。我真没想到自己的学生会去追坏人,所以一想到你们万一碰到麻烦就糟了,便也追了出去,倒不是为了追坏人,"老师苦笑着,敲了敲自己的腿，"脚跑不动了，而且前两天整理书架，把腰闪了。原本我这年纪还不至于如此。所以我跑着跑着，中途一阵腰疼就再也跑不动了。后来我听说坏人被抓到了，你们都没事，我才松了一口气。眼睁睁看着自己的学生卷入危险中，自己却因为腰疼动弹不了，如果传出去，老师的面子……算了，老师的面子也无所谓啦。就当我没说。"

三浦老师傻乎乎地实话实说。我听了差点笑出声来，便赶紧拧了一下手背。看在他老实的分上，我听话地低下了头："知道了，以后再也不敢了。"三浦老师脸上又露出了难色："你一说不敢，听着又挺别扭。不过，是啊，以后做事千万要小心。"

说什么以后，这种抢劫案我怎么可能三番五次碰到？总之，就为这事叫我到办公室来，我真不服气："那为什么就叫我一个人？"

"什么？"

"我跟琳花……老师一定看到在原也一起去追了吧，为什么只叫我到办公室来？"如果两个人一块儿来，我也不这么紧张了。

三浦老师微微咧了咧嘴："在原身边有大人管嘛，不用老师专门出面的。"

"你是说别人会管，就不用老师教育了？"

"越野，你挺较真呢。"

这么一说，我确实对老师不太客气。我自己也觉得奇怪，平时我不会这样说话的。三浦老师没打算糊弄我，他看着我回答道："不是的。如果老师把人家已经说过的话，再对在原重复一遍，她肯定不开心。老师刚才就说过，老师欣赏你们的正义感，不愿毁了它。但越野这边，就只有靠老师来提醒了。明白吗？"

原来如此。

"老师您知道我家的事？"

"四月份才搬来这里的事吗？当然知道。"三浦老师干脆地回答，可我并不觉得事情像他嘴里说的"当然"两字这么简单。我不知道老师曾教过多少学生，大概一百多人吧。可三浦老师又不是班主任，只不过教我们社会课而已，他却知道我才刚搬来不久，这事本来就有些反常。开学才四天，能记住我的名字和脸就不错了。

老师依旧摆出平常的样子继续说："你好像已经在班上交到了朋友，这很好。如果有什么非得跟大人商量的事，就跟村井老师说。"

班主任村井老师能帮我出主意吗？她看上去总是一副累得够呛的样子。虽说是工作，也不一定有时间再来听小孩子说心事吧。若真要找人依靠，面前这个瘦高个，说实话还真靠不上。可至少三浦老师还比较了解我家的情况，对我也有所了解。我没多想，开口就问："老师，我想请教一下。"

"啊?你说。"

"您有没有听说过有的小孩能预知未来啊?"完了,说出去了。刚说完我就不自觉脸涨得通红。即使可以跟老师谈小悟的怪异行为,也得先考虑说话方式。现在这么一来,不等于说"我能预知未来"了吗?我可不喜欢装神弄鬼,绝对的。我想赶紧补救一下,慌乱间,只见三浦老师十分诧异地歪过脑袋。我就猜到会这样。我拼命地摆摆手:"不,那个,不是的。"没想到三浦老师却没有像我以为的那样误解我:"你是说玉菜姬吗?越野,你知道得不少啊。"

"啊?"

"难道你指的不是这个吗?"

这时要是否认的话,那不就等于承认自己装神弄鬼了吗?我只好含糊其词答应着先看看情况:"不,我不知道名字。"

"哦,这样啊。嗯,也是。很少有地方会写到她的名字。"三浦老师看了看手表,"这个一句话说不清,老让你站着也不是个事。而且老师还有事,这样吧,我借本书给你。"于是老师把手伸向乱糟糟的办公桌,把一些堆得歪歪扭扭的纸张扔在地上,从中取出了一本书。是一本很厚的精装书。我看了看书名——《常井民话考》。

三浦老师没有理会丢在地上的纸:"这里虽然没

有玉菜姬的传说，但是重新编辑了一些写给孩子看的故事，很容易读。外面在下雨啊。对了。"他再次把手伸向办公桌，这回活页夹也差点掉下来，他拿起一个便利店的塑料袋："别淋湿了，放在这里面。这书很宝贵的。"

我不知道怎么讲才好，总之三浦老师不太适合在学校里教书。

2

我只想搞清楚小悟的"预言能力"，并不想读什么民间传说。虽有负三浦老师的好意，我还是打算假装读过，然后把书还回去。

然而，当晚，为了逃开小悟没完没了的电视噪声，我早早回了二楼自己的房间。我不想做作业，随手翻了一下《常井民话考》，不料竟被深深吸引了。

天黑后，雨越下越大，铁皮屋顶上持续发出雨点的敲击声。妈妈说"直接坐在榻榻米上不舒服"就买了靠垫回来。我坐在靠垫上，趴在可以折叠的小桌前，一声不响地翻了一页又一页。

小朝和玉菜姬

话说江户时代，一天常井村民们都上村长家来议事。因为一个新的官吏即将上任，据说此人为官严明，打算将历届官吏漏征的赋税一并收缴。村里原就生活贫苦，倘赋税增加，必会出现饿死人的惨状。为了平安度过新官上任这一关，村民们一连商量了好几天，可仍没有想出一个行之有效的好办法。与此同时，邻村已经被新来的官吏查到了漏税的证据，新官十分气愤，说："此等坏事频出皆为村长之过。"下令抓捕了村长。常井村村长得知此事，烦恼不已，最后还是决定："事已至此，若能以吾身救村民，吾往矣。"村民听说后十分难过，劝村长说，村长为一村之长，关系重大，何不以子嗣代罪？村长感念村民的深情厚谊，于是打消了之前的念头，说："非吾贪生怕死，乃众人所言，吾从耳。"然而，村长膝下只有一个继承香火的儿子，便收了村尾常兵卫家的儿子为养子。

长兵卫早年丧偶，与儿子长吉和女儿小朝三人度日。长吉被送入官府的前一天夜里，长兵卫独自哀叹："遇到这样的不幸，难道是我上辈子作了孽不成？为村受过本无可厚非，我作了孽亦是要补偿的。可长吉尚未涉世即遭此难，实在可怜啊。"听到这里，平日呆呆傻傻、不善言语的小朝突然开了口，她对惊愕不已的长兵卫说："父亲莫悲。女儿知您前世不曾作孽，而我也早知必有今日一劫，遂已打定主意。此事定能化险为夷,请父亲善待长吉。你我父女不久即可相见,父亲莫要悲伤。"于是第二天一早,小朝就留下长兵卫,独自一人出门了。

小朝来到官吏的驿站,跪拜:"常井村民前来领罚,请老爷开恩。"官吏的手下见小朝破衣烂衫,就说:"此等模样如何见人,赶紧先去沐浴更衣。"说着便给了小朝一件丝织和服。小朝沐浴后,换上丝织和服,立刻容光焕发,让新官大吃一惊。于是,小朝再次请求:"请老爷开恩,饶了常井村吧。"新官感佩小朝的美貌和气度,点头答应了她的要求,放过了常井村。

回村路上,小朝在山路上长长叹出一口气,喃喃自语道:"我今生的使命已了。"说着就纵身跳下了悬崖。

村民们从长兵卫那儿听说此事,全都十分震惊,懊悔不迭,说:"小朝一定是玉菜姬转世。早知如此,必大兴法事。实在是有愧了。"

三年后,村里又生了一个女孩,一见没有血缘关系的长兵卫就叫爸爸。村民得知后,都说:"这是玉菜姬又回来了。"众人欣喜万分。

(解说)

在旧常井村流传着一种名为玉菜姬的宗教崇拜。据说其发源于二十世纪六十年代后期,可并未见进一步的研究资料来予以证实。有关这种宗教崇拜的根源也存在几种传说,很难确定它的原型。

目前广为流传的一种说法就是,第一代玉菜姬原为平将门之女,为辅助父亲而修炼了妖术。

(1)玉菜姬因战乱失败而洗心革面,在常井村结庐而居。

(2)一日,听闻将门遗孤在此,遂有官吏来访。

(3)由于常井村人的保护,官吏无功而返。

(4)玉菜姬为感谢常井村人的恩情,死时化作七世轮回,誓死守卫常井村。

这就是传说的大致内容。

这篇民间故事大胆地抄袭了泷夜叉姬的传说,同时还鼓吹了村民们的善行,应为战后所做。事实上,目前还没有在玉菜姬信徒中发现有人将此故事作为其宗教根源的。

接下来谈一谈鲜为人知的一种说法。故事中的官员应为天保十二年(一八四一年)的检地官崛井利方。为了打破地方财政的困难,此人被迫严查各地面积增加赋税,一时间各地暴动频频,局势动荡不安。故事中所说邻村村长被捕一事,实为历史记载中一些因隐瞒私产不报的村长病死狱中或受刑而死的事实。而历史上确实也没有常井村在崛井测量土地时隐瞒土地的记录(即没增加赋税)。其中原因,一般认为是崛井利方在前往常井村途中不幸落入佐井川，溺水身亡而没能继续测量土地造成的。

然而，小朝的传说可能来源于常井村在向官吏陈情时有过贿赂的事实。且江户后期似乎已有玉菜姬的传说，而要将此事看作事实还有待进一步的考证。

这则故事以昭和五十一年（一九七六年）担任玉菜姬教徒干部的藤下兵卫的叙述为原型。藤下原本不喜谈论有关玉菜姬教派的民间传说，但晚年心机一转，向人们叙述了许多此类传说。其人于昭和五十二年（一九七七年）去世，享年九十岁。在此谨祈冥福。

故事中的常井村就是现在的常井地区吗？

我无法只将它当作一个普通的民间传说来读。故事后边的解说有些难，没看太明白。但我知道旧常井村曾有过一个我不了解的集会，这个集会现在还存在吗？这个集会是来祭祀玉菜姬的。故事中玉菜姬是个有预见能力的人物，而且还知道如何去解决。尽管我不知道为什么她一换上新衣服，就让新任官吏听从了她的请求。

昨天小悟好像也表现出类似情况，所以三浦老师一听我问，很自然就想到了这本民间传说。

这么简单就能将疑问跟眼前的事实结合起来，这实在太可怕了。比如心里想着西红柿就会碰到红灯，这种结合起来考虑的方式，很不靠谱吧。不能这么快就把小悟的事单纯地解释为玉菜姬。然而，小悟是从搬来这个镇上后，才开始讲怪话的啊。在之前住的地方，他只是个爱哭鬼而已。

"玉菜姬"。大概是心理原因吧，光念叨这几个字就叫人讨厌。

都怪自己随口说了这么奇怪的话，以后再不能找三浦老师商量事情了。可即使先不去提小悟的事，我还是想跟老师打听一下玉菜姬。

不知不觉间，屋顶上的雨声停了。我漠然地走到窗边，打开了箭翎图案的窗帘。雨停了。半个月亮高高地挂在天上。我呆呆地看着被月光照亮的云朵飞快地飘来飘去。

3

做了噩梦。

睁开眼睛，我竟不知道身在何处。屋里很暗，我裹在被子里。心脏怦怦地快速跳动着，向全身输送血液的响声一直冲到头顶上。心脏跳得这么快，恐怕马上就要爆了。我不敢动，得等这阵悸动过去。

静静地等了一会儿，朦朦胧胧的意识才逐渐恢复过来，我不会死了。最近我常常记不住都做过哪些梦，只记得是一些可怕的恐怖的东西。

头脑整个清醒了，这种情况太罕见。我从被子里钻出来,闹钟放在我伸手够不着的地方,我爬了过去,在黑暗中凑近看了一眼。屋里有一丝光亮,很快我就看见钟上的时针了,现在是半夜一点。

嗓子好干,我没开灯,就这么出了屋子。一步一步小心地下那座陡陡的楼梯,可无论多么当心,每下一级,楼梯还是会发出吱嘎的一声。

一楼客厅的拉门缝里漏出一点亮光,有人在里面。不可能是小悟,准是妈妈还没睡。我走进厨房,从盥洗盆里拿起一个倒扣着的杯子,接了自来水喝。心想,妈妈听到刚才楼梯发出的声响,一定知道是我下楼来了吧。一声不吭地上去,妈妈会不会觉得我不愿理她呢?这可不行。

我略微弄出了点脚步声,向客厅走去,伸手拉开门。里面没有声音,我又缓缓拉开一些,屋里的灯光刺得我眼疼。

妈妈趴在桌前,在写些什么,大概她已经猜到是我了,抬起头来时,一点都没觉得奇怪,微微一笑说:"怎么了,遥遥?睡不着?"我摇了摇头,在黑暗中待久了的眼睛有点痛,便低下头说:"喝了点水。"

"哦。"

"妈妈还不睡?"

"写完这个就去。"她摸了摸桌上的纸。

我的眼睛渐渐习惯了亮光,俯身看了一眼。桌上放着信纸,妈妈的字非常整齐,像印刷上去的,没一点歪歪扭扭的地方。信是竖写的,非常认真。

"写信?"

"嗯。想问问他公司的人,他现在的地址。"接着妈妈又喃喃道,"如果有了消息,我们却不知道,就太遗憾了。"

我咬了咬嘴唇。不这样,恐怕有些不该说的话就会脱口而出了。

没用的。

都这个时候了,怎么还会跟我们联系?

如果真的身无分文,那有了消息又能怎么样?

不过就是来要钱嘛。

写什么信。

别写了。

为了把这些话都吞进肚子里,我一直拼命地咬着嘴唇。即使说了,妈妈也不会怪我,只是寂寥地一笑,说"是啊"。她以前那么漂亮,现在脸上却了无生气。不知道妈妈对我的沉默怎么想,她放下了笔:"这么晚了啊,还有些我明天再写吧。"说着便把信纸反了过来,柔声说:"搬家搞得我手忙脚乱,都忘了问你,新学校怎么样啊?"

我强颜欢笑:"挺好的。功课也不怎么难,还交到了朋友。"

"哦,那太好了。新朋友是叫在原吗?挺不错的孩子吧?"

"嗯。"

"妈妈也为你高兴。"

我不确定妈妈是不是真的在意我,还是因为比较在意小悟,就也想对我同等相待,她大概一直在这样要求自己。

老想这些真叫我烦透了。

妈妈思忖着如何继续跟我把话谈下去,我不想再麻烦她了,就垂下眼帘:"觉全醒了。"

"哦?给你热杯牛奶?喝点热的好睡一点。"

"不用,我刷过牙了。"

脑海里冒出一个念头,一个恶作剧。因为揣测别人的心思并非磊落之举。我装得特别若无其事,边打哈欠边说:"我去散个步。"

"现在?"连妈妈也吓了一跳。我瞥了一眼墙上的挂钟,跟刚才我看闹钟时一样,已经一点多了。"嗯。"我点了点头,猜测妈妈还会再说些什么。可让我失望的是妈妈犹豫片刻,惊讶的表情从脸上消失,立刻恢复了平时的笑脸:"哦,那去吧,小心点。"我就知道妈妈会这么说。

我并不想散什么步,只是话已出口不去不行了。其实我真有点困,可仍回房在睡衣外加了一件厚毛衣。我尽量小心不弄出响声,可楼梯、拉门还有生锈的窗框都发出金属摩擦的噪声。这种寂静的夜里，我才第一次注意到它们。出门前我踌躇了一下，不知该不该跟妈妈打声招呼。

夜晚真冷啊。幸亏多披了一件羽绒服。我踌躇着去哪里好。便利店太远，况且我也不想遇见人。沿着堤坝路往上游走一点，那里有个自动售货机，我去那儿看看有什么喝的。想到这我便迈开了腿。

路上没有灯，半轮明月已经足够，空气中有股刚刚下过雨的味道。周围的房子全都没了灯光，夜晚原来如此安静，抑或这个地区才这样？

这条路到底是哪一年修的？路中间有一些凹陷、开裂以及沥青的碎片，我用脚轻轻地踢开，坑坑洼洼的路上积了几个大水潭。

我并不希望妈妈出面阻止，可真不让我出来，我也会生气。但就在我听见她说"去吧"的时候，我的脸一定笑得很尴尬。到底还是这个结果啊，我知道妈妈不会阻止的，她也不会冲我发火。

如果是爸爸呢？我情不自禁地想到了他。

如果是爸爸，他一定不会允许我半夜一点出门散步，爸爸格外循规蹈矩。他若知道，定会露出十分惊讶的表情："说什么鬼话，赶紧睡觉。"

"爸爸，"我叫了一声，又立刻羞愧地加了一句，"去死吧。"

事实上，爸爸可能早就死了。我不愿再想，心情糟透了。冷风拂过我的身体,头脑在夜色中渐渐冷静下来。

仔细想来,我还是对妈妈做了错事,我明明知道妈妈对我已经很客气了,为什么还要再这么考验她?她也是个可怜的人啊。我不该再雪上加霜了。可我……

妈妈不是我的生母,她是爸爸再婚的妻子。她漂亮、温柔、喜欢我爸爸。我当然不喜欢她。但是当我得知我那位向来最讲礼数、要求我事事循规蹈矩的爸爸,自己却完全不守本分的时候……也就是,他贪污了公款,趁事情败露前跑路的时候,妈妈却一边拼命寻找着他的下落,一边不断地安慰我:"没事。他一定会回来的,有遥遥在这里呢,他明天一定会回来。"

我再傻,很快也明白了自己的处境。对妈妈而言,我不过是一个犯了罪欠了债又人间蒸发了的男人的女儿而已。妈妈没义务养我,也没义务供我上学。可妈妈却一句怨言都没有。

原本我该识相一点,低眉顺眼小心度日的。我觉得抱歉,因为我独自占了一间屋子、我交到了朋友,我拖累了大家。可是妈妈却为了要将我和小悟一视同仁,不懈地努力着。不管是被人赶出爸爸公司的宿舍,还是带着不多的几件行李回到坂牧市,妈妈都没有丢下我,而且她直到今天还在拼命地寻找爸爸。

我时常在想，妈妈这么做是为了什么？难道她是天使吗？可我偏偏在今天晚上说那种话去试探她——天使般的妈妈。我想看看她会不会生气。妈妈没有生气，我便完全懂了。

嗯。

今晚的我，真是坏到家了。

我看见了自动售货机的灯光。自动售货机本身就装着灯，上方却还有盏路灯。我走进那明晃晃的光线中。由于冬天还没完全过去，售货机里摆满了热饮：咖啡、红茶、绿茶、柠檬茶。

"热柠檬茶啊。"又酸又甜又暖和，光凭想象嘴里都会冒出口水来。既然目的地已经到达，我便转身向右走，什么也没买，口袋里本就没带钱。当然，我原本就没有零用钱。

我沿着堤坝边往回走，觉得重复来路好无聊，便爬上了堤坝路。杂草丛生的斜坡不太好上，得用手帮一下忙。刚下过雨，杂草上都是水，我的手很快就全弄湿了。

我爬上堤坝路，眼前一辆小型车缓缓驶过。这么晚了还有汽车啊。虽然有危险，可我仍不想回到来路上去。我穿着近似奶油色的白羽绒服，夜晚应该蛮惹眼的。

琳花见到小悟时，曾对我说："别欺负他呀，毕竟是你弟弟啊。"琳花这句话里包含了两处错误。首先，我没欺负小悟，虽然也不想跟他做朋友。其次，小悟并不是我弟弟。小悟是妈妈的孩子。妈妈今年三十岁，小悟八岁，他是妈妈二十二岁时生的孩子。我不知道小悟的生父是谁。我觉得妈妈应该对小悟更好些，如果为了照顾我的情绪，她对我总是轻声细语的话，那就更应该加倍地对小悟好些。可妈妈并没有这么做，兴许她真是天使。

我走在堤坝路上，有几辆车从我对面驶来，擦着我身边过去，有些车速还很快。司机们到底会怎么看我这个半夜还一个人走路的孩子呢？或许天亮，就会传出"堤坝路上有穿白衣的女鬼"之类的消息吧。

我发现路边有块很大的告示牌。

从我家应该可以看到，只是我从来都没注意。没办法，这告示牌是给来往堤坝路的车辆看的，所以从我家只能看到它背面的铁皮。告示牌大概有十米长，白底写着几个大大的红字。因为字太大，我靠得又太近，所以看不清。我几乎是仰着头走路的，边走边念看到的字："高速……公路……拯救……一切。坂牧……招……招商？"字有点难懂，招商，应该是招商没错。"绝对促成……招商。两个惊叹号。"

高速公路拯救一切　坂牧绝对促成招商！！

我不由叫出声来："拯救一切。搞得像上帝一样。"我常见有些海报上写着"上帝拯救人类"的字样，就突然联想到一起了。啊，伟大的高速公路哟，请饶恕罪孽深重的我吧，救救我。

它应该救不了我，连万能的上帝都救不了。我想着，惊觉自己的双手已经交叉在了胸前。

到家我才发现自己冻僵了。春夜本就寒意料峭，刚才爬堤坝时又弄湿了双手和身体。我开始还不觉得，一打开家门走进去，就不由打了个冷战。

"啊，好冷。"我不禁低语道。刚才打碎存压岁钱的罐子，带点钱去自动售货机买瓶热柠檬茶就好了。说到底，还是不应该在半夜跑出去。

我很想马上钻进被窝，可身子已经冻僵了，得先缓一缓。我随便整了整脱下的球鞋，尽量不出声踮着脚往厨房走。蓦地我站住了，厨房里还有灯光，排气扇和煤气声都听得见。是妈妈。

大概我关门时发出了声响，妈妈注意到我："回来了，遥遥。过来。"我不想见她，可她叫住我，我没办法。我假装困得不行，一直低着头，进了厨房。一股甜甜的香味飘了过来。炉子上热着牛奶。

"妈。"

"冷到了吧，暖暖身子会比较好睡。"

"可……"

"牙齿再刷一次好了。"

我不作声,点了点头。

妈妈把热牛奶倒进杯里,我用双手捧着递过来的杯子,身上的寒气就一点点逼出来了。我朝杯内吹了吹,牛奶表面的那层膜被吹得漂到了一边。我喝了一小口。好甜,放了好多糖。我从没喝过这么甜的热牛奶。

我的膝盖微微发抖,两眼盯着热牛奶,一口,两口,每喝一口就觉得五脏六腑都暖了。我低低地叫了一声:"妈妈。"

"嗯?"

"对不起。"妈妈知道我道歉的原因吗?

"没事。"妈妈说,她大概已经明白了吧,又对我说,"妈妈也对不起你。"

我不懂她的对不起是什么意思:"什么?"

妈妈声音很轻,被换气扇的噪声掩盖住了:"把小悟托给你照顾。"

谈不上什么照顾,我根本没为小悟做什么。在小悟害怕那些不知名的物体时,说那些怪话时,我都没怎么搭理他。妈妈这种温柔的态度、道歉,都不应该用在我身上。我要全部还回去。

虽这么想,但热牛奶的甜味很快就充满了我冰冷的身体,把我的小心眼逼了出去。妈妈又恢复往常的微笑，柔声说："那妈妈先睡了，你可以收拾一下吗？"

"嗯。"我正犹豫着该向从我身边走过的妈妈说些什么。倘若一言不发，妈妈一定会伤心的吧。每每这时，我总是笨嘴拙舌的。妈妈刚才提到小悟了，我便问了句："妈妈，小悟以前也没来过这座小镇吧？"

妈妈有些诧异地笑了笑，很认真地回答说："是啊。"

"可小悟他……"

"已经快两点了，遥遥，晚安。你不用收拾了，等妈妈明天来弄。"

我盯着剩下的半杯热牛奶，后悔得直想哭。我不应该提小悟的，我还有其他更应该说的话，不是吗？我一个人站在厨房里，轻轻地说出了那句迟迟不曾出口的话："妈妈，谢谢你的热牛奶，非常好喝。"

第四章

1

不能重蹈前天的覆辙,早上我也看了一下电视的天气预报,说是降水概率为百分之十,这百分之十的水会降在哪儿呢?周五一大早天气就出奇的好。

上学路上,小悟说:"太阳好精神啊。"这么诗意的语言不可能是他的原创,从哪里抄来的吧。不过他说的倒没错。清晨太阳就这么猛,今天一定不只是暖和,恐怕得热了。快看到报桥时,小悟说:"遥遥,能问你个问题吗?"他这战战兢兢的口吻叫我浑身不舒服:"什么啊?"

"校服呢?怎么没穿?"

今天我是穿运动服去学校的。他的疑惑本就让我不爽,况且现在问也晚了,我早饭后就换好了这件豆沙色运动服。

"没什么,学校有活动。"

运动服都不漂亮,可也有设计的好坏之分,我们中学的这套运动服,怎么看都属于难看的。穿这种衣服出门简直就是受罪,最好别让人看见。

小悟歪过脑袋:"干吗不到学校再换?"

说得对。

不，错了。小悟的话总归哪里有问题。

"你傻啊。"先骂回去，再想下文。

"遥遥一张口就是骂傻瓜，你自己才傻。"

"那你竖起耳朵听我说。"

嗯，啊，对了。

"一年级全都要穿运动服，学校哪有这么多地方给你换衣服啊，所以叫我们一早就穿去。懂了吗？"没时间想理由，这个勉强凑合，好像事实就是如此。小悟无精打采地"嗯"了一声。因为我们已经来到报桥跟前，于是小悟立刻闭上了嘴。

今天学校安排我们义务清扫。下午初一全体学生到佐井川河滩上捡垃圾。没想到刚开学就给我们安排了这种苦差，也可能恰恰因为刚开学才搞这种活动吧。不管怎么样，今天是我们全班的第一次集体活动。

碰到下雨活动就取消，能那样最好了，天晴次之。而要我们在昨天才下过雨的湿河滩上捡垃圾，光是想象就够郁闷的。真希望太阳暴晒一下，把湿气全晒干。

今天天气没跟我们作对，一整天都艳阳高照。

午休时间被缩短了，大概全年级去义务劳动前，校长要在操场上训话。我觉得不必为这事减少我们的午休时间。跟平时一样午休,午休后再集合,然后训话也可以嘛。二、三年级还在午休,我们一年级的学生已经全部穿着运动服集合到了操场。上学路上还觉得难看的运动服,穿的人一多,倒也没那么扎眼了。随大流是多么美好的事情啊。

我们在操场上按班组排队,一组六人,三男三女。一上来就给每组分配了一个拿垃圾袋的,两个拿火钳的。我什么都不用拿,就把劳动手套塞在口袋里,口袋难看地鼓了出来。男生都在发牢骚:"校长慢死了。这么早叫我们出来。"

"就是,天也热起来了。"

"没错。累死了。"

全都各讲各的。没办法,男生大多愚钝。

我们这组女生是我跟小竹,还有栗田。虽然分在同一组,但彼此还没熟到可以叫名字的程度。琳花不在我们组。

我跟小竹她们关系一般,也没想过要进一步搞好关系。这种想法没法跟对方明说,她俩估计也一样。我们就各揣心事,讲起风凉话。

"就是嘛。真是的。"

"大扫除我们每天都在做嘛。"

"搞什么义务劳动,烦死了。"

栗田总的来说人挺老实的,但也不至于插不进谈话。

"地方又那么远,能当场解散就好了。"

"嗯嗯,我也这么想。"

我可不是单纯地附和。这次义务劳动地点在佐井川河滩,尽管每个小组分配的区域不同,可都要往我家那边去。学校不让带书包,结束后还得回来拿。一天来回跑两次学校,真是蠢到家了。

"啊,好讨厌啊。"小竹说着转了转脖子。

据我观察,大家对义务劳动的态度分成两派。一派认为:"大扫除烦死了,每天都在学校打扫,还特意跑到街上去捡什么垃圾。"小竹明显就是这一派的。另一派认为:"下午上课好烦,干什么也比上课强,还是去劳动有意思。"我觉得栗田应该是这一派的。

我则是"蝙蝠派"的,不出头,干什么都无所谓。

喇叭里有了声音,校长站上了主席台。

"啊,啊,啊。"他试了试话筒,几声啸声后话筒就正常了。

校长也穿着运动服,肚子大得真想拿刀给他削下去,看着很不爽。我忘了校长叫什么名字,不过还蛮喜欢他的,因为他从不讲废话。

校长"喀"了一声,不是清嗓子,是真的咳了一下,接着对大家说:"嗯,诸位,今天我们去河滩清扫。昨天下了雨,现在河水比较多,水流也很急,大家千万不要走到河边去。在校外也要沿人行道走，小心点，不要出意外。各班班主任一定已经说过了，捡到的垃圾统一拿回学校。能多捡一点当然好，但垃圾袋装得太满，拿回来会比较吃力，所以请大家量力而行。我要说的就这么多。"校长简短的训话总是以"我要说的就这么多"结尾，顺便再鞠个躬就跳下主席台。开学典礼时他也是这样。我喜欢这种作风。

大家都以为下面就该出发了，有几个心急的已经蹦出了队伍。可有一个说话挺粗鲁的老师叫了起来，我不知道他的名字。"等一下，回来。谁说可以走了？"

这时，主席台上又站上了另外一个人。

这人我不认识，他一身蓝色运动服，脖子上还围了条白毛巾。人长得瘦骨嶙峋还佝偻着背，十分寒碜。他的脸被太阳晒得黑黑的，皱纹也很深，刮胡子留下的白印子清楚可见。他一开口我就猜出他一定不是学校的老师。原因之一是我没见过他，最主要的还是他没有老师的那种气质。感觉就是一个油腻的大叔。他拿起话筒，说："大家稍等一下。我就说几句。"虽然他看着不像老师，在大庭广众之下说话的样子倒十分熟练。

"嗯，我是常井互助会的川崎，今天让大家参加义务清扫，真是辛苦各位了。我们每天在为建设好常井，嗯，坂牧市努力工作，也请大家多多出力。"

常井互助会的人为什么要来学校？我还以为是这个地区的习惯，可左右看了看，发现同学们的表情都跟我一样，表示困惑。

主席台上的川崎还在滔滔不绝地讲着："我们互助会对大家有一个要求，就是把捡来的垃圾要严格地分类。小树枝、塑料袋什么的放在装可燃垃圾的袋子里，空罐子什么的用另一个袋子装。大家明白了吗？"川崎环视了一下操场，停顿了一下，像是要引起大家对下文的重视，说："像一些遗失的物品要另外收集。比如钱包、CD等等，还有电脑的零部件。这些东西要上交警察局，所以不要随便扔掉。捡到遗失物品别丢，都装起来，各自上报给老师。"

原来他只是来叫我们注意垃圾分类的啊。

没错，如果不区分可燃物和不可燃物，那义务清扫反而是添乱了。一些中学生随手把别人丢的东西捡进自己口袋里，也是个问题。他特意过来强调，会不会是因为以前发生过类似现象呢？不过这种事干吗要互助会的人来说？哎，到哪儿都有这种爱显摆的大叔。

出发前的训话结束了，接下来是各班班主任带队，按班组顺序出发。

在等待出发的这段时间里，小竹把火钳张张合合地弄了好几下。没人说话，感觉好沉闷，我找了几句无关痛痒的话说："哎，真麻烦啊。"不料小竹瞥了我一眼，神秘兮兮地笑了笑："是吗？"

咦，不对劲。

"你刚才不是……"

"那是刚才，现在又是另一回事了。"她笑着，又把火钳乱夹了两下。

我发现男生竟也都神秘兮兮地在小声议论什么。刚才大家嗓门还都很响的，我偷偷听到几句。

"说是五万日元呢……"

"傻瓜，不是啦，更多。"

我搞不清他们在说什么，不由得四下张望，正好看到另一组的琳花也在看我。喂，今天不过就是去捡垃圾吧？我满眼都是这个疑问。难道我想错了？她只回了我一个耸肩的动作。班主任村井老师大声叫道："好了，出发。"

队伍一个接一个地动了起来。我感觉自己被排除在外了，不是好兆头。

佐井川的河滩范围很大，本想着如果被分配到家门口的那一片就糟了，结果完全不在同一个地方。

为早日熟悉新环境，我经常会看妈妈给的小镇地图。从地图的位置判断，佐井川自镇子北部流下，向东拐个大弯，再蜿蜒几处较为平缓的河床就奔正南而去了。我们班负责的区域正是大弯的里侧部分，堤坝下杂草丛生，靠近河面的地方净是鹅卵石。我在头脑里重现了一下地图，估计这一带应该正是报桥的下游，可我站在河滩上却看不见那座破桥。

河滩上的杂草原本比人还高，但好像刚割过，草都不高，可以进去。换个角度想，如果草没有割，这里还真插不进脚呢。真不知干吗要到这种地方来捡垃圾。老师又把注意事项强调了一遍，讲的却不是该怎么捡，只说："大家捡完了都分类放进垃圾袋里。"简单明了，大家听完就干了起来。

小竹一下子就投入了战斗，她招手把拿垃圾袋的男生叫来："我进去捡，你跟着。"

每组只有两把火钳，我便戴上劳动手套捡起来。分开草丛正准备干活呢，就发现了一个塑料瓶。开局不错。下午阳光没预想的那么强，大概是在河边的关系吧，尽管天很晴朗，身上还是有些凉意。我慢慢地边走边找，听见火钳一直在有节奏地响着。

塑料瓶之后我又发现了便利店的塑料袋。总不能拿着垃圾到处走，我把它们都集中起来，打算全都弄完了再交给拿垃圾袋的同学。枯树枝、空罐头、破鞋子，我本以为这种地方不会有什么垃圾，不料七七八八的倒也不少。刚开始我还担心捡不到垃圾，最后得自己贡献些什么，现在这些量足够我交差了。找垃圾、捡垃圾、集中，干着干着身子就热了起来。

我不讨厌这类单纯的体力劳动，不知不觉竟认真地捡了好半天。我突然意识到,再这么干下去,必定要超过别人了,到时候被安上一个超级垃圾女的绰号可不好。我得赶紧找人讲几句话,随便捡两下算了,于是我抬起头。我没看见栗田。我虽没怎么观察过她,但感觉她应该跟那群文艺范儿的女生关系不错,大概是到她们那儿去了。小竹则带着三个男生,笑闹着。借着班组活动的名义,我跟着他们倒也无可厚非,于是就靠了过去。

"所以呢,五万日元是谁说的?"我听见小竹在说,一个男生笑着回答道:"真的。吉崎说的。"

"吉崎讲话都是骗人的。我看没有五万日元。"另一个男生有点不相信。

"好了好了,捡垃圾,反正不会有的。"

我停下脚步,感觉他们有些神秘,不太好贸然加入。

我环视了一下周围,班里的同学都三三两两地分散开了,也有几个人单独行动的。这下我不需要太故意做出偷懒的样子了。不过他们说的五万日元是什么意思?我正在发呆,突然听到有人叫我:"怎么了?发什么呆?"是琳花。她穿着豆沙色的运动服,戴着白手套,好难看。虽然现在初一全体同学都一个样。

"嗯,没什么。"

"是吗?"琳花似乎有些误会。她看了看我的手,说:"不用这么认真啦。"

"是哦。"我装着漫不经心地说。紧接着想起了些什么,虽然有点傻,但是我还是开口问了:"对了,你有没有听说,这次义务劳动有钱拿?"

琳花苦笑了一下:"没钱拿才叫义务劳动啊。"

"对啊,可是我隐约听到五万日元什么的。"

"什么?你听谁说的?"

我看到小竹他们已经走远了,估计听不见我们说话,便压低了嗓子说:"不是听谁说的,好像男生们在讲。"

琳花朝我看的地方望去,傻愣愣地点了点头:"哦,原来是这个啊。"

"真有这事?"

"怎么说呢。假的,假的,都是无聊的假话。"

大概琳花觉得我不信,用戴着劳动手套的手拍了两三下,说:"老站着也不行,咱们边捡边说。"

琳花把我带到佐井川的近处,再走几步就是浑浊的河水了,水流声略显急促。校长说得没错,确实涨水了。我们假装蹲下身子捡东西,却没发现什么像样的,大概离河太近,垃圾都被河水冲走了。

"很早以前就一直在传悬赏的事。"琳花开口道。

"就是那五万日元?"

"好像不是五万日元吧。"

我不知悬赏是怎么回事,只觉得若不是五万奖金,那大概就是一万。可琳花沉吟了一下说:"好像是一百万,更多也说不定。"

"啊?"

"如果真找到的话,不,如果真有的话。"

妈妈没给我零花钱,五万日元对我来说简直就是一笔巨款了。听到一百万这个数字,我竟觉得自己在做梦。

"真的有?什么东西真的有?"

"嗯。"琳花很明显是在犹豫。是不是她所说的"无聊的假话"呢?直觉告诉我不是。琳花正是因为那不是假话才犹豫是否要实话实说的。

她大约沉默了十秒钟,突然捡起脚下的一根小树枝,扔进了河里,然后盯着浑浊的河面对我说:"水野报告。"

水野报告。我低低重复了一句。这事我知道吗?不,一点都想不起来。

"是什么?"

"你想知道?"

"嗯。"

琳花又蹲了下来,捡了一粒小石子,又扔进了河里。

"好吧。这事镇子里所有人都知道,你听过,笑笑，就算了。"琳花神秘兮兮地起了个头，就继续说下去，"谁也不知道水野报告是怎么一个玩意儿。有人说是笔记本，也有人说是CD或者MO。水野是个学者，名叫水野忠良。他五年前到镇子上来过。"

我也在琳花身边蹲下，琳花在看什么，我顺着她的视线找去，原来前方有一个大告示牌。跟我家附近那个一样，写着"高速公路拯救一切"。

"这事很久以前就有了，我出生前就有。有个叫第三高速公路的规划，大家都在讨论这条高速公路要途经哪些地区。A路线是沿着山路走，B路线是挖通一个隧道笔直走，C路线就是绕着几个村子走。我们这个镇子，就是坂牧市，正好坐落在A路线上。"

我曾听说过第三高速公路规划这个说法。有段时间，新闻里经常报道。但记得不是很清楚："确实听说过有这么个高速公路的规划。"

"嗯，规划冻结了。不是停止建设，只是说现在资金不足造不了。"琳花笑了，笑容里藏着一丝冷漠，她看了一眼"高速公路拯救一切"的告示牌，"但这事在坂牧市引起了轩然大波。因为第三高速路要跟东名高速相接，这样一上高速就可以直通名古屋和东京。高速公路造好后，会给镇上带来很多游客，增加商店街的营业额。通了高速年轻人也会搬来镇上住，人口增加，提升消费，坂牧市的经济就能复苏。"

"复苏?"

"就是说这里已经没戏了。"

我立刻想到了常井的商店街,到处寂静无声,店铺萧条,一半的铺子都上着卷帘门,另外一半开着的也净卖些没人要的旧鞋帽。我见到的这种冷清只是镇子的一部分。

下陷开裂的路面、抽奖会场上疲惫的成年人,还有我们中学的教室也有一半都空着。综合这些情况,以前镇上的学生应该是现在的两倍。

"镇子里做了横幅也树了旗杆,大家都觉得高速公路很快就要通到镇上来了。然而,事情并不顺利。"

"计划被冻结了?"

"嗯,不过那是后话,还有更糟的事。如果只是冻结,毕竟还有解冻的时候吧。"琳花嘴角浮出一丝微笑,看了看我。我刚想问她更糟糕的事是什么,可没等我开口,她就接着说:"很简单。新闻里传出第三高速公路最可能走B路线。"

"啊。"

"B路线不经过坂牧市。镇里的人一时都很震惊。本想着A路线嘛,光听名字就占了优势,不料却变成这样。于是大家赶紧想办法,声援建造A路线。他们头上缠着布条到公园参加集会,市长上电视演讲，对了，还专门作了一首A路线小调给大家唱。"

绑上头巾，边唱A路线小调边跳舞就能让高速公路通进镇子里来吗？

我虽是个孩子，也知道——这是不可能的。

"还是要有点能翻盘的对策吧？"

琳花点了点头，同意我的意见："镇里的大人物们也这么想，所以就把水野教授找来了。"

我大致能猜到事情的走向了。

"听说水野教授以前参加过高速公路决策的一个什么委员会，是委员。镇里把他找来，想请他做个调查，然后提出'A路线很不错，必须走A路线'的建议。这至少比唱什么A路线小调来得靠谱吧？水野教授来时，镇里就像迎接国王一样隆重。"

"那他按大家说的做了？"

"嗯。不知道他到底做了哪些调查，反正听说他起草了推荐A路线的报告，提交报告的日期都定了。"

既然是听说，那就意味着……

"结果报告丢了。"

"哦。"但怎么说呢，我歪了歪脑袋，"你说丢了？我不是太清楚，可报告这种不是用电脑做的吗？重新再传一份不就行了？"

琳花耸了耸肩："如果能这样那事情早解

决了。"

"难道是手写的报告？"

"不知道。我刚才不是说大家谁都不知道报告是什么样的嘛。虽然笔记本电脑还在，可设置了密码，看不见里面的内容。总之，水野报告对镇上很重要，大家都想尽了办法。结果还是不行。"

"我懂了。教授把密码忘了。"

"亏你想得出。"琳花笑了笑，接着就像谈论昨天下过雨一样，口气轻松地说道，"死了啦。"

"是个老头？"

"年纪是有些年纪，不过不是生病。"琳花望着浑浊的河水说，"从报桥上摔下来，淹死了。"

啊，我喉头一紧，不禁用手捂住了嘴，琳花见状很是惊奇："怎么了？"

"嗯，嗯，没什么。"我大大地喘了一口气，勉强向一脸诧异的琳花挤出一个微笑："报桥我今天早上才走过。你说那里死过人，把我吓了一跳。"

"哦，这样啊。"看来她相信了我的话。

其实让我大惊失色的另有原因。

报桥。一座栏杆造得很低的旧桥，小悟说它会晃，所以很害怕，而且他还确实说过："有人从这桥上掉下去过。"

不，一定是碰巧了。那座桥确实危险，小悟只不过是说桥会晃，所以他不敢过。

虽然没有把实话告诉琳花，叫我对这位给我介绍了不少镇上故事的朋友心怀愧疚。可这也没办法。我总不能跟她说："是吗？小悟也说过同样的话，可他以前并没有来过这里。"

水野教授因为高速公路一事被叫来镇上，却死在了这里。周围还散播着五万日元甚至上百万日元奖金的谣言。我又叹了口气，说："我懂了。镇里的人觉得水野报告一定是藏在镇里某个地方吧？然后就悬赏寻找报告。"

一个五年前就死了的人，一份不知是否存在的报告书。因为听说有人悬赏五万日元寻找它，参加捡垃圾义务劳动的中学生就兴奋了啊。谈话前，琳花曾说过："听过，笑笑吧。"原来如此，这的确是一个笑话。

"奖金谁来出？"

"大人们呗。"笑的居然是琳花，"水野报告对大人们来说就是最后的救命稻草，有了它镇子就得救了。我们全校现在有四百个学生吧？以前有上千人呢。而且镇上光中学就有六个，现在才三个。他们相信上千人的学生都会出动，所以就各自凑了点钱。谣言，都是谣言。"

"真是谣言？"

若只是谣言，不可能有这样详细的故事。琳花就是要骗我也无所谓，总之我得弄个明白。琳花转过头去，有些尴尬，低声说："好像真的是大家一起在凑钱呢。"

我望着佐井川的对岸，看着从堤坝路上就能看到的"高速公路拯救一切"的告示牌。想起我想喝柠檬茶的那个晚上，看到它时感觉像个求神的牌位。不管怎么样，我说的还算有道理。

"是布施啊。"

"啥？"

"那大概不是奖金，我觉得是为了让神保佑我们找到它的布施。用祈祷时向功德箱里捐钱的方法，大家一起凑呢。"

琳花眨了眨眼睛，放心地笑了。

"可能是吧。"我们靠着河边说话，一会儿就感觉有些凉了。我缓缓地站起身来，伸展了一下腰身："谢谢了，跟我说了这么多有趣的事。"

"有趣吗？我都烦死了。"琳花皱着眉头。也许对当地出生的琳花来说，这事确实没什么意思。我一边起身一边提高了嗓门："算是吧。"

"假如，我是说假如，假如我们义务清扫的时候发现了水野报告，那一定会轰动的。之后事情就会来个翻天覆地的变化，决定建 A 线路，而且资金也到位了，施工也开始了，又由超级大建筑公司来承办，有朝一日能把高速公路造好的话……哎，事情会这么顺利吗？"

"啊，我也这么想。"

"就是嘛，如果真这样大概还会有些游客。"

不，琳花想得太简单了。可能她也相信高速公路会拯救一切吧。我有些懊恼，就像要去告诉小悟"奥特曼不是真的会变形"那样，我说："琳花。"

"什么？"

"高速公路要是真造好了，从这里去东京就只要一个半小时吧？假设你跟大人一样，有自己的车。"

"啊？"到底是自称敏感的琳花啊，我才说了这么几句她就懂了。

如果坂牧市有通往东京、名古屋的高速公路，那么到商品集中的东京、名古屋买东西的人一定会比到啥都没有的坂牧市来的东京、名古屋地区的游客要多得多。至少我有车的话，我就会去东京、名古屋买东西。

琳花很夸张地晃了晃身子，把食指压在嘴上："嘘，遥遥，嘘。"

"你当我是狗啊。"

"不是的，真的，遥遥，你别这么说。在镇子里不能这么说。我刚才告诉过你吧，镇子里的大人都把水野报告当作自己的梦想，高速公路就是他们的神呀。"

"我会遭报应？"

"异己分子，镇里的大人会集合起来，放火烧你的。"

我笑了，琳花也笑了起来。笑着笑着，风吹到我们身上就有些凉意了，两人同时说了一句："好了，捡垃圾吧。"

河滩上都是我们班的同学，有些人捡得很认真，有些人在随随便便地到处走。小竹会不会真以为能找到水野报告呢？不管怎样，奖金上百万的东西即使知道不存在，也会试着找找看的。如果让我去找的话，会找哪些地方呢？水野教授住过的地方一定早就被找过了吧。

尽管琳花本人说她很讨厌这些，可我还是有点羡慕她，不，是羡慕住在坂牧市的孩子们。能在自己家附近玩真的寻宝游戏，全世界大概也没有几处吧。

2

我们穿着脏兮兮的运动服沿原路返回学校。

本以为河滩这种地方，平时肯定没人来，没想到带来的垃圾袋一个个都装得满满的。这些垃圾不是有人扔在河滩上的，更多的是顺着水流漂过来的。回到学校，大家都累得够呛。在教室集中时，所有人都无精打采，所幸不用再打扫教室卫生了。即使如此，一放学就直接去参加俱乐部活动的同学还是很多。我一边羡慕他们精力旺盛，一边认真地考虑起自己是否也得加入一个俱乐部。

无论如何，今天我还不能回去。想到这我就把手放在书包上，不料这时肩膀被人从后边拍了一下。

"遥遥，回家吧。我帮你拿书包。"是琳花。她开玩笑地把我放在桌上的书包给举了起来。我来不及阻止。琳花歪着头，一边上上下下地把书包拎了几下，一边问："是我的错觉吗？你的书包怎么这么重？"

"啊，嗯，你赶紧还给我吧。"我打开她还回来的书包，让她看为什么我的书包这么重。里面装着我从三浦老师那里借来的《常井民话考》。书沉甸甸的，看上去至少有几本教科书的分量。琳花不像爱读书的孩子，我怕她觉得我拿着这么厚的书到处走很怪，就解释说："这个是……"没想到，琳花突然眼睛发亮，伸手取过书，睁大眼睛看了好一会儿。

"这本书现在还有啊？"

"还有是什么意思？"我倒被她吓了一跳。琳花难为情地笑了笑，把书放下："嗯，这是我爷爷帮忙编的，我还想着最近怎么不太见了呢。一不小心就……"

"你说最近不太见，是说这本书吗？"

"啊，对不起，我骗你的。只是看到书名偶尔想起来的。"琳花像见到了久违的宝贝一样，用手摸了摸封面,"好怀念啊。"

"你读过?"

"算是吧。"

我正想继续问,她却说:"基本上都不记得了。"

琳花的手指小心地掀开封面:"我能看看吗?"

"啊,好。"好坏都只是一本书而已,况且我刚要答应,琳花已经翻开了。

"嗯,"她并没有什么特别想看的内容,只是随便翻着,我忍不住从旁说了一句:"都是字啊。"

"对。"

"有记得的吗?"

"怎么说呢,不认真读恐怕想不起来。"大概没有什么特别吸引人的地方,琳花就只一味翻着书,我猜不出她是不是真的有兴趣。我试探着问了一句:"这是三浦老师的书。"

"是嘛。"

"如果你想看,跟三浦老师说一声,他一定会借给你的。可能还会拉你进历史部呢?"

"拉?"琳花停了手,笑着抬起了头,"他还会拉人啊。我本来还觉得参不参加俱乐部都无所谓呢。"

"说是拉人。其实是自己还没意识到就被他当成会员了。"

"啊,跟我们上次想的一样。"

我嘴上说着,心里紧张起来。万一老师真把我当作了历史部的一员,那就麻烦了。大家都觉得参加文艺部的女生内向,虽然我对这点已有心理准备,但是如果历史部就只有我一个,肯定会被大家当作怪物的。两个人的话,就好说些。

"咦?"琳花又翻了几页,突然轻呼了一声。我看见书里夹了一张淡绿色的纸。

"这是啥?广告纸?"听我这么一说,琳花皱起了眉头。

"广告纸是广告纸。"

我也站起身朝书本里看了看。只见一张粗糙的黄绿色纸上,醒目地印着几个可爱的圆体字"有关召开重新探讨招商的会议",下面还有几行小字写着:

时间:四月十三日(周日)下午5时
地点:坂牧文化会馆

"招商也就是……"话只说了一半,我现在对镇里的事也略知一二了。所谓的招商肯定是指高速公路那件事。拯救一切的大神。

"啊。"琳花咕哝着拿起广告纸,折了折塞进了裙子口袋。她这串动作十分自然,我还来不及告诉她纸是三浦老师的。琳花见我张着嘴傻站着，就摊开两只手对我说："没什么大不了的。"

"嗯，也是呢。"搞不懂。

我看了看钟，觉得不能再拖延下去了。《常井民话考》太重。每天带着它上学放学，非把肩膀练出肌肉来不可。

"琳花，不好意思，我要去给三浦老师还书了。"

琳花说了声："是吗？"就合上书递给我，眼神不舍地看了看封面。

"对了，你干吗借它？"她问。

我大意了。没想到她会问这个问题。答案应该是："因为小悟说他能预知未来，我想跟三浦老师打听一下这方面的事，不料被他误以为我对民间传说感兴趣，就把书借我了。"既然琳花不知内情，我可不想把这个话题挑起来。

再犹豫下去琳花就要起疑了，我赶紧随便想了个理由："想了解下玉菜姬的事，所以跟老师借了书来。"说完我就后悔了。琳花要是追问起我怎么会对玉菜姬感兴趣，那我就不得不实话实说了。我装着十分平静，琳花却也没再继续问，反而觉得不可思议地发起呆来："玉菜姬？"

"嗯，应该是。"

"你连这种怪事都知道啊。"

"怪吗？"

琳花沉吟片刻，说："嗯，也不能说怪，镇里的孩子都知道的。不过，对了，我原想找机会告诉你的，你早已经知道了啊。"她嘴上虽这么说，脸上却没露出一点失望，反而看上去有点惊讶，她没料到我竟知道玉菜姬。

"这么说，遥遥你要参加历史部啰。"

"还没决定。总之想先搞清楚玉菜姬的问题。"

"哦，这本书里有吗？"

"一点点。我想还书时顺便问一下，你先回去吧。"

琳花摇了摇手："没事，这么早回去也没事干，我也想知道小浦会说些什么，就在这里等你好了。虽然都是学校的老师，小浦却跟别人不一样。"

尽管到目前为止，我一直在注意学校的方方面面，倒还一次都没有对三浦老师如此刮目相看。

我向一楼的办公室走去。刚才在河滩上跟琳花一直蹲着说话，现在腰腿都有点胀。就蹲了那么一会儿，还不到肌肉酸痛的程度，但我仍小心翼翼地一步一步往下走。

大概我鼻子比较灵敏，靠味道就能分辨事物。一走近办公室我就觉出了香烟味。自从爸爸走后，以前我们住的公寓里香烟味淡了很多。搬进新家，家里就根本闻不到香烟味了。我为此很高兴，高兴中也带点惆怅。

"报告。"我打了声招呼，走进办公室。

三浦老师正好在座位上，他正趴在桌子上写些什么。我不知他有没有担任班主任，可下午的清扫活动他好像也参加了。他穿着买来的运动服，脚上和背上还沾着草屑。我看他正在专心写字，就犹豫了一下，可一想到琳花还在等我，就大胆地叫了一声："三浦老师。"

老师抬起头，顺势扶了扶眼镜，朝我转了过来："啊，是越野。有什么问题吗？不对，今天你们班没上课啊。"

我把《常井民话考》夹在腋下，手已经被它的重量压麻了，我伸出手："我是来还老师书的。"

"哦哦，这样啊。我还想怎么找不到。原来是借给你了啊，没错，没错。"三浦老师搔了搔头，接过书。自己昨天刚借给我的，当然找不到咯。他说这书很宝贵，可自己就随手往乱七八糟的桌子上一放。

"嗯，怎么样？"他问。

"嗯。"我不知该怎么回答。不过老师并没在等我的答案，他带着一贯的热情说："老师挺吃惊的，没想到你对'能预知未来的孩子'感兴趣。这种故事镇上的小孩大概都早听惯了，也可能大家都忘了。倘都忘了还挺遗憾的。越野你从外地来，立场会比较客观。读多少了？"

"我读了……"我继续说，"读了《小朝和玉菜姬》。"

"嗯，然后呢？"

"抱歉，我只读了这篇。"

三浦老师有点失望，我忍不住想说："再借我几天，我还想看。"可老师略略犹豫了一下就立刻恢复了原状："哦，学校还有作业要做嘛。老师才想起来，书里玉菜姬的记载也就只有这篇而已。其他篇目不过暗示了几句或略微提了一下。算了，书都还我了。"

"谢谢。"

"不谢。"老师说着又准备伏案工作，他看我似乎还不想走，就像遇到了能预知未来的孩子似的，打心里有些纳闷地说："怎么？还有问题？"

"其实也没什么。"

老师看了眼桌上的纸条，脸色忧郁起来，顺手把《常井民话考》压在了它上面。我现在知道为什么自己会觉得三浦老师不太适合做老师了。虽然有些老师也常常快人快语，可他是我六年学校生活中遇到的第一个连表情也不会掩饰的老师。老师把椅子转向我，干脆问道："说吧，什么事？"

"虽然我没读完整本书就向您提问有些唐突，不过希望您多给我讲点玉菜姬的事吧。"老师一下子没反应过来，他没说话，皱了皱眉，又扶了扶眼镜，这才又展颜微笑，十分自信地说："哦。你还想多了解一些啊。对不起啊，越野。老师不知道你这么好学，说好学又有点用词不当。这些东西又不算成绩。你要真想知道，我倒可以跟你讲讲。"说着老师站了起来，"对这个问题呢，老师也是一个学生，不完全理解。如果越野能把我说的好好消化一下，跟老师一起研究，那就太好了。我都有些等不及了。走，我们出去说。"听老师这么说，我糊涂了："啊？去哪里？"老师怔怔地说："最好能有块黑板，我们去找个空教室。怎么样？"

能不能用空教室，老师干吗要向我征求意见呢？只见老师从钥匙箱子里取了一把钥匙就大踏步地走了出去。我真没想到，老师会要找个教室来认真地跟我讲解这个问题，况且琳花还在等我呢。可事到如今，我也不好跟老师说还有人在等我啊，只得勉强跟在老师身后走了出去。

因为学校的学生太少了，所以教学楼里有很多空教室。老师找了个和办公室隔着三间屋子的空教室。我稍稍松了口气，刚才一直担心他会把我带去很远的地方。

教室里桌椅整齐，黑板也擦得很干净，虽然是空的，倒出乎意料的没有什么灰尘。老师站上讲台，打开粉笔盒，很开心地准备上课。这可太像是单独补习了，幸亏没被同学们看见。倘若他们以为我是主动要求补习的，一定会以为我多么爱学习呢。万一被发现了……那我就只能说自己已经参加历史部了，这样损失会小一点。

我决定了今后的补救方式，就坐到了座位上。三浦老师再怎么不像个老师，到底也是在职的老师，他手里拿着粉笔，看着我，流畅地说了起来："那我们开始吧。首先我想问问你，关于玉菜姬，你了解多少？"

倘若是问玉菜姬而不是问小悟的话，那我还真不太清楚："好像是常井村的一个姑娘，她能预知未来，而且死后能转世。对吗？"

"嗯，不全对，也八九不离十了。只是我个人觉得不是转世，而是神灵附体。不是玉菜姬死后又生出一个新的玉菜姬，而是玉菜姬会找一个符合条件的人，说得不好听，就是鬼附身。因为我们还没发现有老年的玉菜姬，不过这事先搁一边。"

接着，三浦老师就在黑板上画了一条长长的横线："你读的《小朝和玉菜姬》里说玉菜姬可以预知未来可能发生的灾难，并通晓规避灾难的方法。这也就是你之前来问我的有关'预知未来的孩子'这件事。对了，你是从哪儿听说这事的？哦，算了。你总结得不错，可是还漏了一些细节。"老师在横线中画了一个很难看的小人，然后用一个右箭头引出"未来"二字，再用一个左箭头写上"过去"。

"小朝，也就是玉菜姬说她知道'父亲前世不曾干坏事'，也就是说玉菜姬不但能预知未来，也知道过去。这个在其他的文献里也基本上都能找到相同的论述，所以我们就应该认为她既有预知未来的能力，同时又具备通晓过去的能力吧。"老师挥手催促。

"不，我不这么想。"

"哦，那怎么想？"

"如果说她既能预知未来又能通晓过去，那她转世这件事怎么解释？所以应该看作是她既存在于过去又存在于未来，她拥有双方的经历，而目前又恰好活在现世里。"

小悟在抽奖的会场就知晓了会有人来抢劫，而且也知道坏人会如何逃跑。另一方面，他也暗示了自己知道报桥曾死过人的事。我把我最近一直在想的事通过民间传说来解释了一遍，就像把堵在自己身体里的郁结疏通了一样，能把这些话都说出来，就已经让我心满意足了。老师听得目瞪口呆，他用力地拍了拍手，响声走廊里都能听见。"厉害了，越野，你的理解太到位了。没错。常井村的民间传说要告诉我们的就是玉菜姬无处不在。"

我没听明白："老师，什么无处不在？"

"啊,就是哪里都有的意思啊。"

玉菜姬存在于各种时空中。我虽不想说出来,这意思不就是说她是神吗?

老师也这么想?想到这我不禁有些灰心。而三浦老师则在黑板的图上又大大地写了一个"一"。"按照你刚才的说法,玉菜姬应该是一个超越时空的存在,也就是我们可以解释为她是一个无所不知的神仙。事实上,《常井民话考》的作者也是这个意思。可我不太能够苟同。"

老师又在黑板上写了个"二",下面又画了一个难看的小人。

"因为啊,要是这样就太玄了。这种超越时空,既知道过去又知道未来的想法太现代了。世界上有很多投胎转世的传说。投胎转世的孩子能知道前世这种例子也不胜枚举。啊,对不起,就是有很多的意思。可是转世后的命运,我们姑且叫它后世好了,转世后还能知道自己将来的事情,这种说法老师倒没怎么听说。"老师随手涂鸦在黑板上画了个鸟居的标记,"常井有这么一种神化的玉菜姬,却仍到处可见寺庙和神社。如果只单纯地把她当作淫祠邪教的一个托词,事情倒也简单了,可未必能如此。玉菜姬虽能预知未来,却也是一个非常悲惨的形象。"

我虽不明白什么叫淫祠,邪教倒是好理解的,同时我也基本上弄清了老师的意思。如果玉菜姬真那么神,那还有必要供奉其他神佛吗?说到底,如果真有这样一个万能的神,大家还用把高速公路当作拯救经济萧条的救世主吗?这话我不该说吧。

突然,三浦老师拿粉笔指了指我:"对了,越野。你还记得在你看的那篇传说里面,被当作玉菜姬的小朝是怎么死的吗?"

"嗯,"我点了点头,却没有十足的把握,"应该是跳崖死的。"老师皱了皱眉头,又歪了歪脑袋说:"这样啊。对不起,老师也是好几年以前看的。"

"你不记得还问我?"

"我以为我记得。糟了,书忘在办公室了。不过,大概你是对的。小朝是自杀的。"

自杀?

没错,跳崖就只能是自杀了。老师没说之前,我倒没往这上面想。

老师说:"小朝,也就是玉菜姬在把自己献给官员后就跳崖了。这对一个有预知未来能力的人来说,是不是有些太奇怪了?"

"我不觉得怪。因为她知道自己会附身到另一个人身上,所以就跳下去了。"

"不对。玉菜姬是为了救村子才牺牲自己的。她的想法很合理。"老师从黑板上画的小人身上又画出了一条波浪线,"这样,她就改变了未来。"

"这样啊。"

"当然这只是一个民间传说,不会事事都有合理的解释。只是老师想知道常井村的人如何看待玉菜姬的存在。在刚才的推想里,玉菜姬是会重生的。她带着过去的记忆,但是对未来只能牺牲自己去改变。老师觉得这样比较说得通。"

"这么说玉菜姬并不知道未来是什么样咯?"

"虽然也有'她所知道的未来就是通过自己的牺牲救下了整个村子'这样一种解释,但还是'她不知道自己的未来'更合理,也符合一般的说法。"

可是,我几乎要脱口而出了。可是,老师,小悟说他知道的。

"然而,"老师的语气突然低沉下来,"关于玉菜姬的传说,一般都有相同的结局。越野你才初一,我本不该跟你讲,不过也就只是传说而已。怎么办呢?要不要跟你讲呢?"

"讲吧。"我脱口而出,连自己也吓了一跳,"我想听听看。"

三浦老师搔了搔头,盯着我看了一会。话都已经说到这个分上了,还能因为我是个孩子就不再讲下去吗?我也瞪着老师看了好一会儿。

老师叹了口气:"越野你很有毅力啊。"

什么毅力?我隐约可以猜出它的意思,却不能肯定。

"好吧,老师不能糊弄学生。"三浦老师重新慢条斯理地说起来,"越野你读的那篇《小朝和玉菜姬》的传说,实际上在所有关于玉菜姬的传说中是最不起眼的一个。流传最广的一种说法是在明治中期真实存在的、名叫'芳子'的传说。传说的大致内容就是当时常井村中心要铺设一条铁路,还要建一个车站,但是村里人都不同意这个建设项目。"

我很自然地联想到建高速公路的那件事上:"为啥?按理不是应该高兴吗?"

老师面露难色地说:"大家认为火车冒出的烟里面有火星,搞不好会引起火灾。也有人觉得火车引起地面震动不利于农作物生长。反正村里人商量的结果就是,要么不铺铁路,实在要铺也必须放到村子外面去,而且不许在村里建车站。事情闹得很大。这时有个叫芳子的姑娘站了出来,她当时才十五六岁,长得非常漂亮。"老师移开视线,望着我身后,继续说道,"芳子是玉菜姬,她知道以往每个玉菜姬都是怎么救村子的。于是,就跟你读过的小朝的传说一样,芳子去找了铁路局的官员。传说中并没有提到玉菜姬这几个字,可常井村民反对建设铁路的运动却记进了《常井町史》。"

"《常井町史》?不是坂牧市的地方史吗?"

老师又搔了搔脑袋:"啊,我事先说明一下就好了。坂牧市是由三个村子合并的。其他几个村子的人早已适应了新地名,只有常井町的村民到现在还不太习惯用这个坂牧市这个名字。这事不必去追究。总之，芳子最后让铁路铺在了村子外面，也没让人家在村里设车站。这场反对建设的运动最终就这样成功收场了。"

"那可是损失啊。"听我这么说，老师笑了，点了点头："是啊，损失太大了。事实上，老师也怀疑他们是不是记错了。"

"你是说《常井町史》吗？"

"这事我只能私下说说。仔细看地图就能发现，如果真把铁路铺在常井村的中心，那不但会有一个很大的弯道，而且还得架两座大桥。以后我还得好好调查一下，不过村里人的要求应该跟记载完全相反，他们应该是希望在常井村铺设铁路才对。现在这还只不过是我的推测。"老师咳嗽了一下，"再说芳子吧，她虽然是为了救村子才献上了自己的身体，可还是羞愧难当，听说后来上吊死了。"

"玉菜姬自杀了？"

"嗯，事情的发展就跟《小朝和玉菜姬》里写的一样。"

小朝去官吏那儿，向官吏提出了请求，后来村子被免除了高额的赋税，之后书上是怎么讲的来着？

"官吏也死了，他掉进佐井川，淹死了。这可不是传说，正确的记录是铁路局的官吏没死，向铁路局提供资料的县里的官员死了。当时的报纸上报道的是他掉进佐井川淹死了。"

"掉河里淹死了?"

"是的。"

啊,明白了,我也弄清楚了。

"官员听从了玉菜姬的要求,然后玉菜姬自杀了?"

"是的。"

"而听了玉菜姬话的官员则掉进佐井川淹死了。"

"嗯。"

三浦老师考虑到我还是初一的学生,不太想把这样残忍的故事告诉我。不过,很抱歉,听到漂亮姑娘去献身这种事,我多少还是明白的。这不是单单去求人后就回来这么简单的事。所以之后玉菜姬自杀的理由我也能理解。虽然理解,我却不赞同她的做法。

"老师,我知道官员是从哪座桥掉下去的。"

三浦老师无言地催促着我继续往下说。老师真是什么想法都摆在脸上的人啊。他眯着眼笑,完全就是一副对我了如指掌的表情嘛。我一点都不觉得开心,我不喜欢那座桥的名字。

"遭了报应吧。"

"嗯,越野你将来可以到大学里去做研究。"说完老师又有点自嘲,"我一直以为那座桥的'报'字是通报的意思,想当然地以为是用它来传递讣告。

可今天跟大家一起去佐井川河边参加义务劳动，走到桥上才看见桥柱上用平假名写着桥的读法，我这才知道它是报应的'报'。真叫人吃惊。"

老师用粉笔在黑板上写下"报应之桥"几个字，还用圆圈圈了起来。"哎，真是百闻不如一见啊。"

老师递给我一张印着字的纸。那是一张表，上面有小朝和芳子的名字，还有两个我不知道的名字。名字的后边列出了她们是什么年代的人、为村子做了什么，以及结局如何。从这张表上可以看出这四个玉菜姬的结局都是自杀。

这张纸让我觉得很有分量。三浦老师一边在学校教书，一边在调查坂牧市流传的民间传说，他打算揭开玉菜姬在人们心中的地位。我虽是老师的学生，却也不知是否能接受这份跟学业无关的、老师个人的调查成果。我不禁问道："真的可以给我吗？"

三浦老师拍了拍我的肩膀，说："越野你很有见地，老师很高兴能为你提供良好的学习条件。"

被人肯定是这样幸福，这种幸福我大概第一次体会到。其实也不尽然。在我第一次学会站立、第一次开口说话这些瞬间，爸爸也一定都大大肯定过我。

说实话我并不是因为想了解玉菜姬而向老师请

教的，我想知道的是另一件事。那事太叫我生气了，都跟那个傻子胆小鬼有关。

放学后我因为上了一节意想不到的课，而让我明白了自己要提的问题，趁三浦老师收起粉笔、擦黑板之际，我就像问明天天气如何一样，云淡风轻地问了一句："老师，那你觉得会不会有男的玉菜姬呢？"

老师似乎觉得我在开玩笑。他和蔼地扬起了嘴角，可眼里却是一副觉得无聊的神情，对我说："要在过去的话，这事不太可能发生，不过现在男女平等了嘛。"此时此刻，我只能对这个回答表示满意。

3

我估算不出自己在空教室里待了多长时间，似乎很长，又好像很短。回自己班时，我在来访者专用出入口正面的墙上看到一个挂钟。我看了一下时间，三浦老师的"课"大约上了四五十分钟。我既觉得有点长，又还有些意犹未尽。但是对在班上等我的人来说，这时间已足够长了。琳花可能已经走了，我下次得跟她道个歉。

因为心里这么想，所以听见坐在我座位上的琳花说"回来啦"的时候，我真吓了一跳。班里其他人都走了，从窗口看出去，操场上田径队的同学正在收拾跨栏。天色倒还不晚。

"对不起,你真等我了啊。一没留神说了好久。"

琳花满不在乎地笑笑:"我自己要等的。"

书还掉之后,书包轻了很多。既然已经等了这么久,本想可以好好享受一下寂静的校园,可琳花似乎没兴趣。

"那走吧。"

我们跟第一次一起回家那天一样,走了相同的路。之前我还觉得这小路很神秘,现在已经驾轻就熟了,我清楚地记得路边围墙政治家海报上的那张脸。我跟平常一样走着,琳花却在神神秘秘地打量我:"小浦都跟你说啥了?"

我记起自己去办公室时,她曾经说过想了解我和小浦的谈话内容。现在她又问起来,琳花还真是执着。

小路夹在围墙之间,方便我们安静地聊天:"说了一些玉菜姬的事情。"

"玉菜姬啊。我们平时都听过一些,你从外地来,有什么感觉?"

真不好回答。琳花说她知道玉菜姬这回事,却没说知道多少。她是否清楚,玉菜姬过去曾多次自杀呢?这关系到我该如何开始这场谈话。

我正想着,却立刻发现自己错了。如果琳花知道详情,她一定不会跟我聊这些。我先用"我也不怎么清楚"开了头,然后接着说:"就是转世投胎啊。玉菜姬上一代死了,就会生出一代新的,新的这个能知道之前的所有事情。挺神奇的。"

琳花听后什么也没说。难道我这也不该说?我背后一凉,赶紧朝琳花看了一眼。她的表情很奇怪。像是在笑又像很为难,有点困惑又好像很清楚。最后,她决定要装傻,说:"什么意思?"

"嗯,就是,"我小声说,"就是玉菜姬的事嘛。"

不知哪里传来一阵猫叫,恰在此时琳花深深地叹了一口气:"小浦说了这个啊。"

"不对吗?"

"嗯,怎么说呢?"琳花双手抱在胸前,歪了歪脑袋,我焦急地等着下文,她思考了好一会才突然想到什么似的说,"灰姑娘知道吧?"

怎么突然说这个?"嗯,知道。"

"文化祭上会演灰姑娘吧?"

"可能会演。"

"表演时会有人扮演灰姑娘吧,穿上水晶鞋。可她并不是真灰姑娘。"

嗯,当然如此。看到我点头,琳花得意地挺了挺胸:"就是这个意思。"

大概琳花不擅长打比喻。倘若是这样,就不用绕那么大圈子,直接说好了。

"你是说玉菜姬是戏里的一个角色?"

"嗯，不是戏，是庙会或者一种集会。常井的女孩子扮成玉菜姬，逢到集会就化了装出场。然后大家一起膜拜。如果老一辈的演员结婚，或者有什么原因不在了，就换新人。因为一定要选漂亮的女孩，所以每次换人，女孩和大人之间关系都很紧张。如此而已。"

琳花就像一个温柔的小学老师似的，笑脸盈盈，仿佛在说："你这么聪明会明白的吧。"

大概我有点笨，不知道要怎么理解她的话。过去玉菜姬就像三浦老师说的那样有点悲剧色彩，如今旧习俗不再，玉菜姬摇身变成了和平使者。是这意思吗？

"哦，对了。"琳花拍了一下手，兴奋地在我们以前没走过的小路前面停了下来，"你要不要去看看？从这里过去很近的，过几天就会有个集会，玉菜姬一定会在的。"

"啊？但是……"她特意发出了邀请，可我却注意到路那头即将落山的太阳越来越红，天已经晚了，而且今天身上穿的还是这么难看的运动服。琳花很快察觉出我在犹豫："哦，今天太晚了，明天吧。"

我没法拒绝，明天是周六。我没想到进中学的第一个休息日就能和朋友一起度过："嗯，明天吧。"

走在被旧板壁夹在当中的潮湿小路上，我想，如果玉菜姬只是一个职务，那一切就只是三浦老师的一个伟大设想，或者是一个已经消失了的民间传说，这样一来在镇上发生的怪事就全都只是偶然了。倘若当真如此，该多简单啊。

4

晚上我反复告诉自己："一切都是偶然。"我以为去洗个澡就能忘了一切，可当我瞪着发黑的天花板时，嘴里又忍不住嘟囔起来："都是偶然啊。"

其一是小悟过报桥时，怕得要命。其二是以前一个叫水野的教授从报桥上落水淹死了。其三是小悟曾断言有人从报桥上掉下去死了。如果只是这么几件事，那我心里还能接受它们同属偶然的解释。意外随时可能发生，小悟又是个胆小鬼，经常胡言乱语。可为什么我一定要在一天当中唯一能让自己放松的洗澡盆里，不停地暗示自己"一切都是偶然"呢？

新家比之前我们住的公寓大多了，我和小悟各自有了自己的房间，浴室却很小。贴着瓷砖的澡盆有好几处都开裂了，瓷砖缝里也有些发霉变黑。镜子擦了几遍都擦不干净，我的身影模模糊糊地映在镜子里。脸松垮垮的，看不清轮廓。

今天确实很累，在河滩上参加义务清扫虽不算辛苦，可总弯着腰，加上跟琳花在河边谈论"水野报告"时，我们一直蹲着。为此我至今大腿还发胀。要把水野教授的意外跟小悟害怕的事联系起来，就只能借助从三浦老师那里借来的书了。不断转世投胎，可以预见未来的"玉菜姬"。被一个旧传说纠缠成这样，这真不像我的作风。我心里想着，久久地泡在澡盆里，却又忍不住把思绪转到了报桥上。这桥的名字不好，报应的报啊。

突然，我看见有东西在瓷砖上蠕动。是蜘蛛。黑色的蜘蛛。个头不大，但脚格外长，在瓷砖上动来动去的。

"啊！"我几乎叫出了声，身上起了鸡皮疙瘩，人还泡在澡盆里，身体却一阵发凉。不过，恐惧一瞬间就过去了，接着我有些懊恼。尽管刚才吓了一跳，可我不是一只蜘蛛就能吓倒的女生。好傻。倘若在上学路上见到它，我才不会叫呢。不是不去理会，就是残酷地踩它几脚。

没事，根本没事。我比它强大。我提醒着自己，两眼盯着蜘蛛，鸡皮疙瘩很快就退了下去，澡盆里的水也热了起来。是啊，我讨厌它爬到我的背上，可爬在瓷砖上的蜘蛛有什么大不了，拿洗澡水一泼，就会马上被冲到下水道里的。

我叹了口气。光长得丑长得吓人，根本不会对我构成威胁。而不知怎的我却突然想大叫，直到把整个身子从头到脚沉进了澡盆里才抑制住这股冲动。

过去留长发时，每天洗完澡都特别费事。搬家前一股脑全剪了，当天难受得连镜子都不想照，可一洗完澡心情就全变了。因为只要拿毛巾随便擦擦，头发就搞定了，简直跟做梦一样。

我穿着厚厚的睡衣，往头上披了一条毛巾，就到走廊里去。客厅的拉门里有灯光，却听不见响声。我歪了歪脑袋。要是小悟在客厅，几乎无一例外地会把电视开着，真不明白到底有什么好看的，让他那么喜欢。通常，小悟一吃完晚饭就会跑到电视机前占着位子，直到睡觉才回自己房里。

我拉开门，往客厅里看了一眼。白惨惨的灯光下一个人也没有。我瞧了一眼墙上廉价的挂钟，才八点半。小悟虽是孩子，但这个时间睡觉也早了点。何况他还没洗澡呢。

厨房里有流水的声音，大概妈妈在洗东西。"浴室现在没人。"我叫了一声。

"哦，那你叫小悟去洗吧。"妈妈说得很平常，声音却蔫蔫的。平时她说话总是温和又明了，今天听上去却有些沙哑。妈妈累了。这是肯定的，不可能不累。我尽量不给她添麻烦，我反复提醒自己。

"好。"我的声音很轻，估计妈妈没听到。就这样吧。我低着头把毛巾当帽子一样披着，眼里只有脚下的台阶。我一级一级往上走，最近渐渐习惯了楼板的嘎吱声，不再觉得吵。我回到自己房里。

以前我有一面可爱的粉色小镜子，是爸爸在我生日还是什么时候送的。我特别喜欢，可搬家匆匆忙忙，不知道放哪儿去了。现在我用的是在百元店买的可以立在桌上的镜子。我在镜子前，吹头发。渐渐凉下来的身体吹着热风格外舒服。我一边用手指梳理着慢慢吹干的头发，一边喃喃道："改变思考方式很重要。"

对了，我得好好想一想。如果小悟能够知道发生在报桥上的过去和将来，那这些信息就很重要。它们是有价值的。具体地说，大概值一百万吧。我想象着小悟像在常井商店街找出坏人时那样，说"我知道的"，然后把水野报告找出来的样子。琳花不是说奖金是一百万日元吗？如果能得到这笔钱，那我就不管小悟说的怪话了。

想到这，我发现镜中的自己情不自禁地笑了起来。太奇怪了，我一个人傻傻地笑着。平时最讨厌占卜抽签的我，竟会因为奖金而把小悟的玩笑当起真来。"反正那个傻子什么也不知道。"我对着镜子说。

但是，一百万啊。

有了这笔钱，我就能回原来的住处吧。大概可以不用给妈妈添麻烦，自己独立生活了。至少能再去买一面粉色的小镜子。

我把手伸向扔在地上的书包。我不敢把印刷纸放在书包里，怕折皱了，就暂且夹在了语文笔记本里。即使如此，露在本子外的那一部分也有了折痕。我把三浦老师给我的印刷纸摊在小桌子上，用手抹了几下。之前我随便扫过两眼，现在得好好研究一下了。

传说年代	天保十二年（一八四一年）	明治二十六年（一八九三年）	昭和五十二年（一九七七年）	平成十年（一九九八年）
玉菜姬	小朝	户田芳子	北川佐知子	常盘樱
目的	停止土地测量	铁路改线（民间说法？）	工厂招标（常井工厂已关闭）	？
对象	崛井利方（检地官）	浜大辅（县职员）	西河克夫（家电厂家职员）	？
对象的结局	落入佐井川淹死	落入佐井川淹死	落入佐井川淹死	？
玉菜姬的结局	跳崖自杀（马形崖）	上吊自杀	跳楼自杀	焚身自杀（？）
出处	《常井民话考》	《关于常井村铁路规避传说的再探讨》	太洋新闻（一九七七年五月四日）	太洋新闻（一九九八年五月十三日）

最少有四个人，而且全都死了。

琳花说玉菜姬不过是文化祭上的一个灰姑娘角色。真希望如此。否则死的人就太多了，真盼望明天早点到啊。

我抬起头，突然听见隔壁房间里有声音。声音很小,窸窸窣窣的。小悟不傻乎乎地看电视,躲在屋里捣鼓什么呢?我爬到墙边,把耳朵凑在板壁上。

说起来搬家后,我还一次都没进过小悟的房间呢。倒不是有什么想法,纯粹是偶然。因此我对板壁后的情况一无所知。窸窸窣窣的声音很快就停了,接下去是清晰的关拉门的声音。板壁后面一定有一个壁橱。小悟哪有什么东西要往壁橱里放啊。我并不想深究,只是得叫他去洗澡,还有些话想跟他说。我离开了板壁站了起来。大概是刚洗完澡身体太热的缘故,头有点晕。

我经过走廊,来到小悟的房门前。他的房间跟我的一样,房门都是拉门。拉门上的纸也不知多少年没换过了,脏兮兮的,还有几处破洞。就算小悟是个孩子,我也不好突然推门进去。我敲了敲拉门,发出闷闷的响声。

"小悟你在吧?"没人答话。我又敲了两下,"我进来了。"

"好。"他的声音好尖。算了,我先开门。

小悟的房间有六张榻榻米大,跟我想的一样。屋里有个壁橱,房型也和我的一样。因为还没给他买书桌,榻榻米上只有一张小桌子和放课本的书架,还有就是被子和脱下的衣服了。小悟在被子旁边跪坐着,一本正经地朝着我,却不看我。

"小悟。"

"嗯？"

"哦，算了。"我不多计较了，"快去洗澡吧。"

"哦。"他懂事地回答道，很快脸上又掠过一丝不安，"就这事？"

我还不打算出去，这让他疑惑。而我却没法打消他的疑虑。说实话，我有事想问他。

"小悟，你知道有个大学老师从报桥上掉下去，因此才害怕报桥的吗？"我不能这么问，这么问就等于承认自己对小悟好奇。那我可不愿意。眼前的小悟才八岁，不过是个胆小的傻瓜罢了。我犹豫了片刻，终于开口，话说得兜了一个大圈子："我是说假设啊。"

"嗯。"

"那座桥，你害怕的，那座会摇晃的桥。"

"报桥嘛。"

"我知道名字！"我努力控制着不让自己提高嗓门，"你不是说有人从桥上掉下去了吗？"

"嗯。"小悟天真地点了点头，我拼命抑制着要从喉咙里迸发出的怒火，想办法让自己冷静下来，又问了一遍："如果真有人从上面掉下去了，你觉得会是什么人？"

"不知道。"这么明显的一个怪问题，小悟还是直接就给出了答案。我马上觉察出来了，他根本没在听我说。他身体僵硬，眼睛望着别处，一副要我赶紧出去的敷衍表情。

很奇怪，对他的这种表现我居然不气愤。虽然也没觉得他翻起眼珠对我察言观色很可怜，但一下子就泄了气。我知道小悟一定在掩饰什么。他的表情、声音，包括坐姿都表明了这一点。更叫我奇怪的反而是他怎么能装腔作势到这个地步。

小悟终于受不了被紧盯的压力，把视线转向了一边。他看了一眼壁橱。一定是藏了什么东西在里面。我没兴趣追问，可不幸的是这天晚上我的第六感特别准。

"对了，你上次不是说有测验吗？"

"我没说啊。"

猜中了。

我小学三年级时比他更擅长说谎和藏东西。除了班里的女生，其他人我都能骗过。至少在说谎的时候不会犯转过头去、加快语速这样明显的错误。小学时班里流传着男孩的精神年龄发育较晚的说法，我现在有些相信了。

我走到壁橱前，本以为他会阻拦我。可小悟只是哭丧着脸像石头似的一动不动。如果真这么不想给人看到，真想把东西藏起来，应该拼死拦住我的呀。我把指头放在拉门把上，猛地一拉，但力气太大，门碰到了壁橱柱上，发出一声巨响。

壁橱里没有东西。

真的什么也没有。昏暗的壁橱里两层的架子上只有灰尘在漂浮,除此之外空空荡荡。小悟平时准没有收拾被子、从壁橱里拿被子出来睡觉的习惯,而且搬来才不久,屋里也没什么需要收进壁橱的。

他在我身后说:"我要去洗澡了。"

"随你的便。"

"你出去了我再去。"他不再紧张,声音出奇地傲慢。被他耍了。他知道我一定查不出秘密便不把我放在眼里了。我不能被他就这么耍了。我屈膝爬进了壁橱,小悟的虚张声势立刻就不管用了,他忙叫着追了过来:"你干吗?这是我的房间。"

"你的房间?恐怕还要十年吧。你晚上一个人敢睡吗?"我的声音在壁橱里回荡着,含含糊糊的。

可壁橱里一无所有。壁橱的底板是一张薄薄的三合板,破破的都是毛刺,用手摸准得刺到三两根。除了角落里有些积灰以外,里面潮湿阴暗,什么也看不见。我猜到小悟把语文考卷藏在了壁橱里,可把头钻进壁橱里却没找到,愚蠢透了。不行,我这么出去的话,小悟还不会骄傲得不知天高地厚!尽管我对小悟的测验没半点兴趣,可现在已经骑虎难下了。

壁橱是两层的,有可能藏在上一层。

"喂,叫你别找了。"从小悟焦急的语气可以断定,东西还是在下层。难不成在板棚底下?我正要转身，小悟偏偏抓住了我的脚："我说你别找了。"

"干吗？"他拽着我的睡衣下摆，被我奋力甩开。只听一声巨响。我的头重重地撞在了板棚上，忍不住抱起头蜷成一团。小悟就好像被烫着一样，迅速松了手。我抱着头，抬都抬不起来。心想他别笑我啊。幸亏撞到的不是板棚边上而是底板，所以声音虽大却不怎么痛。只是一想到小悟会幸灾乐祸地看着我这副狼狈相大笑，便忍不住想冲过去掐死他。

"喂。"我眼睛闭着，可从声音上知道小悟过来了。我没理他，小悟继续说："遥遥，不要紧吧？痛不痛？"

我不抬头是明智的，我现在一定满脸通红。

"对不起，遥遥，对不起啊。"

我半睁着眼。他盯着我看的眼神好熟悉，就在这时、这种情况下，我第一次注意到小悟竟跟妈妈长得那么像。

"干吗道歉？"我好不容易说了一句，小悟认真地答道："是我拉你了嘛。遥遥你没撞出包来吧？"

"没事啦，小意思。"

"东西……我藏这里了。"小悟说着，从我旁边钻进壁橱，扭动着小小的身体，把手伸到了拉门背面。

拉门背面的纸是破的，大大的裂口斜在那里，很明显的一道裂缝。只是要发现它,就必须爬进壁橱,再回过头去看拉门背面。我没有注意。

小悟把手伸进裂缝,发出一阵手掌摩擦纸张的响声,掏出了一张折得皱巴巴的纸。

"就是这个。"

想说的话有很多,暂且说了句:"里面太窄了,你先出来吧。"

"哦。"

我和小悟在冷冰冰的屋里面对面坐着。我坐得很随意,小悟倒跟我进来时一样,仍然笔直地跪着。小悟把手里的纸递给我。说是递其实是稍微往我面前推了推,一副不太想让我看的样子。我真的对小悟的成绩没兴趣,可也不能太无视他这个决心吧。

我接过纸,打开一看。六十五分。

我大失所望。

"啊?你藏的就是这个?"

小悟把头低得不能再低了,他轻轻点了一下。

我又看了一眼考卷。汉字的部分全错了,阅读也错了一题。可这也没什么大不了。"六十五啊。虽没得满分,但这分数也不需要藏吧。"

"骗人。"

"我干吗骗你啊。"

听到这儿小悟才抬起头,劲头十足地盯着我:"以前你不是说我傻?看到我考了六十分的时候。"

我想了想:"我没说。"

"说了。"

小悟本来就傻,可我并不记得每次骂他傻都在哪种情况下。即使说了,也不是因为成绩。我没兴趣特意去向他解释。

"是吗?那你就想用这个方法补偿了?"

小悟一脸傻气:"什么补偿?"

"傻……嗯,就是道歉的意思。"

小悟突然挺起了胸膛:"道歉我早道过了。这个是交易。"

"交易?你想让我做什么?"

"就是要你原谅我抓你的脚啊。"

那不就是补偿?真是傻瓜。

反正,小悟的考卷对我来说就是一张废纸。

"知道了,好了,这个还你。没事的,我知道你只考了六十五分很难为情,我不会告诉妈妈的。"

小悟嘟嘟囔囔地说着"妈妈没关系啦",接过了考卷。我觉得应该把它团一团扔到垃圾桶里,不过小悟不会这么做的。"你怎么会发现拉门背后这种地方的?不会是你弄破的吧?"

"没有。"他慌张的样子有些怪异。小悟一边把考卷藏到身后,一边语无伦次地争辩,"我以前也藏过。刚好看到壁橱这里破了,就觉得藏这里挺好的。"

"哦。"

"往里放的时候又撕破了一点,不过,就只有一点点。本来这里就是破的。"

"哦。"

小悟很认真地争辩着,我随便听了几句,就慢慢站起来。刚洗完澡就做这些莫名其妙的事,现在整个身体都已经凉了。时间还早,但我还是钻进被窝里去看书吧。我想着转过了身,只听小悟在身后突然想到了什么似的,说了句:"你刚才说的事。"

"啊?什么?不是说算了吗?"

"不是啊,是你问我的那事。"

什么事?我还没反应过来,小悟脸色平静,淡淡地说:"如果有人从报桥掉下去,我觉得应该是个大叔。比如学校的老师。"

"还有呢?"

"是个胖子。你干吗问这些?我大概认识那个掉下去的人。"

第五章

1

妈妈现在的工作是周末双休。

她本人的话是"真幸运,能跟遥遥和小悟一起过周末了"。可我不信。妈妈在宾馆当清洁工,照例宾馆周末最忙。在最需要人手的周末安排休息,不是领导对妈妈很照顾,就是妈妈自己要求的。

不过领导跟妈妈的这种关照,基本上没起什么作用。因为小悟一吃完早饭就粘在电视机前面。周末早上儿童节目很多。哪怕没什么可看,他也会盯着根本看不懂的俳句讲座看半天。至于遇上精彩的儿童节目,那就算看到世界末日他也不会离开电视机的。对妈妈温柔的询问"今天去哪里转转吧?"他也只哼哈地敷衍两声。

据说现在孩子们都不怎么看电视,比如我就是。小悟可能还比较老派。

我得打个电话给琳花,我们约好了见面,却没定下地点和时间。我不想太晚打给她,而太早也不礼貌,就决定等到十点。

外面刮着风,窗户关不严,被风吹得吱嘎摇晃。

妈妈回卧室去了。搬来的东西,有些不急着用的还没收拾。我帮着洗了碗筷,之后就一直在客厅里等到十点。小悟张着嘴始终盯着电视,而我竟一直在注视他。

昨晚小悟说从报桥掉下去的人是个胖胖的学校老师。之后任我再怎么追问,他都闭口不答。

五年前从报桥掉下去淹死的水野忠良是个大学教授。

为什么小悟说他知道五年前的那场意外呢?小悟以前从没来过这里啊。

不,现在下结论还太早。小悟的世界只有家和学校,我也一样。所以问他会是什么人掉下桥了,他自然要么说家人,要么说学校的老师。我得先确认一下水野教授到底是不是个胖子,之后再作考虑。这应该办得到吧?"嗯,可以。"我定下要做的事,立刻就挺直了腰板。

我和琳花约在下午三点见,我去她家门口等她。

琳花口中的玉菜姬虽是"文化祭上的灰姑娘",也需要有人引见介绍。我不知道该穿什么衣服去。如今妈妈没钱给我买新衣服,就连校服都是她的一大笔开销。不过,我壁橱里还有几件爸爸在时给我买的衣服。"衣着整洁也是一种礼貌。"爸爸总这么说,他给我买了不少平时出门穿的衣服。

可当我从壁橱把纸箱拉出来后，并没找到适合今天出门穿的衣服。最好的衣服就是那件黑色的连衣裙了。爸爸说："这件葬礼时可以穿。谁也不知道自己会碰上什么。"说完就买了。爸爸说得没错。那时爸爸已经开始染指公司的财务了，真的是谁也不知道自己会碰上什么。

我还有几条带花边的裙子，可我并不喜欢。爸爸以为我喜欢那种，可我至今不愿穿。格子裙太可爱了，穿着惹眼。我只好选了米色的短裙和灰色的开衫。屋里没有穿衣镜，得下楼去洗脸盆前面照。尽管衣服朴素，倒还蛮合身的。至少和人见面不至于失礼。

妈妈从卧室出来，看见我，说："遥遥你要出去？"

"嗯，跟朋友约好了。"

"哦，真好。"妈妈笑了笑正准备回屋，突然又想起了什么似的，"对了，屋外的自行车好像还能用，你试试吧。"

我注意到之前的住户把自行车靠在了屋外的墙边，车很破，如果能用倒方便了。其实我更想要一辆新车，最好是淡桃红色的，不过我不能缠着妈妈给我买。

"真的可以吗？那不是人家的自行车吗？"

"没事。"

我得检查一下自行车还能不能骑，就趿拉着拖鞋出去了。车的外框是蓝绿色的，我不喜欢也不讨厌。把手的金属处生锈了，却没有刚搬来那天看上去那么旧，这点小缺陷我完全可以忍受。坐垫上积满了灰尘，脏脏的，但是既没有裂也没有破，擦擦干净还过得去。关键是车胎，我用手捏了一下，基本上没气。这也很正常，相反的，要是有气反而奇怪了。看来自行车放在这里的时间并不长。

总而言之，骑它去跟琳花见面虽略显寒碜，但不失为一个交通工具。

我没把自己的自行车搬来，打气筒却从之前的住处带来了。没地方放，我就把它搁在了玄关处。取来后，照爸爸以前教过的方法给车胎打上气。记得爸爸教我打气时，曾说："自己的事自己要学会做。"幸亏如此，我现在才能自己给车打气。只是如果车胎爆了，我可不会修。自己的事自己做，要做到什么程度呢？要是让爸爸知道我现在靠妈妈才能上学，他会不会批评我不听话？

幸好车胎没事，运气不错。

我换上小学时穿的运动服，把车子洗了洗。这件衣服干脏活时当工作服很合适，尽管凭着记忆，我已把它归入了"不用"的物品堆里。我在玄关外面找到了水龙头，可是没有水管，无奈之下我只好用脸盆接水，拿抹布把车擦洗了一下。最后又用干抹布抹了一遍，退后几步看看："嗯，还行。"说它跟新的一样不免在撒谎，可还是蛮不错的。干些杂务竟叫我开心起来，我十分满意，劲头也足了。

有了自行车我就能到处逛了。如果我愿意还可以一个人骑回以前的住处呢。不过，我现在得去另外一个地方。跟琳花约好的时间还没到。我回屋拿了妈妈给的地图，很快就找到了我想去的地方。

"我出门了。"我招呼了一声，没人回答。大概妈妈还在里屋整理东西，小悟除了电视声其他什么都听不到。

小悟说他知道，指的就是五年前水野教授的意外吗？醒来时我琢磨了一番，还是觉得不可能。我得去一趟图书馆，用事实证明小悟在信口胡说。我看日历得知现在已是四月中旬，骑在自行车上才真正感受到春天，因为风从开衫透进皮肤却一点也不冷。冬天过去了，春天来了，不久后就是夏天。即使没人理会，风向也自会改变，季节这东西真随性。去年冬天，我真是倒霉透顶。谁也不能保证春天来了我的境况就会改变，为此我小心翼翼地生活着。

蓝绿色的自行车骑起来还不错，既不哐啷作响，零件也很齐全。一切顺利。

我沿着堤坝骑在河岸上，今天比去学校时车子少多了。周末出游的人远不如平时上学上班的人多，这事很自然，可也叫人略感怅然。我以前一直幼稚地以为，孩子每天在学校努力学习就是为了长大以后可以快乐富足地生活，到了周末能有足够的钱出去玩儿。我真傻啊。

骑过平时常走的铁桥，直奔市区而去。过桥时，从河面吹来的风凉凉的。我脚上加了把力，蹬着踏板，一口气骑了过去。下桥朝左拐就是常井的商店街和中学。从地图上判断图书馆应该笔直走。于是我就朝前穿过信号灯，可一进入这片陌生的街区，就立刻后悔了，早知道就是绕远路也该走自己熟悉的路线。

建筑物正面就像被用大刀狠狠切过似的，一溜是平平整整的房屋，可能它们过去都是商店，大多装着大玻璃窗和灰色的卷帘门。我看见一块掉了漆的招牌上写着褪了色的蓝字：承接洗衣熨烫。经过招牌底下时我看见脏兮兮的墙壁上，贴着纸条，上面写着：本店四月末停止营业，感谢多年以来的惠顾。现在才四月中旬，纸条是去年贴的吧？要么就是前年？大前年？

我看到一家书店，高兴地往前骑了过去。只见玻璃窗内书架上空空如也，只有为数不多的几本书靠在旁边的木板上。我还是生平第一次看见书店里几乎没有书，大概这家书店也快关张了。加油站外拦着黄色的绳子，加油机上满是灰尘，办公室的玻璃裂了。

"没戏了。"我情不自禁地嘟囔了一句，却看见前面路上排起了队。几辆没法停进停车场的车在路上排成了一排。一辆车头开进了停车场入口的车子，车尾堵在了人行道上。我不再去踩踏板，小心地放慢了速度。那里好像生意不错，是什么地方？过路的人都饶有兴趣地朝那边张望。原来是一家生意兴隆的拉面店。崭新的白色招牌上，用毛笔写着几个粗粗的黑字"生驹屋"。店名我之前见过。哦，是连锁店。以前我住的地方有三家生驹屋。

爸爸一贯主张每个正统的家庭都应该在家吃饭，所以我们基本上没下过馆子。只有一次，我们去过生驹屋。那是爸爸出差不在家的日子，妈妈说"今天让妈妈休息一下吧"，就把我们带出去吃了。

在店里此起彼伏的"欢迎光临"声中，妈妈紧张地说："不要告诉爸爸我们来过这里啊。"那时我还不用对妈妈言听计从。不过我知道如果说出去，妈妈肯定会挨骂，我不希望发生那种事，就轻轻点了点头，回答说："好，我保密。"把事情说给爸爸听的是小悟。他大字还不识几个，却偏偏记住了店名，在爸爸面前吵着说："我还想去吃拉面。就去生驹屋。"结果挨了一巴掌就老实了。

看店里现在这么热闹，应该是快十二点了。我再不抓紧就赶不上三点的约会了。我加快了车速，从那辆堵在路上的车后边钻了出去。我感觉下面我得往左拐，刚才看地图时路线十分清晰，真上了路我又不太确定拐弯的路口了。拐错路进了死胡同就糟了，我正在犹豫，恰好看见路上有个标识牌，上面写着"前方　坂牧市图书馆"。

　　图书馆坐落在镇中心，周围却种了很多树，我一开始没注意直接就错过了。街上净是些水泥的围墙，而只有它被绿树环绕着，像一座神社。

　　图书馆本身没什么特别，是一幢米色的两层建筑。贴着瓷砖的楼梯一直通到入口，楼梯边上还有一条缓坡。自行车停放处只是用白线画了一个范围，既没有顶棚也没有其他什么。停放处自行车挤得满满的，很多都超出了白线。我看了一眼，大部分的自行车都很破，根本不像还能用的。大概是大家把家里不要的自行车骑来，然后就扔在这儿的吧。相比之下，我的自行车倒还不算旧。

　　我下了车才发现我的自行车没有钥匙。停在这儿不会丢了吧？虽然车本来就不是我的，被偷了也没啥损失，可要从这里走回去太远了。我把车停在一个不起眼的角落，打算快去快回。

　　图书馆的入口装着自动门，外面一扇里面一扇。两扇门之间有可以上锁的雨伞架和绿色的告示牌。我无意间瞥了一眼告示牌，最醒目的一张海报上画着莫名其妙的蓝色曲线，下面用粗粗的黑体字写着"高速公路拯救一切"。下面还有稍微小一号的字，写着"用全体市民的团结和热情开创未来,齐心协力,异口同声,实现目标"。我不以为然地走了过去。

图书馆里竟然十分吵闹,我一进门就听见了孩子的叫声。

"不要,你读这本。"

"不,我不要这本。"

只见一个角落里贴着童书专区的字样,地上铺着灰色的地毯。孩子们或坐或卧。看来要脱鞋才能进去。图书馆都是这样的?总之,注意事项上贴着"图书馆内保持安静"几个字,却没有妈妈为此教训孩子,大家都习以为常了吧?

童书专区再吵对我也没有影响,我环顾了一下四周,看到了服务台,就快步走去。服务台前排着借书的队伍。还书处则只要把书放下就行,还来的书堆积如山,排队的人倒一个也没有。有两位工作人员负责办理图书借出手续,他们都忙得不可开交。登记还书的工作人员只有一个,他也不悠闲。不过,服务台角落里有一处写着"参考"二字,我不知这"参考"是指什么。只是那里坐着一个戴着大框眼镜的老头,一边在用手捂嘴一边在打哈欠,很叫我吃了一惊。我不确定他能不能帮我,只是别人都在忙,我只好朝老头那儿走了过去。"您好。"我刚一开口,老头就打起精神,不耐烦地说:"还书到那边排队。"

"哦,不,不是的。我想查阅一下旧报纸。"

"旧报纸啊。如果是今年的，"他朝我身后指了指，"都在那里，你过去看就是了。"

我固执地说出了自己的目的："我想看一下五年前的报纸，五年前……"说着我从口袋里掏出了笔记本，继续说道，"五月份的报纸。"老头皱了皱眉头："五年前的。好好，你是要叫我去拿对吧？要看哪张报纸？"我本来想把话一股脑都说了，可这位老头好像提不起劲。我一下子提太多要求恐怕会遭他嫌弃。我又看了眼笔记本："嗯，给我拿一下《大洋新闻》。"

"好好。"说着他站了起来，我听见他转身后嘴里"啧"了一声。早知道总会招人厌烦，我还不如叫他把所有的报纸都拿过来。

图书馆里回荡着孩子们的叫喊声，我呆呆地等了十五分钟。时间太久我有些不耐烦了，想在图书馆到处走走，找本书打发打发时间。可若此时老头回来，没看到我，还不知会怎么数落呢。我边等边无聊地看着借书处的女人麻利地扫着条码，还有欠书不还的男人被禁止再借之后骂骂咧咧的样子。

老头回来时果然还是一脸不高兴，手里拿着一个大大的文件。

"给，五年前的《大洋新闻》。"他把东西摔在桌上，发出一声巨响，"别在这儿看，到桌子那边去。"

他不说我也没打算当着他的面看。我鞠了一躬，两手捧着文件转身向右边去了，心里不禁开始同情爷爷，这沓文件真够重的。

图书馆的很多桌前都坐着高中生，他们把作业本和课本摊在桌子上。我不清楚具体情况，只觉得从四月中旬就开始复习迎考似乎太早了点。而事实上，他们中没有一个人是在专心学习的。不一会儿我就找到了一个空位子坐下，轻轻地把文件放了下来，打开封皮。

我本以为放在图书馆保管的报纸大概要经过什么特殊的处理。比如被缩小了，用上等的纸张清楚地印刷上去。但我在坂牧市图书馆拿到的五年前的《大洋新闻》，只是简单地在报纸上钻了个孔，合订在一起罢了。我一页一页翻过去，五月一日、二日、十日、十一日、十二日。

一九九八年五月十三日、星期三。我原以为报道会登在地方新闻版面上，没想到竟足足登了三版。

名誉教授落水身亡　　坂牧市

十二日下午九时四十分许有人向该警署报案，称见有人从该市报桥上跌落，警署遂派人前往寻找。十二日下午十一点二十分许，搜查中的县警察坂牧署警员在坂牧市佐井川，发现神奈川县横滨市青叶区奈良町、房州大学名誉教授水野忠良（六十七岁）的尸体被冲上河岸。水野被送往医院时已确认死亡。该警署称水野是受坂牧市某团体的邀请，暂住在该市的。

报上登了教授的照片，我一看照片立刻深深地吸了一口气。照片上的水野教授，怎么看都是一个圆滚滚的胖子。

再不抓紧就赶不上三点的约会了。我把报道复印了一份，现在马上回家也不一定有时间吃午饭。即使如此，出图书馆时我的双腿还是沉重起来。

水野教授广义上也可称作学校的老师，人也很胖。这符合小悟对以前从报桥落水的人的描述。他在抽奖会场上预测到未来和知晓过去有关报桥死者的事情，只用偶然一词来解释的话，我连自己都没法说服。

听说镇上的玉菜姬既能预测未来又能知晓过去。然而这一定不是真的。因为镇子上只有一个神，那就是高速公路。

我甩了甩头。不行。脑子很乱。还是先回家一趟。我只要看到小悟的脸，看一眼那个爱哭鬼的脸，对他关系到这种奇事的猜疑应该马上就会打消的。我正想着，突然看到一辆小型车向我驶来。好险！这地方本就是停车场，当然会有车子进出。再站在这里发呆，恐怕我就先去见阎王了。

车子从我身边开过，我看见车窗上贴着个标签，写着粗粗的黑字"高速公路拯救一切"。竟有人在自己的车上贴这种东西。

仔细想想，水野教授不单单只是一个胖胖的老师，照琳花所说的，他还是一张王牌，小镇的希望。而且镇上的人现在还满怀希望。

停车场上停了不少车,轻便卡车、面包车、私家车和适合野外活动的重型车。我把自行车停哪儿了？我四下张望了一下,突然发现自己眼前的这十几、二十几辆车全都贴着画着蓝色曲线的标签。

2

三点钟跟琳花约会的时候,琳花穿着校服。

虽然穿上校服还不到一个星期,但大家都知道校服是学生的正装。看见她时,我的脸上定是表现得十分惊讶。琳花赶忙摇摇手,掩饰着说："哎呀,我碰巧有事啦。"

在我之前就读的小学,女生之间如果约好叫一个人故意跟大家穿得不一样,那就表明了最大的恶意。单单为此我的心就揪了起来,进入警戒状态,可琳花似乎一点也不在意："吃了吗？"

"啊,嗯。"

听不出话里有什么特别,可能我想多了。我松了一口气。

"那走吧。路不远。"琳花说着,在前面带路。不知是她喜欢穿小路呢,还是讨厌走大路,琳花又把我领进了一条板壁相夹的小巷子。

路在背阴处,空气中弥漫着脏水臭。琳花笔直走了一段,快碰到水泥围墙了就往右一拐,遇到篱笆后又往左一拐。我只是一味地跟着。走在陌生的小路上,我的脑中不断涌出一些奇思妙想。

小路逼仄仅能容一个人通行,路面很平,两旁是涂着黑漆的围墙。围墙在我膝盖以下的部位都由石头垒成,往下有又细又深的小沟。因为前几天下过雨,浑浊的水浅浅地积在沟里,不流动,光沉着。若我是一个人,敢不敢走这条路呢?我越想越觉得不可能。是镇上的琳花牵着我的手,我才初次踏上这条路的。

我想象镇子里有许多类似的巷子,只有在这里住了五年、十年,不,跟时间无关,只有生于斯长于斯的人才熟知。这些路在我脑中浮现,虽是想象,但穿行在黑漆围墙之间,不知将被带往何方,竟感觉它们也许真会出现。石壁上爬满青苔,枯叶积满沟壑,生锈的水龙头,有些路还新铺着沥青。它们都属于生活在这个陌生小镇上的人们,让我莫名地尴尬。尽管现在班里的同学并没有排挤我,可陌生的小路,却只当我是镇上的新人,阴郁得丝毫没有欢迎的表示。

而且这个镇上还有我所不知的神祇。至少有人信仰它。不,不对,只不过是民间传说中提到过那个神一般的存在。我不能混淆概念。毕竟琳花就是为了要告诉我那个神不过是文化祭上的一个"灰姑娘"而已，才带我走上这条小路的。

我很懊悔自己被这些阴暗的小路所迷惑。再不说话胡思乱想下去，不会有什么好结果，我朝走在我前面的琳花问了一句："喂，还要多久？"我自己也没想到自己的声音竟这么轻。这不等于承认自己在害怕吗？琳花一定觉察到了我的怯懦，她是很敏感的啊。可琳花转过头，完全没有嘲笑我，很认真地说："马上到了。"

我们终于来到一个上坡路。刚才脚下一直是黑黑的沥青，现在则变成了白色的水泥。不知什么原因，坡道是用水泥铺的。刚才视线一直被围墙和篱笆遮挡着，现在越往上走就越开阔。镇中心竟还有这样的山冈。地势这么高，不可能刚刚从地下冒出来，应该过去就有，只是我以前没注意。自从搬来这里，我走路几乎都是低着头的。

我不能总这样啊。突然我仰起了头，看着坡道前方。坡上没有行道树，是几棵老树。跟这几棵枝繁叶茂的大树相比，分散在斜坡上的人家互相挨得很近，看着十分拥挤。貌似镇上的平地都用完了，可人口还在增加，所以他们就把房子建到了山冈上。

白色的坡道缓缓地盘旋往上，我们看得见住家，却没看见人，连做晚饭的味道也没闻到，更听不见孩子的叫声。

周围一片寂静，只有我跟琳花的脚步声。

"到了。"琳花突然冒出一句,把我拉回了现实。我们已经上到了坡顶,一座小小的神堂被山顶古树包围着。

神堂的屋顶呈三角形,铁皮的,墙上没有涂料,是白色的木板墙。虽然历经了风雨,却还很干净。说实话,我有些失望,因为房子太新,太漂亮了。

"这里?"我问。琳花难为情地点了点头:"嗯。"她用脚尖指了指杂草丛中的一块小石柱子。石柱的角都被磨损了,跟旁边的神堂很不相称。我蹲下身子看了一会,只见柱子上写着"庚申堂"。

"嗯……庚甲堂?"

"庚申堂。"

"我想也是。"

琳花没有理会,兀自去开庚申堂的门。门很普通,木制,横推的。

"裕子,你在吗?"琳花招呼也没打就问。屋内传出响声,拉门开了,一个胖乎乎的女子走了出来。

"是琳花啊,怎么突然上我这儿来了?"来人很和蔼,边笑边说。我注意到她嘴边还挂着些饼干屑。

"我想让班里的同学看看玉菜姬。可以吗?"

"哦,快请进,请进。"

这个人就是玉菜姬?我尽量礼貌地打量了她一下。

这女的不是初中生，却也不像大人，大概是高中生吧。留着披肩发，说难听点，就是没打理过，随便地把头发留到了肩膀上。要说有什么特别，大概就得数她的一身白衣吧。上身是和服式的对襟，下身下摆比较短，露出三分之一的小腿。她脚上穿着拖鞋，袜子是红蓝条纹的，挺扎眼。琳花说过"玉菜姬得选最漂亮的人当"。这个女子说不上漂亮，应该归在可爱一类。

一袭白衣给她增添了几分姿色。倘若穿的是高中制服，那她最多就是一个邻家姐姐。我不知该说失望还是安心，难道眼前这位真的是三浦老师激动地讲述过的"玉菜姬"？不，这位倒符合琳花的描述——文化祭上的"灰姑娘"。

"这位是你朋友？"裕子朝我微微一笑，我强忍着不安，重新向她鞠了个躬："我叫越野遥。"

"宫地裕子。哦，不，还是叫我玉菜姬比较好吧？"她没问我，是在问琳花。琳花夸张地耸了耸肩，说："我不知道。"

庚申堂的玄关建得很宽敞。笔直朝前用两张拉门隔开入口，可能人们都集中在里屋。我们被带进了玄关边上的一间屋子。屋里铺着六张榻榻米，屋子很新，连带着榻榻米也泛着青色。我估计这里大概是供客人休息的房间，只是特意设了一个壁龛，显然有点夸张。壁龛里摆着绿色的圆形花瓶，里面插着一朵紫色的大花和一朵白色的小花。花很眼熟，就是不知道叫什么。垂下的叶子上还有水分，可能才插上不久。

屋角有个煤油暖炉。都四月了，那玩意儿居然还在，兴许是没人收拾吧，或者没地方存放。屋中央有一张深褐色的矮桌。在崭新的庚申堂里，这桌子太过古朴了。桌子上放着一个盘子，里面装着饼干和肉干，这叫我有点意外。

"我去拿坐垫。"玉菜姬裕子特意给我们铺上坐垫。围着桌子一共铺了三张。裕子第一个背对着拉门坐了下来。琳花有点不知道应该坐哪里，表情有点尴尬。最后还是嘟囔了一句："啊，算了。"就坐在了壁龛前面。剩下一个位子就在裕子对面，我跪着坐了下来。

刚坐下，裕子又站了起来："对了，我去端茶。"

"不用了，裕子，我们一会儿就走。"

"是吗？不过，反正已经站起来了。"我虽有些过意不去，可看到立刻就返回来的裕子，马上就释然了。裕子没有特地去给我们泡茶，她拿了麦茶饮料和杯子来。由于我是为了向裕子请教玉菜姬一事而来的，身处求教的位置，不好俨然以客人自居。

"我来吧。"没等大家回答，我就给大家的杯子里都倒上了麦茶。裕子一边道谢一边接过杯子，脸上露出羞怯的神情。

"这些都是人家送的,吃不完。你们不嫌弃的话,也吃点饼干和肉干吧。"

我不想吃,自己刚刚才吃过午饭,而且我从不吃零食。只是人家客气,我不好意思拒绝:"可以吗?那我吃了。"我挤出个微笑,拈了一小块饼干。琳花比较直率,她倒没有去拿吃的。"肉干不是下酒菜吗?什么人送这种礼物?"她说着笑了起来。

"挺好吃的,就是嘴会干。"裕子也跟着笑了笑,为了掩饰尴尬拿了片肉干放进嘴里。饼干受潮了,甜得有点奇怪。我也应该拿肉干的。

"你说想见见玉菜姬?"裕子问我。我突然不知如何作答。裕子人好像不错,看上去就是一个普通女孩。我心里很想简单地回答"是",嘴上却说不出来。琳花在一旁替我说:"我们学校的老师跟她讲了一些民间传说,其中有玉菜姬,所以我就带她来看看了。"

"民间传说?"

"你不知道?我其实也不是很清楚。"我看裕子脸上没什么反应,不一会儿她又歪过头来:"好像有听过。说是帮了村子。"我听到这里,感觉她确实不知情。难道三浦老师搞错了?裕子没什么兴趣似的笑了笑:"你想知道这种事啊?有意思。"

这话让我不舒服。如果只有裕子一个人觉得我怪,倒也无所谓,反正她不是我们班的。可现在她旁边还坐着琳花呢。

"其实……"我见缝插针地开了口,"我是最近才搬到镇子里来的,想早点适应这里的生活,就跟老师打听了点镇子里的事。结果老师给我讲了这个故事。我不相信故事是真的,跟琳花一说,她就要带我来看真的。"

"哦,你是转学生啊。"

"是的。"转学这个说法其实不确切。

琳花把两个胳膊肘撑在桌上,凑了过来:"就是叫三浦的老师,他有点怪怪的。怎么说呢?就是不太适合当老师的那种。"

"嗯,我也这么觉得。"我条件反射似的跟了一句,裕子大声笑了起来:"这我不太清楚,但是确实有这种人,不适合当老师的。"

"这种人不当老师才是为学生着想呢,也是为他自己。"这不是做文字游戏,就是开个玩笑。只是这次我没有跟风。如果琳花也跟我一样,因为常井商店街那个抢劫案一起被老师找去训话的话,她应该也不会说那种人不当老师才是为了学生之类的话。

为了把话题从三浦老师身上引开,我故作好奇地说:"这间房子好新啊,我还以为像神堂这种地方应该很旧呢。"

"这不是什么神堂,类似公民馆啦。嗯,四年前,重新翻修过。"琳花纠正裕子的说法,说是"五年前"。我继续问:"宫地姐姐就是玉菜姬咯。"

"叫我裕子吧。嗯,算是吧。"

"玉菜姬是做什么的?"

裕子苦笑了一下:"你问我做什么……"

"若是不方便告诉我的话就算了。"

"不是这个意思。琳花跟你怎么说的?"

我看了看琳花,用眼神询问她是否能和盘托出,琳花一脸满不在乎的表情,我就把听说的都照实说了:"她说就像文化祭里的灰姑娘一样。"我想笑一笑,可裕子听得很认真:"什么意思?"

"就是说,玉菜姬是一场表演中的角色。"

"哦,那我懂了。"裕子点了点头,脸色缓和下来,"一般来说就是在每两个月一次的例会上,做干杯的祝辞,也就是庚申讲。"

"庚申讲?"

"嗯。"

"庚申讲是什么?"

听我这么问,裕子的眼珠转了一下,好像不太记得似的:"嗯,就是传说人体中住着三尸虫。每六十天轮一个庚申日,三尸虫在庚申日乘人睡觉时,从人体爬出来,将这个人的恶行禀报上天。人就会因此折寿。所以大家为了不让三尸虫出体,这天就彻夜不睡。"

"啊,这就是庚申讲?"

阻止三尸虫上报恶行以达到延寿的目的，这种信仰还真怪。

"是的。"

"下一次的例会又快到了吧？"

"是的，就在星期四。"

我吓了一跳："这也能告诉我？"

裕子愣了一下，随即大笑起来："你以为这是秘密？庚申日，日历上也有写啊。"

这样啊。我以前没听说过这些，还以为是秘密。原来只是我不感兴趣，因此从来没留意过。

"所以为了彻夜守候，大家就聚集在一起干杯。"

"你说的干杯，就是那个'干杯'？大家拿着酒杯，欢呼'干杯'？"

"是啊是啊。当然还不止这些。简单地说，就是还要讲一些'今后大家一定要注意品行，将来就一定会前途无量'之类的话。讲这些都得用古文，基本上没人会懂。据说以前玉菜姬就一直待在宴会上，像一个摆设。"

"那现在不是吗？"

裕子点了点头："祝辞说完后就立刻回家，你知道为什么吗？"

我似乎有些理解。爸爸在家里过的最后一个新年，他喝醉了，拿起一个酒杯递给我，说："这是祝福，不是酒。遥遥也喝一点。"他硬把酒给我灌了下去。他对传统习俗总有些怪念头。酒很难喝,后来我吐了。爸爸笑着说:"是因为被灌下去的吧?"

裕子突然把头转向了琳花,琳花像是怕被冤枉一样,连连摆手说:"我可什么也没说。"

"那么是越野你自己想到的?真厉害。就是这个意思。玉菜姬一般都由高中生充当。要是警察知道宴会上有未成年人出席就麻烦了,所以就提前收场。"

"你说的就像跟你没关系似的……"琳花咕哝了一句,裕子害羞地笑了:"嗯。是我要求早点结束的。因为第一次参加例会,我只喝了一口就昏倒了,最后还叫了救护车。"

"那警察肯定不会放过你们的。"我平静地说。没错,爸爸也说那不是酒,可事实上酒就是酒。如果这事一年只发生一两次,警察可能还会睁一只眼闭一只眼。可每两个月就有一次,并且叫了救护车,那警察就不得不干涉了吧。

"时代变了。过去点灯用蜡烛,现在也不用了。"

"防止火灾吧。"

"消防署会出面。之前参加的人还有我上一代的玉菜姬都称例会叫'庚申讲',现在叫法也变了。"

"叫团队吗?"

裕子笑了:"嗯,叫'互助会'。专门改了个时髦的名字,其实也没有什么两样。"

"就是。"说着,我也笑了。一边笑,一边把裕子的话在脑子里整理了一遍。

也就是说,现在的玉菜姬什么事也不干。过去延续下来的风俗现在都快清除干净了,只剩下一丁点的形式。我的热情大减,原来是这种结果。我不懂的东西还很多。然而,我对它们不感兴趣,不知三浦老师怎么样。玉菜姬就是裕子,裕子就负责干杯。知道了这些之后,明天我大概就全忘了。

我以为自己掩饰得很好,却还是被琳花看穿了:"是吧?"她的意思是事情并不像三浦老师说的那样,没有你想的那么了不起。

裕子说:"大家再吃点饼干吧,扔了好浪费。"

3

虽是琳花带我来的,但站在山冈上往下看,我还是搞清了脚下的位置。没什么特别的,这里就在办抽奖的商店街附近。我看到拱顶街道的装饰了。原来琳花真喜欢钻小巷啊。

"我自己能回去。"

"真的?"琳花似乎并不担心我能否自己回去,她随便答了一句,就一直盯着我,"莫不是失望了?"

我摇了摇头:"你为啥这么问?"

"因为……"

"谢谢你。本以为没什么大不了的，可能还是对新家不适应，心里想太多了。"

琳花还盯着我，她想看看我有没有撒谎，说："不是你想太多了，是小浦，三浦讲了怪话。"还差点加上一句"果然为学生着想他就不该当老师"。我勉强挤出一个微笑："是啊。谢谢了。"

"嗯。"

"琳花家也参加下次的例会吗？"

"啊，嗯，可能吧。"

"是吗？几号来着？"

琳花转了转眼珠："星期三，不对，是星期四。"

"这样啊。"

话到这儿就算说完了。不觉间太阳已经西沉，我忍不住看了一眼下山的路，琳花立刻觉察出来："我还要帮裕子干点活。那再见吧。"

"哦，再见。"

说着我们分了手，我走了几步，却感觉身后仍有人在看我，便回过头去。我的感觉很准。琳花站在庚申堂前没有动，她目送着我离开。我轻轻挥了挥手，琳花也挥了挥手，这才下定决心转过身去。

琳花为什么特意在休息日安排我去见裕子呢？琳花不像热衷于镇里传说的人，以至于每次都要我修正误解。大概我的行为有些怪异吧。听了三浦老师讲的怪话和小悟的胡言乱语，我便联想到小悟的预见能力可能与镇上玉菜姬的传说有关，因此在别人眼里显得心神不宁。

我跟琳花才认识，她却这么关心我。如果换作我，我能做到吗？琳花一直对我有恩。本来我该小心提防才是，不能随便接受别人的恩惠，尤其在无法偿还的情况下。可我现在却一点也不觉得是负担，反而很高兴。

我慢慢地顺着水泥坡道往下走。我把自行车藏在商店街一个不起眼的地方，只要走到那里我就能马上回家，所以不用太着急。只是山冈上有几户人家，不知道有没有人住。我上来下去时都没有碰到人。

琳花说我失望了，她没说对。我只是对宫地裕子扮演的角色没兴趣罢了。如果三浦老师来的话，他会做出"玉菜姬只剩下了一个名称，现在的任务主要就是在宴会上向大家祝酒"这样的判断吗？大概不会吧。我又想了想，自己也有几种看法。

其中最根本的问题是，裕子有没有说实话？我只不过是琳花突然带来的一个转学生，事先都没有打过招呼。虽然裕子看上去人不坏，却未必实话实说。好人也会有秘密，也会说谎。这很正常，也无所谓。或许她跟琳花也没讲实话。三浦老师嘴里的玉菜姬，朴素而且还更阴森。裕子就算知道，看我不过是个初中生也就不会和盘托出了。

想到这里，我突然困惑了，自己的真实想法是什么？

我从不认为玉菜姬只是一个愚蠢的民间传说。或许我心里更希望这个无所不知的玉菜姬确实存在，因此我不能全盘接受裕子的说法。我不信占卜之术，抽签什么的也是无稽之谈。可心里却仍对玉菜姬有所期待，莫非是因为我还太怯懦？怯懦是我的致命伤，得改，必须改……

我眼前出现了一排栏杆，我在不觉间靠到了坡道的边缘。凭栏俯瞰，这地方高得足以摔死人。我若因为想得太入神而摔死在坡道之下，定不会饶恕自己的愚蠢，而变成这里的地头鬼。我看了眼坡道前方。

昏暗中站着一个小孩，太吓人了。在我看清这个人影之前，突然小腹一阵难受。还不到一个小时，天就黑了。明明天一黑就不敢在外面久待，干吗现在还磨磨蹭蹭的？站在下坡的平缓弯道上的人是小悟。他傻张着嘴，还没发现我。

小悟把两个大拇指扣在背包的肩带上，呆呆地站着。如果我愿意，完全可以趁他不备从他身后溜过去。就是想抓住他把他绑起来也很简单。我大叫了一声："小悟！"

我知道有个词叫"吓了一跳",可是直到刚才我才真看见了吓到跳的人。虽然小悟并不是往上跳,他就像一个受惊的小猫似的,往边上跳开一步。说实话,样子还蛮好玩的。

这个磨蹭鬼反应真快,随即自以为是地发起了反攻:"干吗突然叫啊,傻瓜遥遥。"

"你才傻呢。呆在马路中间,被车轧了,可就出洋相了。"小悟看了看自己脚下,跺了几脚:"我哪里站马路中间了?"

严格地说小悟站的地方确实不是路中央,稍微偏在路边。我说路中央有点用词不当。看我没有反驳,小悟果然得了势,往路中央跑了跑,一脸较劲地说:"这里,这才是路中央。"就在这时,刚才一个人也没有的坡道上,突然开来一辆电动车,我还来不及叫,它就赶紧往边上一弯,擦到了小悟边上。我以为骑车的人会跌倒,他却轻轻磕了一下水泥地,重新坐直了身子,朝擦肩而过的小悟瞪了一眼,把车开走了。那男人大概有五十岁。小悟缩紧了身子,刚才的敏捷全都不管用了。我走近吓得发抖的小悟,捏着拳头在他头上敲了一下,我没使劲,小悟却抱住了脑袋。我担心他会哭喊起来,不料他很直率地说了声"对不起",我也就不再追究了。

站在那里太妨碍交通了,于是我把他拉到路边上。不知是痛还是耍赖,他把头扭向一边,我问:

"你怎么会在这儿?"

"我跟妈妈来买东西,她还得买一会儿,就叫我在附近玩一下。"原来他是在买东西时乱逛到这里来的。

"哦,那你在这里干吗?"

"没干吗。反正说了你也不信。"他又开始逗能了。既然如此我也不想再问了。只是像小悟这种一个人都不敢回家的胆小鬼,怎么会到这种僻静的地方来呢?我也看向了小悟在看的东西。

一堵水泥围墙截开的斜坡上有一户人家。房子是两层楼的,屋顶铺着青色铁皮,外墙是奶油色的,房子有些年头了,外墙发黑。从围墙到玄关有一个几米长的空间,却不够一个院子的大小。空地上种着些矮树,树叶很有特点,我一看就知道是茶花。玄关边上立着一个塑料纹样的扫把,扫把朝下放着,前面的毛已经弯了。门上刻着"森元"的姓氏。

这种地方还有必要弄围墙吗?除了围墙以外,房子很普通。

小悟心思单纯,要逗他也很简单。我故意说:"啊,是你喜欢的女孩子家吧?"果然他脸红地反驳道:"不是,别乱讲。"

"那是什么?"

我以为他会跟我对着干,不料他仍犹豫着,像要说些什么,把头低了下去,瞟了一眼森元家的房子，用极低的声音说："我在这里住过。"

连我自己也很吃惊，我竟很平静地接受了这句话。

"是吗？什么时候？"

小悟大概没想到我会相信，反而结巴起来："不记得了。但……就是这家。对了，遥遥，你不知道我以前住在这里？"

"我怎么会知道？"

我对爸爸和妈妈结婚之前的事一无所知，小悟的生父是谁？以前住在哪里？我都不知道。不过有一点我知道："妈妈不是说你以前没来过这里吗？要么你……"

你不是妈妈的孩子？我差点说出口来，赶紧又把话咽了回去。要要这家伙还可以用其他方法。

"那还记得什么别的吗？"

他扭过脖子："墙上贴着纸。"

"纸？"

"就是写着平假名和片假名的纸。"

"五十音图？"

他不确定地点了点头。

"还有呢？"

"卫生间的锁坏了。"

"卫生间门上的锁吗？"

他摇了摇头："不是，窗上的。"

好具体啊。我一度怀疑他是否把之前住过的宿舍给搞混了，可那间公寓的卫生间锁并没有什么不对。

"还有，经常去玩。"

"去哪里玩？"

"不记得了。大概树林里。"

"和妈妈吗？"

小悟想了很久："可能是一个人。又或者和遥遥一起。"

"傻瓜，我跟你认识的时候还没来这里呢。"

平时小悟一听有人叫他傻瓜，就会生气，今天却很奇怪地毫无反应："嗯，那就不是遥遥。"

"那是谁？"

"女的。"

废话，和男孩玩然后又误认为是我，这话说得也太离谱了吧。

"然后，还说叫我保护好。是很重要的东西，来取之前让我保护好。啊，那个人到底是谁呢？我到底怎么了？"

这跟之前在常井商店街上遇到抢劫时的情形完全两样。小悟今天既没害怕也没吵闹，只是静静地回忆脑中的印象。虽然我很想骂他是电视看多了的缘故，可看到他虽然糊里糊涂却也很认真的表情，一下子就打消了嘲笑他的念头。

"应该是相似的房子吧？这种房子到处都有啊。"我朝他泼了一盆冷水，小悟也不太有信心："可能吧。"说着，就不再看森元的房子了。

有什么在闪烁。我回头朝上看了看，街灯已经亮了，晚霞渐渐褪去。

不管小悟的记忆如何，毕竟这里是人家的家门口，不能老盯着看。

"走吧，走吧，小悟。"

"可……"

"妈妈一定在等着呢。"

显然小悟还有些不舍。可他一抬起头发现夜晚已经降临，脸上就立刻显出胆怯的神情。

"嗯，回家。"他想去抓我的衣摆，我转了个身，躲开了，走到他前面去。

从太阳下山到黑夜来临，当中还有一段时间。我对自己的方向感很有信心，可现在走的却是一条陌生的路。通往商店街的路上，有很多旧广告牌——"裁缝铺""榻榻米""布料店"，却没有店铺，或是一些空空的橱窗和灰色的卷帘门。不时有些车斗里装着购物袋的自行车从我们身边经过。

我一直在思考小悟在森元家住过的这件事，我能不能都把它归结为弄错了呢？我相信小悟就跟在我身后，便头也没回地说："喂。"

"嗯？"

果然声音就在我身后。我正要叫他不要跟得这么紧，还没发声他就退了几步。于是我不去理会，越过肩膀问："你怎么找到那所房子的？"

那房子不在小悟上学去的路上，他也不像是偶然路过，仿佛早就知道自己在那里住过而找过去的。我隐隐约约听见几个字："因为……所以……"

其他听不见。

"听不见。"

"所以我……"

"好了，好了，在我旁边边走边说。"我慢下脚步，跟他并排走在一起，不去看小悟抬头望向我的眼睛，"说啊。"我催道。

"就是……"小悟丢下这两个字又开始从头说，"学校要用圆规，我不是没有吗？我说要向你借，妈妈说你学校也要用。遥遥，中学生不用圆规吧？"

"用啊。"

"哦。"

我被他这种拖沓的谈话方式搞得有些恼火，强压着火气等他继续往下说。

"然后妈妈就说，反正休息，出去逛逛吧。我以为是要去买圆规。学校旁边的小店里就有卖，只是店里的奶奶好可怕。怎么说呢，就是看着就会死掉的那种。"

"哪有这么容易死掉？"

"遥遥你是没见过嘛。"

"好了，好了。你这个人就是傻。我问你怎么会去那幢蓝屋顶的房子，你说什么圆规，风马牛不相及。"

"所以我现在要说了嘛。"

我皱起眉头，严厉地说了一句："小点声，扰民啊。"

小悟没有说话，我听见寂静中有换气扇转动的声音和人家炒菜的声响。就算商店街的小店都倒闭了，有人住就要吃饭。

"然后呢？"

我一严肃，小悟马上就蔫头耷脑。

"我说了奶奶的事，妈妈就说她要去商店街买东西，叫我一起来。其实我不喜欢来这里。然后我就看到那个独角仙的广告牌。"

"独角仙？"

"嗯，这么大。"小悟伸开双手比画了个大小，大概有一米，或更多，"大概是店铺的广告牌吧？"

"我不知道，没写字吗？"

"写了，我不会念。那些字大概中学才教。"一听就是他不愿承认自己语文成绩差，所以才不会念。

小悟说话的方式慢慢起了变化，变得没了自信，含含糊糊。

"以前我见过那个独角仙。不是上次来商店街的时候,是很久以前……然后就感觉那个独角仙前面有人家。"

"独角仙前面?"

他的声音小得基本上都听不见了:"嗯。"

我想让他讲得再清楚一点,低头看了看小悟,小悟也正好抬头看着我。他的脸上既没有不高兴,也不害怕,只是很紧张,软弱得像是我多看两眼,就会被他拽进不安中去一样。

这家伙自己也不相信自己说的啊。

确实,光说好像见过,或者记得见过,那谁也不能保证"是啊,确实见过,而且还知道呢"。包括我也没法肯定小悟所言只是记忆的错觉而已。

但是另一方面,我还有一个可以把这一切全都简单说清楚的魔法词汇——玉菜姬。

天色还是深蓝的,没有完全转黑。升起的月亮占据着天空,月光照在又大又薄的云朵上。

我为什么一直对玉菜姬这个传说耿耿于怀呢?三浦老师说玉菜姬不会预知未来,琳花介绍给我的玉菜姬也只不过是宴会上的一个职位。现在我明白了,我在听取这些谈话时,心里总在怀疑它们的真实性。

我还是盼着有玉菜姬存在,确切地说,其他的什么姬也可以,我心里渴望有一个人能预知未来。

现在小悟正陷在自己的麻烦里，我跟他说什么，他都不会记得的。心里面模糊地盘算着，我悄悄向小悟问了一句一直隐藏在我心里的一个疑问："小悟，你……"

"嗯。"

"你知不知道我爸爸会不会回来？"

小悟好像是突然被人用外语提了个问题似的，愣了一下。他这个傻瓜对我的问题，还需要一段时间去消化。也许我把这段等待答案的时间想象得太长了。

忘了吧。当我没说过。我正准备开口。

这时，小悟点了点头："知道。"

"……"

"会回来的。爸爸一定会回来的，我知道。"

我把手放在了小悟的头上，不去理会小悟误以为我要打他而吓得身体一僵。

我们走进了有拱顶的商店街。

"妈妈在这边。"小悟说着跑了出去，我不想去追他，只朝周围看了一眼。

拐角处果然有一个独角仙形状的广告牌。上面写着：悉皆 左入。

嗯，我不会念。

第六章

1

星期六一早小悟就一直粘在电视机前面。到了星期天，情况就更严重了。如果用手推车把电视机拽走，那小悟也准会被一起拽到地上去的。尽管我没有义务管他，可也实在看不下去了，就多了一句嘴："你眼睛要看坏了。"

节目正演到精彩处，小悟目不转睛地盯着屏幕上闪闪发光的变形金刚，淡淡地答道："我没靠那么近啊。"

小悟看电视时确实离得比较远。之前住在公寓里，客厅太小，电视机凑得近，现在家里没什么东西，足够坐得很远看电视。我在一旁冷冷地看着小悟。过去爸爸对看电视的距离异常严格，至于看电视本身却从没有什么要求。爸爸向来认为自己讨厌的就不会是好的，抑或他自己也喜欢看电视。不过他有两个要求，一是看电视时座位要距离电视机一米半；二是吃饭时不准开电视。小悟这两点都还遵守着。

妈妈打扫卫生时，我把衣服晒了出去。屋外有个晾衣架，我只需要把衣服挂在掉了漆的晒衣杆上。可晒衣杆很高，我得一直踮着脚。等我把一家三口的衣服都晒完，小腿就有些抽筋了。

妈妈打扫卫生也不轻松。现在家里的这台吸尘器，是一贯主张"便宜没好货"的爸爸选的，尽管功率大吸尘效果好，机器本身却很重。住公寓时，妈妈嘴上虽说"好重啊"，倒也不妨碍使用，可现在要把它一楼二楼地来回搬就着实很费力了。要是我什么时候中了大奖，或者找到了悬赏一百万日元的水野报告，那我首先就给妈妈买台推杆式的吸尘器，再给自己买辆自行车和一面小镜子。

我用夹子晒着小悟的袜子，突然醒悟到无论发生什么事，有什么想法，生活都还要照常继续。哪怕悲伤得心都碎了，饭也还是要吃的。就算不喜欢新妈妈，一直躲在自己屋里，也总有要出来上厕所的时候。

昨天我等到十点才给琳花打电话。而今天刚到十点家里的电话就响了。我正好才回屋，打开书包准备做作业。电话是妈妈接的，她在楼下喊我："遥遥，你的电话。在原打来的。"我一路吱吱嘎嘎地下了楼，接起电话。电话那头语气十分激动："喂，遥遥？今天有空吗？"同班的琳花应该知道这周布置了很多英语作业，我换了个手接话筒，然后爽快地撒了个谎："嗯，有啊。"

"真的？太好了。今天有个跳蚤市场，一起去吗？"

住在过去的家里时，我曾去过一次跳蚤市场。那是借了室内球场举办的一个大型活动，现在想起来心里还暖暖的，非常好玩。

"好啊，几点？"

"太好了。听说里面还有卖炒面的摊子，我们早点去，一起到那里吃饭吧。十一点会不会太早了？"

我身上还穿着家居服，头发也没梳。一个小时可能来不及收拾完："十一点半可以吗？"

"哦，想起来了，我还穿着睡衣呢。好，就十一点半，文化会馆见。"

我说了句"回头见"就挂了电话。放下话筒，我把地图拿了出来。虽然琳花总自称敏感，有时却有惊人的举动，但她好像忘了我搬到这里才十天啊。所幸，文化会馆很容易找。就在昨天去的图书馆斜对面，我没注意。今天天气很好，晴空万里，没有风，一定会是个愉快的周日。

我只骑了一次就适应了自行车的色调，昨天还觉得这蓝绿色不好看，没遇到琳花就提前下了车，今天看看这颜色也不坏，索性直接骑着去了文化会馆。

大厅上有个时钟，时针正指着十一点二十分。我来早了。自行车棚基本上都停满了，停车场没开。

其实是停车场给用作了跳蚤市场。地下铺满了蓝布、塑料布甚至草席，地上摆着书架、衣架和箱子。我想等琳花来了再一起逛，便不去看那些热闹的场面，径自在文化会馆周围走了走。

大概因为停车场被用作了会场，所以徒步前来的人比较多。隔着一段距离看，昨天去过的图书馆周围真有不少树，难怪我起初没找到。

会馆内有一处堆着石头，幼时我很喜欢爬这种地方。如今当然不会了。石堆中央立着块石碑，上面刻着字。红黑色的石头上字刻得很浅，不仔细看便看不清楚。我找了半天也没看到琳花，离约好的时间还有五分钟，为了打发时间我凑近石碑看了看。

"此处是吾乡。佐井川流域一带称常井，听闻此地历史悠久，风土记中有名可查。此地历来农业兴旺，物产丰盛，乡人团结，祈神拜佛敬媛同甘共苦。然近代工业兴起，乡邻错失良机，于昭和二十八年因国策与邻村合并。虽未留名于市，然常井仍在。愿我子孙后代继承常井精神，在新生坂牧市政领导下将常井传统发扬光大。"

"遥遥。"突然有人把手放在我肩上，叫了一声。我吓得喊出了声，身子一颤，转头看见琳花一脸坏笑。

"这么吃惊？我都吓了一跳。"

"啊，琳花。"虽然有点意外，我还是更为自己刚才那一叫难为情。环顾了一下四周，有些人正好奇地看着我们，不由得小声嘀咕了一句："哎，不要这样嘛。"

"啊，对不起对不起，一时没忍住。对了，这是什么？"琳花说着看了看刚才我看的石碑。文字虽然有些拗口，可琳花还是一眼就把握了石碑上的内容。她苦笑一下："很不甘心呢。"又傻傻地转向我，"好老套。还当你在看什么，原来是石碑。我都不知道这里有石碑。"我脸红了："没什么可看的嘛。"

"对了，遥遥，你不会是喜欢认字吧？"说完，琳花又歪了歪脑袋，补充说，"这也不全是汉字。"

我摇了摇头："没有啦，没事干嘛，干等着也无聊。"

"嗯，不好意思，让你久等了。"

"哦，不，不是这个意思。我来早了。"

虽然不讨厌学习，却不怎么读书。如果给大家留下这种印象，还不知在学校会怎么被人嚼舌根呢。琳花坏笑地看着忙于掩饰的我："好啦，没事。"又继续笑着对我说："只是有句话叫'好奇害死猫'哦。"

"啊？"

"但为什么是害死猫呢？如果小猫到处乱嗅，再可爱也会被宰了？是这个意思吗？"她开着玩笑，转向了右边，"小摊子都在那边。"

喂，刚才说的是什么意思？好奇害死猫。这是什么意思？我不禁向琳花的背影伸出了手，可我什么也说不出来。琳花已蹦蹦跳跳地走到跳蚤市场的人群中去了。

　　停车场角落里摆着几顶白帐篷，都是卖食品的小摊。炒面、章鱼小丸子、杂菜饼。还有乌冬、荞麦面和拉面。有的还卖肉肠和棉花糖，真像赶庙会。

　　只是店员的样子跟庙会不同，做事的人手法很生，好像附近普通的大叔大婶。"啊，一共多少钱来着？""稍等，稍等，稍等。"此起彼伏都是这种慌乱的声音。做的人不专业，价格自然也比庙会上便宜很多，这叫我暗自高兴。我硬着头皮才向妈妈要了零花钱，总想尽可能省点钱下来还她。

　　我买了炒面。琳花排在我身后，我以为她肯定也会买炒面，没想到她说："给我荞麦面，不要放葱。"

　　小吃摊的前面放了一些白色的桌子和折叠椅供客人使用。可椅子上早坐满了老人，我们找不到座位。无奈之下只能和琳花一起走到花坛边上，花坛是用砖头砌成的，高度正合适。我看着正在掰筷子的琳花，诧异地说："总说人家老套，你也很老套啊，竟要了荞麦面。"

　　"有吗？"琳花愣愣地说，"我没这种感觉。"
　　想想也是，琳花家就是做荞麦面的。

琳花要的荞麦面上只漂着一些海藻，特别素。

"你不爱吃葱？"我问。琳花沉吟了片刻，说："偶尔吧。"她的意思是偶尔才叫人家不放葱的？也许是不想让我闻到味道吧。我要的炒面和琳花要的荞麦面分量都不够中午一顿饭的。可女生都爱宣称自己食量小，我们俩都没说"不够吃"。

"去逛逛吧。"我同意琳花的建议，站了起来。

刚才周围还没什么人，一过十二点人一下子就多了起来，声音也越来越嘈杂。跟之前我住的地方相比，这里的跳蚤市场规模不大，没办法，坂牧市是个小地方。只是才走了不一会儿，我就有点小失落。市场上卖的旧衣服，真的是穿旧了的衣服，布料都软塌下来了。当我看见肉色内衣时简直惊呆了，我从不知道旧内衣也能拿出来卖。

也有人在卖旧书，不过都是前几年流行过的东西，没什么特别。卖得最多的是杂货，可都很普通，而且还有很多破的、坏的，这种东西怎么可以拿来卖？

原本周日跟朋友一起逛跳蚤市场是件开心的事，可我丝毫没有感受到购物的乐趣，加之身上没有钱。倘若发现点有趣的，还能跟琳花议论一番，说"这东西真可爱"之类，但这种机会始终没有出现。

"哼。"琳花别有意味地嘟囔了一句。兴许她也跟我一样，觉得实在没什么好东西。我们随便转了一圈,突然琳花停下脚步,从口袋里掏出手机:"抱歉。"她接起电话,尽管通话时用手掩着嘴,声音却不低,电话的内容我听得清清楚楚。

"现在吗?我和朋友……哎呀,话是这样说。不行?但是……嗯,知道了。"

情况不妙,为了不让她觉得我在偷听,我硬把头转向了别处。挂掉电话的琳花向我合掌道歉:"不好意思,摊子上人手不足,有人突然肚子疼。"

人手不足?

"那些摊子也是商店街的人弄的?"

"不是商店街,是互助会。嗯,没错。说是已经去找人顶替了,可现在正是吃饭时间,不能没人啊……今天的跳蚤市场搞得很仓促,组织不力。实在抱歉,明明是我特意叫你出来的。就半小时,你在附近转转,好吗?"

说实话,我很不爽,可事出紧急我也很无奈。

"知道了,你要加油啊。"我挥了挥手,自我感觉已把一个心胸开阔的和蔼角色演到家了。琳花连连鞠着躬跑了,只剩了我一个人。虽然跳蚤市场没什么好东西,可我也没有全逛完。再仔细找找说不定能有什么发现,可再怎么找,手里也几乎没有钱。没钱瞎逛也挺无聊的。我突然看了一眼文化会馆。

刚才一直在注意跳蚤市场,还没好好看过文化会馆,这幢建筑挺雄伟的。外观上大胆地使用了没上涂料的水泥和玻璃，一看就是"非常有设计"的设计。我见过有些不上涂料的水泥建筑被雨淋湿后就脏兮兮的，文化会馆倒很干净，兴许还挺新的。我没兴趣在这里欣赏建筑，馆内也许会有自动售货机，于是我向入口处的玻璃门走去。说实话，我也有点想去厕所了。

我脑中掠过一丝担忧，不知会馆周日是否开放，不过自动门照常打开了。大堂的入口是一个开放的空间一直通到三楼，宽敞得都能举行排球赛了。只是整幢楼静悄悄的，光线也有些暗。大白天的又没什么特别的活动，所以楼里就没把灯全打开。入口正面有个咨询台，不过没人。

我赶紧先去找厕所。跟一般大楼一样，通往厕所的标记十分醒目易懂，就在大堂入口的边上，可偏偏有人在清扫。门口立着一块牌子，写着"清扫中，请稍候"，还画了一个在鞠躬的可爱清扫工。为什么这个这时候清扫啊？楼里又没什么人。不过，仔细想想现在扫总比有活动、人多的时候好吧。

我还不怎么着急，只是找到的厕所不能用叫我郁闷。这么大一幢楼不会只有一个厕所吧？我朝大堂深处走去，看到楼梯就走了上去。

大堂里到处贴着瓷砖，只有楼梯上铺着地毯，地毯不厚，但也足以减轻脚步声。我慢慢地走上楼，上到稍高一点的地方，就看见大玻璃装饰的天井有阳光照进了柱状的大堂，大楼越发显得精致。

"唉。"我叹了口气。这么个崭新漂亮的文化会馆，这么个四月晴朗的周日，却不组织任何活动。停车场上因为跳蚤市场而热闹非凡，馆内却空无一人，这算怎么回事？

当然，无法使用停车场，也就办不了活动吧。

我到了二楼，走廊也贴了瓷砖，墙壁上有大玻璃窗，光线十分明亮，只是也没人。我看到有个灰色的告示栏嵌在白色的墙上，前面还有一个吸烟处，厕所应该在那个前面。总不会今天整幢楼都打扫厕所吧？这次应该能用了。

我走过去，拐了个弯，突然发现前面靠中间处的地上有东西。是一张黄绿色的纸。我凑近想看看是什么，发现公告牌就在旁边，纸是从公告牌上掉下来的，应该是告示吧？因为它是反着掉在地上的，我看不到纸上的内容。我本可以不去管它的，可随手就捡了起来，看了一下正面。"啊？"我忍不住自语道。

黄绿色的纸上写的是"关于召开重新探讨招商的会议"。这我好像在哪儿见过，是在哪里呢？我盯着纸上的字，思考了一会儿。我家附近也有公告牌，在那里见的？可我并没有仔细看过啊。看着看着我又发现了一些其他信息。

时间　四月十三日（周日）下午五点
地点　坂牧文化会馆

今天，就在这里开啊。停车场那边来得及打扫吗？我还操这份闲心。

纸的四个角都破了。大概是用图钉钉在公告牌上，被人扯破了。现在周围没人，趁没人看见做点好事就不用担心被嘲笑了。公告牌上还有几个图钉，我把捡到的广告纸重新钉到了公告牌上。

我后退一步，看了看效果，有点斜。我又把纸取下来，照着跟公告牌外框水平的位置重新钉了一遍。这次钉好了。

"这下好了。"尽管是举手之劳，心里还是小小地自豪了一下。我深吸一口气。空气中有香烟的味道。

一般人大概会以为这味道一定来自前方的吸烟处。可直觉告诉我味道在我身后。我回过头去。一个双眼凹陷的男人正站在走廊拐角看着我。他穿着灰色的西装，白衬衫上没有打领带，即使正面看也知道他是个驼背。我立刻明白了，他并非刚巧路过，而是一直在盯着我。

他从什么时候开始盯上我的？难道从我一进来就开始了？

男人慢慢地向我走来，我脑中立刻掠过"变

态"二字。要跑吗？如果跑，他会追吧？尽管我自信自己跑得够快，可我对文化会馆的环境不熟，楼梯又在这个男人站着的方向。万一遭遇不测，我就先揍了他再跑。我想着，浑身紧张起来，男人却小声问了一句："这……是你贴的？"男人眼睛看着公告牌，视线停在我刚钉好的"重新探讨招商的会议"那张纸上。

我谨慎地答道："是的。"

"是吗？"他凹陷的眼睛这会儿看向了我。这是一双懦弱呆滞的眼睛。他走到我跟前，我看着这双眼睛，忽然想起来了。他就是那个偷东西的人。琳花带我去镇上时，在蔬菜店偷东西的那位。琳花跟我说过他的名字。应该叫阿丸。

阿丸瞪着他那双无所谓的眼睛看着我。捡起广告纸贴上有什么不妥吗？为什么他用这种仿佛要把我的脸印进脑海去的眼神盯着我？我正准备逃跑，突然觉得他大概是误会了。"其实……"我张开开裂的嘴唇说，"我只是捡了这张掉下来的纸而已。"

"……"

"你要是不相信，就看一下，纸上有剥落后重新钉上去的印子。"

纸张四角上的破洞，一目了然。阿丸听话地慢慢走过来，朝"重新探讨招商的会议"看了一眼。

我好想咽口水。

阿丸又用第一次跟我说话时的低音说:"好像是的。"

我松了口气:"就是这样的。"

"那你为什么在这里?"

"我只是来参加跳蚤市场的。"

悬着的心一放下来,全身就来了力气。对面前这人的怨气驱散了刚才的恐惧:"你干吗老是问我?我好心把纸张钉上去,你不满意?"

然而阿丸并没有道歉,也没有解释,只是准备要离开似的侧过了身子,说:"别自找麻烦。要是被人家误会是找茬的,你就麻烦了。"

不是你在误会我嘛?又不是我做错了什么。

我想反驳两句,阿丸已经转过身,慢慢地、慢慢地走掉了。

2

晚上我拼命地赶英语作业,都是白天贪玩的报应。或者应该更恰当地说是星期六没做作业的惩罚。我早早洗了澡,一回房就开始做作业。搬家时没把书桌搬过来,现在干什么都得趴在小矮桌上。倒不是觉得坐在椅子上做作业效率更高,只是这张矮桌高度不合适,趴在桌前越坐背就越驼,学习时身体比头脑更累。这问题得早点解决。如果暑假我能去打工就好了，即使没有书桌，有个稍微高点的小桌子也行啊。

作业完成了一半，背果然就疼了起来。用力伸了伸背脊，叹了口气，我讨厌自己老态龙钟的模样。屋里就我一个，可我还是推说自己没有叹气，很快又打起精神来。

稍一休息，脑子里立刻浮现出白天的情形。

我跟去帮小摊子干活回来的琳花说了在文化会馆的遭遇。我告诉她阿丸一直盯着我看，琳花皱了皱眉，说："你又不是那些人。真讨厌。"

我不知道她说的我"不是那些人"指的是什么，正想问呢，可我更关心阿丸走时留下的那句话是什么意思。

"他说'要是被人家误会是找茬的，你就麻烦了'。他这个'找茬'是啥意思啊？"

我来镇上这段时间，还没发现大家说话有口音，但"找茬"可能是当地的说法。

我猜对了。琳花歪了歪脑袋，跟我说："找茬？嗯，怎么说呢？这词以前大家常用，最近好像不太说了。"

"以前是？"

"嗯，就是接近'对别人的决定放马后炮'这种吧。又不单是这个意思，语气很难解释。好事之徒？"

她问我，我也不知道。不过，多少明白了一点。

阿丸一定是说如果我被误认为是"重新探讨招商的会议"里的成员就麻烦了。

我突然想起一件事:"琳花,今天这个跳蚤市场,你不是说是临时决定举办的吗?"

"是的。怎么说呢,突然冒出的一个馊主意。平时不这样的。你要笑话就笑吧。"

"嗯……是为了干扰一会儿要召开的'重新探讨招商的会议',不让他们用停车场?不会是这个目的吧?"

琳花非常干脆地点了点头说:"是的。"

这是什么意思?这个"是的",是针对"不会是这个目的吧?"的回答"是的,不会是这个目的"呢,还是针对"不让他们用停车场?"的回答"是的,就是这个目的"?

后来,琳花指了指身旁人家卖的一个日本偶人说:"这个挺漂亮的。"她好像故意在岔开话题,我再问她也不回答了。

我叹了口气。

到最后我也没在跳蚤市场发现一样有趣的东西,加上中午那顿饭太少了,回家路上肚子就饿了。琳花似乎也一样没吃饱,回去时她勉为其难地一个劲调动我俩之间的气氛。

自从搬到这个陌生的镇子,琳花帮了我很多。我打算等自己安定以后,也主动去约一约她。可我什么时候才能安定呢？

突然想呼吸点新鲜空气了。我看了一眼台钟。现在出门时间还不算晚，而且最近夜晚的天气也慢慢暖和起来了。我在口袋里放了一百二十日元，轻轻地下了楼。尽管破楼梯还是暴露了我小心下楼的脚步声，客厅里传出电视里的笑声，却没人来拦我。

我出了家门，为了减轻心中的罪恶感，低语了一句："我出去了啊。"

爬到堤坝路上去呢？还是背对堤坝往住宅区的深处走呢？我选了堤坝路，只要不走到汽车道上去，就不怕有车，而且这边有路灯，比较亮。我自觉努力地做了好半天作业，可还有一半没完成，叫人心烦。为了给自己鼓劲，我边走边哼起了歌。

从堤坝路上可以看见坂牧市内的灯光。它们星星点点地散落在各处，看上去格外萧瑟。我感觉不出这里有人在生活，在驱赶黑暗的夜色。我想起汽车道旁竖着的公告牌上面写的那句："高速公路拯救一切。"没错，这里需要被拯救。

夜风中传来警笛声，不知是救护车、消防车还是警车，总之有车在飞驰。我看见车上旋转的灯光了，好像正从河对面过桥往这里来呢。我刚想到这儿，突然看到黑暗处升起了火光。"什么！"我不禁叫出了声。

夜晚搅乱了我对距离的感知，火光不可能来自空无一物的场所。是桥上在起火。距离似乎比铁桥远，这么说是报桥？报桥上有东西烧着了，是意外吗？我决定去看个究竟，就小跑了过去。就当自己在跑步减肥吧。

等我赶到报桥时，桥上一片混乱。桥上的汽车道已经被"禁止通行"的牌子挡住了，来了一辆消防车和两辆警车。它们到得还蛮快的，莫不是意外发生的时间还更早？原本人行道可能也要被封，大概因为人手不够，我没看见有警察在站岗，便假装不知情地走过桥去。

起火的是一辆汽车。照周末电视上放的电影的说法，汽车着火后一般过十秒就会爆炸，把车子炸烂，我头脑中都是这种印象。可我现在看到的汽车火势已经消退了，既没爆炸也没碎得到处都是。车子周围站着几个消防员和警察，他们在做灭火后的调查工作。我不能再往前靠了。

事故现场除了我还有四五个爱看热闹的傻子，说着一些不负责任的话。有个人说："什么？就这么完了？没劲。"这话与我不谋而合。不过被火烧焦的汽车黑乎乎的，其他部位也很恐怖，挺有看头。汽车是斜撞在栏杆上的，左侧的车灯全撞烂了。桥栏杆这么低，车子居然没有掉下去，司机真走运。可当我看见汽车的挡风玻璃已经撞得面目全非，刚才那种简单的想法才逐渐消失。司机怎么样了？车上只有司机一人吗？车子是白色的普通五人座，不是小型车。不会都烧死了吧？

跑到事故现场看热闹，结果又因为可能有死伤而害怕，这话说着很别扭。可我真的害怕起来，便悄悄地离开了。总之，现场有这么多警察，万一他们发现了我，说："你是中学生吧。"再教育我一顿就麻烦了。

我出门时，家里没人注意，回家时却被发现了。非常不巧，妈妈就在走廊里。我一开门就跟她碰上了，这回没法糊弄了。

"啊，遥遥……"妈妈一时语塞。我只得坦白："妈妈，报桥上出了车祸，撞车起火了。对不起，我一时没忍住跑去看了。"

"车祸？"太好了，妈妈不关心我晚上跑出去，却被车祸吸引了。可能她以为我是从二楼屋里看到车祸才跑出去的吧。实际上，我的房间正好被堤坝路挡着，什么都看不见。

"好险啊。报桥那么窄，我都有点怕呢。"

"不过，火已经灭了。"

"是吗？那太好了。"这时妈妈才朝我看了一眼，"快上去吧，外面不冷吗？"

"嗯。"

"给你热杯牛奶？"

我摇了摇头："真的不冷。而且我作业还没

做完。"

妈妈微微一笑:"哦,那加油吧。"于是,当我再度因为作业而感到疲惫时,妈妈踩着破楼梯上来,给我端来了一杯热牛奶。

等我要睡觉时,已经把刚才看到的车祸差不多全忘了。

第二天,社会课变成了自习。

来叫我们自习的副校长并没有解释为什么不上课了,只说了一句:"大家安静地在教室学习。"然而,这时班里已经有了传言。跟我同组的小竹跟我说了。小竹就像要告诉我这世上最有趣的事似的,满脸堆笑地说:"你知道吗?教社会课的小浦,昨天遇到车祸,大概今晚就要死了。"

第七章

1

　　小学四年级时，有一次班主任住院。只说是得了什么急性病，有男同学就赶紧说："糟了，我爷爷也是什么急性病死的。"于是班级里乱成了一团。我冷冷地看着自顾放声大哭的几个女生，正准备找个机会加入其中时，年级主任来跟我们解释了："老师得的是急性阑尾炎。大家不用太担心，就是一般的盲肠炎。"

　　最先放出话的那个男生，后来被大家叫了三个月的骗子，想想也蛮可怜的。

　　那时我并不特别喜欢班主任，可全班都在替老师担心，我也就装了装样子。后来有人提议选几个代表去看望老师，大家都同意了。我记得当时还让每人出一百日元给老师买花。一个星期后老师出院，为了答谢大家的鲜花，给我们发了糖。一般老师不能在学校给学生发零食，这类糖果应属例外，可老师第二年就辞职了。老师也很可怜。

　　听说三浦老师出了意外的消息，我便想起了小学时的这件事。任何时候都不能武断。我配合着小竹也装出好奇的样子，笑着问："真的？听谁说的？"

"琳花。"她一边说一边转头看了看琳花。琳花此时正被几个同学围着小声地在说些什么，大概觉出有人提到了她，便朝我们看看，然后起身走了过来。

"叫我？"我们并没有叫她，所以我没有回答，问道："三浦老师真的出意外了？"

"嗯。"

"你怎么知道的？"

琳花一屁股坐在我桌子上："我婶婶在医院工作。她说被救护车送去的人像是我们学校的老师，说是重伤呢。"

"重伤？不是病危？"

"重伤。"

"不是说要死了吗？"听我这么问，琳花瞥了小竹一眼，小竹满不在乎地答道："人家这么说的。"说完便走开了。小竹可能在夸大其词。不过，我一听就叹了口气。自己也没料到，会是这样一声长叹。

为了不让琳花察觉，我故意冷冷地说："说是车祸，是被车撞了吗？"

"不是。小浦开的车。"

"那是他撞了人？"

琳花摇了摇头："具体的我也不太清楚，说是撞到什么汽车着火了,小浦自己逃了出来,也是他自己叫的救护车。"

着火了。

一定是在报桥,不会错。小镇不可能一个晚上烧掉两辆车。我昨晚看到的就是三浦老师的车——碎掉的挡风玻璃,车左侧全撞烂了,车子被烧得惨不忍睹。

"怎么了?"因为我突然闭了嘴,琳花朝我看了看。

"啊,我昨天从屋里看到有车起火了。不知道是否就是那辆。"我没有隐瞒。圆滑地说,却感觉自己有点脸色发青。幸好老师还活着。车子被撞成那样,就是丧生也不足为奇。一个不小心就……

上周五还在跟我说话的人差点死了,而我竟在看他的热闹。

"啊,你看到了。"琳花没有继续追问,可能觉出我有点激动。我定了定神,笑了笑,说:"社会课看来都得上自习了,才刚开学呢。"

"考试怎么办?"

"嗯,总有办法吧。"

琳花随便问,我随便答。就算上自习,大家也都在座位上。

我一边跟琳花说话,一边听着班级里其他同学的议论。流言应该早就散播开了。按照同学间的亲疏关系,话传到我耳里肯定已经最后了。接下来大概会有哪个好学生或者领导级的同学出来提议去看望老师。

我听见他们在谈论车祸。小竹压低了声音说:"听说差点死了。"

"说是三浦出车祸了。"

"啊,他看起来就不擅运动。"有人说得如此轻松。

然而,班里这种偷得浮生半日闲的欣喜丝毫没有减少,我不觉紧张起来,没有人想过要去探望老师吗?我竖起耳朵听了听,突然听见一个性别不明的声音:"三浦又不算什么嘛。"我赶紧抬起头,又担心被发现,缓缓地低下头,用眼睛扫视了一下四周。我没找到说话的人。仿佛我听到的,不是哪个特定的人在说,而是全班的意见,这声音不是哪一个人的。

我表情平静,可能行为上稍显怪异。敏感的琳花仅凭这一点就猜到了我的想法:"还挺担心小浦的。"琳花大概自己也没意识到,她对我格外关照。

我兴许该说自己并不担心,三浦的事跟我没什么关系,他本来就有点怪怪的,诸如此类随大流的讲法。可我还是朝琳花点了点头。听说三浦老师只差一点就死了,我才意识到,在这个镇上,抑或在这个世上,他是唯一一个会与我平等对话的人。这表明三浦老师幼稚，可我很开心。

我索性问了一声："老师送到哪家医院了？琳花你知道吧？"

"知道，我婶婶在那里工作。"

"能告诉我吗？"

琳花有点不悦："可以。你要去看他？说实话，我希望你别去。"

"我知道。"我不愿她多想，便又补充道："我知道同学们的意见。"

琳花不说话了。她在揣测我的想法。我知道她让我别跟三浦老师走得太近有其他原因，琳花也觉察到我已经知道了。

可琳花还是告诉了我医院的名字，说完叹了口气。

2

放学前大家在教室集中了一下。真没想到，班主任村井老师只说了一句"今天没有什么要交代的"就解散了。

我把书本塞进书包，动作不快却也没故意磨蹭。等我收拾好书包环顾了一下教室，琳花已经走了，书包也带走了。虽然没约好，我每天也都是跟琳花一起回家的。我以为今天也会跟往常一样。我又找了她一会儿,还是不见人。另一个同学走了过来:"越野。"

我尽了最大努力把班里同学的名字和脸记熟。这个同学我还没跟她说过话,不过知道她叫松本,便冲她笑了笑:"什么事?"

"琳花让我跟你说一下,她有事先走了。"

"哦,谢谢。"

松本也笑了笑,出了教室。她没有拿书包,大概是去参加俱乐部活动了吧。

人家有事那就没办法了,为什么不直接跟我说呢?我又不会让她等很久。我不想把原因归结到自己在担心三浦老师这件事上。

三浦老师不在学校,琳花也走了。那我也没理由再留在学校。走出教室时,我想我得想办法让自己跟大家多亲近。尽管跟琳花已经成了朋友,可在一个陌生的地方,如果只有一个朋友,还是站不住脚的。

白天渐渐长了,回家的路上,天还很蓝很亮。我从琳花告诉我的小路走回去,一路上脑子里都是三浦老师的事。仔细想想,班里没人提出去看望三浦老师也很正常。小学四年级那次是班主任生病,三浦老师只不过教我们社会课。我因为玉菜姬的事经常跟老师请教,所以才跟老师比较亲近。可现在班里竟没人担心老师的安危,这种情况很罕见吧?

还是我没注意到,其实三浦老师早被大家归到不受欢迎的行列了?

我觉得不可能。如果班里有这种动向,我相信自己一定会第一个发现。事情只说明我以前小学的同学比较感性而现在的班级比较理性。应该是这样的。

而真正让我忧心的还不是班里的冷漠。我关心的是车祸发生的地方——报桥。为什么偏偏是那里?

报桥上没有车道分割带,路也比较窄,相对容易发生车祸。这样解释也没错。可我为什么老想起三浦老师跟我说过的民间传说呢?江户时代的检地官、明治时代的官员、昭和时代的公司职员。他们都答应了玉菜姬的请求,然后都从报桥上坠河死了。那座桥是跟玉菜姬相关人员的死地。

站在小路上抬头看天,蔚蓝的天空又细又长。一个人走在潮湿的板壁夹道里,我心慌慌的,怎么也静不下来。"马上就到了,怕什么?"我小声嘀咕着,给自己打气。"回家做作业,一天很快就会过去的。"嘴里虽这么说,脚却朝报桥走去。我想看什么?以为会发现什么吗?我自问着走上了平时不走的路。

我像是被什么东西拽去的。脑子里闪过的这个念头,叫我背上不由得一阵发凉。我停下脚步,狠狠地甩了甩头。"没有东西。我只是想确认一下那里什么都没有。"而且，没错，从报桥回家也不远。

我昨晚第一次见到有人出车祸，所以并不知道出事车辆会被怎么处理。我傻乎乎地以为，也许烧毁的汽车会像掉在路边的枯叶一样被人扫去，或者像碾死的猫一样被收拾掉，运到某个地方去。所以当我在黄昏的报桥上，看到压瘪的汽车竟还留在原地，一时尴尬起来。照理来说这确实很奇怪，我应该像冒冒失失闯进朋友正在大扫除的房间时一样，一直等她把屋子打扫干净就好了。

过桥车辆只在跟烧毁的车辆交汇时稍稍减速，之后就跟什么都没发生似的开走了。我昨天没注意，其实出事的汽车并没有偏离车道，所以才把人行道堵住了。被堵的人行道一侧设置了禁止通行的路障。幸好桥两侧各有一条人行道，并不妨碍行人通行。人一走上人行道马上就会感到桥身在颤动。

三浦老师的汽车被黑黄两色的警戒线拦着。我昨晚就发现车被撞惨了，现在在阳光下看到烧焦的汽车，就更有一种孤零零和不堪之感。事故车辆就是事故车辆，其他也没什么特别的。

"看吧，就说什么都没有吧。"我喃喃道，刚才那些不好的预感都变得愚蠢起来。我很少能有机会这样近距离观察一辆破车。虽然这么做对三浦老师有些不敬，可既然他命保住了，那就让我见识一下吧。我毫无顾忌地边看焦黑的汽车边从报桥上走过去。

过桥的人并不只我一个。前后还有几个小学生,还有牵着狗的和拿塑料袋的人。人虽没有早上上学时多,可也不少。只是这座桥真晃啊,小摩托开过去也会晃。小悟在这点上完全说对了。我边想着就从破车上移开了视线。此时我已走到桥的中段,我朝前面看了看,顿时停下了脚步。身后有个小学生大叫一声,从我身边跑了过去。

小悟站在桥中央。他缩着身子站在最害怕的报桥中间,一动不动地看着被烧的汽车。当然我不会只因为这事就停下脚步。这座桥是小悟上学的必经之路,他从这里走一点也不奇怪,而且他在哪里、干什么也跟我毫不相干。我站住的理由是,小悟身边竟还有一个穿中学校服的人。

有事先走的琳花此时正在那里。她蹲在小悟身边,把嘴凑近他耳边。

这时我的想法已不重要。看到原本那么怕报桥的小悟面无表情的傻样子,琳花嘴角浮现出叫人恶心的微笑,我却只能走过去。人行道太窄,我没法假装没看见就走掉,而要返回,人却已在桥中了。

于是我只好拼命装出高兴的样子,好像完全不谙世事的傻子一样大叫一声:"啊,琳花,你不是先回去了吗?"琳花见到我并没有表现出丝毫惊讶和不安，她几乎跟平时完全一样，真不知她怎么能如此平静。她就像在教室里跟我问好时一样，笑着说："啊，遥遥。真没想到会在这里碰到。"说着琳花用细细的手指理了理头发。

"好巧啊。"

"好巧，其实我家就在河对面嘛。"

"对啊，要过桥的。你这么一说倒也没有多巧呢。"

不，是很巧。平时我都走另一条路回家的。琳花知道的吧？若是知道，那她就是在装傻。我能猜透她在想什么吗？我紧盯着琳花的双眼。

"怎么了？"

"哦，没什么。"

如果一直被人盯着，任谁都会觉得别扭，琳花有些不高兴，可声音依旧如常。到底琳花是真的不知道还是太会演戏了？

"松本帮你传过话了。"听我这么说，琳花有点不耐烦地皱了皱眉头："互助会有点事，没直接跟你说，对不起哦。我差点把它忘了，所以着急先走了。"

"没关系的。你现在不急了？"

"嗯。我急急忙忙地跑出来，后来一想，反正爸爸已经先去了。去早了也就是坐得脚麻，不划算。"

"哦。"我不是很明白，也许她说得对吧。总之我并没觉出琳花先走有什么不对劲。"那个……"我边说边看了一眼被晾在一边的小悟。本以为那个胆小鬼会像平常一样面露怯色，不料他就像什么都没看到似的待在一边。我都不确定他有没有看到我。我按捺住想踹他一脚的冲动，问琳花："小悟没做什么奇怪的事吧？"

"哦，哦，是叫小悟啊。"琳花说着显出愉快的神色，"我一碰到他就认出他是你弟弟，可忘了名字，只能叫他'遥遥弟弟'。对不起啊，小悟。我现在记住了。"

她现在这满脸的笑容，跟我刚才在远处看到时完全不同，一副天真烂漫的模样。或许这才是她装出来的吧。跟我假装的笑脸一样。

小悟只是摇头，并没有回答。

琳花说："没做什么奇怪的事啊。只是……"

"只是什么？"

"只是他说'我见过这种车祸'。"

我的脸上一定闪过了一丝阴影。琳花为了安慰我赶紧掩饰说："这也常有的。叫什么似曾相识吧。我有时也有。"

"是吗？我不太记得。"

"每个人不一样嘛。"琳花敷衍了一句，就取出手机，"已经这个点了啊，我得走了。"

"哦，小心点。"

"那明天见，拜拜。小悟，再见。"琳花像逗幼儿园小孩似的挥了挥手。小悟只是轻轻点了点头。我目送琳花渐渐远去，心想如果她要去河对岸办事，干吗不回家取辆自行车？而我并不清楚琳花有没有自行车。

就在琳花走远后，桥上来了一辆大型油罐车。桥身像潮水一样晃动起来，我很自然地把力气都用在了脚上。我对着汽车吐出的黑色尾气皱了皱眉，故意不看小悟说："你又说谎了？"我当然知道小悟会怎么反驳——不是说谎，是真的。最后哭丧着一张脸再次强调自己的话没错。

身边不时传来来往车辆的引擎声、车轮的摩擦声，还有小学生放学的吵闹声，以及佐井川的流水声，我听不清楚小悟的话："……是谎话吗？"

"谎话。"

"是吗？遥遥，我撒谎了？"

"撒谎了。因为你什么都没看见。"

裙子被拽了一下，我低头一看，是小悟在拽我的制服。衣服会被拽皱的，不过这事过后我再骂他，现在我得先问问："喂，琳花刚才说什么了？"

我感到小悟手里使了劲。

"说'后来呢'？"

"其他呢？"

小悟摇摇头。

"就说'后来呢'？"

小悟看了看摇晃的柏油路，没理会我似的喃喃道："'后来呢'问了好几次。"

3

回到家，妈妈正在厨房里。离吃晚饭还有两个小时，妈妈大概在做准备。我闻到空气里有香甜的酱油味，可能要煮什么吧。妈妈背对着我，拿刀在剁东西。我没进厨房，就在门口站着说了声："妈妈，我去趟医院。"

"医院？"剁东西的声音停了，妈妈转过头，"怎么？哪里不舒服？"接着又为难地补充了一句，"新的保险证还没办。"

以前住处办的保险证不能用了吗？我很欣慰妈妈在担心我，可我还是摇了摇头："不是我，学校的老师住院了。我说过的，车祸那个。"

"大家一起去探病？"

"嗯。"我很自然地撒了谎，跟妈妈解释三浦老师的事太麻烦。不，其实是我不想告诉她。妈妈在觉得抱歉吗？她的脸阴下来："是吗？能赶回来吃晚饭吧？"

"尽量晚饭前回来，万一晚了，你们先吃。"

"那你自己小心。知道医院在哪儿吗？"

"我有地图。"

我回屋看了下地图。搬家前我连地图都不会看，最近已经很熟练了。我很快记住了所需的信息。外头天色还早，可也快傍晚了。等回来天大概就黑了，我有点担心那辆蓝绿色自行车的车灯还能不能用。

我没钱给老师买慰问品，撒谎说是班里一起去的，所以也不方便再问妈妈要钱。只能空手去，对不住三浦老师了。

我不知该穿什么衣服去，最后还是决定穿校服，去看学校的老师，用不着换漂亮衣服吧。

去医院的路我不用怎么查地图就找到了。路上到处都有标识牌，而且从很远就能看见医院的房子。可能已经过了一般门诊时间，停车场里的车还不到整个车位的十分之一。自行车棚也空空的。我抬头看了看奶油色外墙上标着红十字的大楼，数了数楼层，一共是五层。三浦老师能在这么大的医院治疗，我就放心了。

候诊大厅里有上百个座位，这时却只有一个拿拐杖的老头在角落里盯着什么东西似的发呆。接待处没开灯，我开始还以为没有人。等我四处走动了几下，就有护士看到我，从接待处的后面走了过来。

"探视？"

"是的。出车祸的三浦……三浦老师在哪间

病房？"

护士对着电脑输了几个字，就告诉我："在外科楼417室，知道怎么走吗？"

"应该知道。谢谢。"

事实上，我用了十分钟才找到外科楼的417室，大楼的构造好像故意刁难人似的复杂得要命，我两次都乘错了电梯。

417号病房是一间单人病房，我看了铭牌才知道原来三浦老师的全名叫三浦孝道。我敲了敲门，没人答应。大概是没听见吧，我拉了一下拉门，门没锁。虽然刚才在医院里转来转去耽误了时间，不过结果还不错。我看见有人坐在床上，面前放着个餐盘，大概刚刚吃完晚饭吧。

只是我还分辨不出床上的人是不是三浦老师。因为他脸上、下巴和右眼都绑着绷带。伸在被子外头的左手打着石膏，脖子上也固定着颈圈。我并不觉得他的样子很难看或者恐怖，可很快背过了身。只听身后传来说话声，正是三浦老师。

"越野吗？你来看我啊？"

"是的。"

我干吗要背过身啊，我一边嫌弃自己一边转向老师。

三浦老师先笑了："你肯定会怕嘛。我自己照镜子也吓了一跳。现在我都成男干尸了。啊，越野这个年纪，还不知道男干尸吧？"

"不，知道的。"

"是吗？其实老师不太清楚，它的原作是电影还是小说？我接下来要好好休息一段时间了，如果是小说倒想拿来看看。"

"啊，那我帮您去找。"

"是吗？太好了。"三浦老师平静地说，身体却一动也不动。这叫我很别扭。不过总的来说情况比我想象得要好，我放心了。老师的声音也跟平时在学校听到的一样，没有刻意勉强。只是对一个包着绷带躺在床上的人说"情况比我想象得要好"，是不是有点傻？

"我来看看您。"我不由得把手背到了身后，兴许是为空手来而感到内疚吧。这动作像在藏慰问品，为了让老师知道我没有带东西来，我又把手放到了前面。

"没想到越野会来看我。你是第三个。"

"之前还有两个？"

"我父母。"

想想也是，学校的老师也有父母，只是我感觉怪怪的。这么说班里果然谁也没来？老师的脖子被固定着，不便转动，老师把脸移回了正面，只将眼睛转向我。我走近床边。薄薄的窗帘动了动，窗户开着一道缝。

"我这张脸啊,"三浦老师开口道,"其实没有看着这么差,只是一点烧伤和摔伤。可就怕会化脓,所以先用了些抗生素。医生说运气好的话,不会留疤。也许他是在安慰我吧。他说也就是刚开始会有点像干尸,却正好让越野你撞见了。"

"是吗?"

三浦老师虽不英俊,但伤不在脸上也是幸事。

"伤得最重的是肋骨,断了,一笑就痛,最糟糕的是打喷嚏,一打喷嚏就痛得直掉眼泪。我母亲带了花来,花粉弄得我鼻子痒痒的,我让她又带了回去。"这么说,三浦老师是感谢我空手来啊。我假装不懂他的心思,也许这最礼貌了。我的视线总被一些动静所吸引,我看着飘飘的窗帘说:"好可怕的一场车祸,我看见那辆起火的车了。"

"啊,是啊。"

"怎么回事?车出故障了?"我原想随便聊几句的,看来我选错了话题,干吗追问事故原因嘛。三浦老师一定特别懊悔自己的失误。然而,老师却别有意味地住了嘴,过了好久才低声说:"原来大家都以为是我操作失误导致的啊?"

"你说操作失误?"

"我自己开车失误才导致了车祸,学校是这么说的吧?"

我深吸一口气:"不是吗?"

三浦老师没有立刻回答,他伸出可以活动的右手,抓起拖在枕边的电线,按了一下上面的按钮,像在找借口似的:"让他们先撤了餐具,不然都没法好好说话了。"

他在岔开话题……这么说,车祸并不简单。

护士进来了,我刚想解释,她却没理我,只是看着三浦老师说:"都吃完了啊。"护士把餐盘拿走了,三浦老师却似乎不愿回到刚才的话题上去:"谢谢你来看我,我很高兴。"

"没什么。"

"你不光是来探病的吧?"

到底还是被看穿了。"是的,我……"

我看了三浦老师一眼,情况仍旧叫人难受。如果笑一下他肋骨就会痛,那说话一定也会痛。

"还是等您好了再说吧。"

然而老师笑了笑,说:"没事。事实上老师也有话要跟你说,谢谢你能来。老站着不舒服,那里有椅子,你坐下吧。"他抬了抬右手,往白色的架子背后指了指。我拿来一张没有靠背的圆凳,坐了下来,凳子有点矮,我没法望见老师的眼睛。老师按了一下手边的按钮,调高了床铺。好方便。

"那先听听你的想法吧。"老师声音平和,比在学校上课时更稳重。

我的问题太多了,多得自己也不知要打哪儿开始。原本有时间多做些考虑的。

思考了片刻，我决定还是先说这个："老师，您能告诉我常盘樱是怎么死的吗？"

常盘樱是五年前去世的。

我一直觉得奇怪。那间让玉菜姬来参加例会的庚申堂，太新了。也许只是翻修过而已，可三浦老师的纸条明明写着：一代玉菜姬"焚身自杀"。

三浦老师双唇紧闭，没有马上作答。他满脸都是绷带，我看不清他的表情。老师应该猜到我要问这事，可他为什么不说话呢？

等他再开口时，给我的却不是问题的答案："你好关心这事啊。越野，有什么原因吗？"

"关心？"

"你十分热衷小镇上的玉菜姬传说。我很喜欢那些传说，感兴趣，想有朝一日能出一本书。可我真的没法相信，一个初一学生也会有我这样的热情。"

老师过去总说他希望我成为他的研究伙伴，现在在病床上，他又说那都是开玩笑。如果这样就能叫我放弃，那三浦老师就打错算盘了。不管老师怎么想，我只想知道我关心的那些事。

"你是心里有什么事吧？我想不明白你刚搬来，心里会有什么事呢。"

我点了点头："是的。不是事，是有些缘由。"

"是吗？如果真有的话，作为老师我应该帮你，可这里毕竟不是学校。"

"我不是要老师帮我解决什么,我只是想问几个问题。"

"是吗?那在这之前我有几句话要先提醒你,算是忠告吧。"老师抬起了左手。他的左手打着石膏不太灵活,抬起来似乎也很疼,他痛苦地呻吟道:"我啊,车技不好。"

"是吗?"

"幸好你没说你早知道了。"老师苦笑着放下了左手,"因为车技不好,所以开车总是很小心。昨天也一样,警察确认过好几次,我过报桥的时候车速都只有四十码。"

他跟我说车速我也不大明白,于是老师又补充道:"规定是时速六十码,实际上那桥是笔直的,可以开得更快。四十码的概念就是……"

"会惹恼后面的司机吧。"

"你明白就好。"

我爸爸很爱开车,经常带我去有山川河湖等无聊的地方兜风。每次前面的司机开得慢,他就特别恼火,我记得他总是乱骂道:"才四十码,乌龟爬啊。"

"那么您才开四十码就撞上去了?您没系安全带?"

"怎么可能?"老师想摇头可脖子被固定住了,

他只好动了动下巴,"是追尾。"

"追尾?"

"被人从后面撞了。"

这个我懂。但是……这是真的?我没听说这个消息。

老师压低了嗓音。我这时才知道他为什么之前要叫护士把餐盘收走了。他跟我说的话是秘密。

"我过桥的时候开得很慢。坦白说我在看窗外。传说中出现过的这座桥叫我好奇。心想报桥很早以前就有了吗?况且佐井川的河面很宽,严格地说应该是涨水时河面才会变宽。那江户时代有没有在这么宽的河面上架桥的先例?越野,你知道大井川吗?"我摇了摇头,既表示不知道,也表示不想让他把话题扯远了。可后一个意思老师似乎没懂。

"大井川是静冈县的一条大河。江户时代,东海道要跨河而过,可政府不许架桥也不许摆渡,好像是因为军事上的考虑。我对这事印象很深,觉得江户时代很少架桥,所以就在想报桥是哪一年建的?这事你可别告诉警察,我会被认作走神驾驶的。"

"您不就是这样打错方向盘的吗?"老师太固执了,任何事情都有可能发生嘛。可老师加重了语气:"打个比方,越野上课时也会无聊地往窗外看吧。"这问题我很难在老师面前承认,不过,算了:"有的。"

"碰到这种情况,即使走神了,也不会把书本弄到地下去吧?开车时也一样。"

我觉得发呆时偶尔也会把书本弄掉,不过现在不是追究这事的时候,就当老师认真开车了吧。

"原来如此。"

老师渐渐越说越激动:"实际上车开到桥中段时,我都一直在车道中间行驶,一点问题都没有。可是突然从旁边蹿上来一辆面包车,要超车。我立刻回过神,握紧了方向盘。面包车速度很快,吓了我一跳。然后那车跑到我前面,车屁股一颠,就把我的车灯撞了。撞得很重,我一下子没控制住,只能拼命地踩刹车防止撞破栏杆掉下去。这不是操作失误。"

"那您说的追尾,就是您的车追了面包车的尾啊。"

"追究起来是这样的。但要让我说,就是它撞了我。"老师的话语中夹杂着怨气。我还是第一次见老师发脾气呢。"可是警察没有发现肇事的面包车,我的车破损严重却没有冲撞的痕迹,所以算是操作失误。不过这些都是表面的说法,但愿他们能好好调查清楚。"老师的话到这儿就结束了。

"真够呛,要是能抓到肇事者就好了。"可是,"这跟我刚才的问题有什么关系吗?"上一代玉菜姬的死跟有人制造车祸似乎没什么联系啊。老师盯着我看了看，像在评判又像在推测。他说："越野，我现在要跟你说的话，你大概会觉得很可笑。你也许明天会笑着把这话拿到学校去宣扬。倘若这样，我就没法再在学校待下去了。而且可以肯定，那时我就必须搬出镇子了。"

把住院老师讲的傻话拿到班级里去广而告之，这么做或许能提高我在班里的地位。我虽不清楚三浦老师有没有察觉，可他在同学中并不受欢迎。即使我跟大家说："昨天三浦老师……"恐怕十之八九没有人会来理会。

"我想我不会说的。"

"你想？这就麻烦了。不是为我，是为你。"

我忍不住指了指自己："为我？"

"是的。"老师点了点没法转动的头，然后直视着我，说，"我是被人暗算的。"

我一时不知如何应答，忍不住盯住老师的脸，他从绷带缝隙里露出的眼睛，丝毫没有开玩笑。虽然他事先提醒过我也许会笑话他，可我想笑也笑不出来。我首先想到的是三浦老师是不是被车把脑子撞坏了。

老师觉出气氛有些沉闷，他不再激动，冷静下来说："那辆面包车不单纯是错误驾驶，他是看准了我，把我的车从车道上挤出去的。"

"您为什么这么说？"

"对方没有出面。"

"您的车起火了,出了这么大的事,一般司机肯定会逃走的,不是吗?"

老师的眼神一下子暗淡下来。

"越野,老师不赞成你的想法。因为自己的过错酿成大祸,就应该诚恳地道歉。是人都会犯错。而且,我本不应该说的,但肇事逃逸罪行更重。"

"知道了,我以后注意。"我俩的师生对话结束后,老师若无其事地说:"另外那辆车没有车牌。"

我无语了。如果老师说的都是实话,那事情就非同寻常了。我好不容易才说出一句:"那也能开出来吗?"

"开不了多远。一旦被警察发现当场就死定了。光在路上开也会被举报的。"

"就是说嘛。"

"可如果事先埋伏在哪里,有目的地开来撞一辆车,倒也并非完全不可能。"

我偷偷看了一眼老师,感觉他有受害妄想症。

"老师,您觉得谁会想要您的命?"

面前这人是学校的老师,教社会课,因为喜欢历史和民间传说,在学校里有些另类,还是说他其实是一个大人物呢?

"我不愿把事情扯到要我命上面去。兴许他们想吓唬吓唬我,不料起了火,成了重大事故。"

"吓唬？普通人谁会碰到这种事？"

老师的上身稍稍动了一下，大概他想耸耸肩。

"不，我以前被威胁过。"老师简单地说，"大学时参加实地调查，到一个镇子去调查妖怪附体的民间传说。传说还挺新的，最多追溯到明治时代。我本以为它是最近才创作出来的神话，其实不然。我到处向人打听事情的原委，结果被人盯上。他们威胁我别多管闲事，否则恐怕脱不了身。因为那传说挺恐怖的，讲到很多用私刑害人的事，大家觉得不大光彩吧。"

"可那事跟现在这个不是一回事吧？"

"不是吗？"老师说到这儿，不再往下说了。他没说的那些话一点点传到了我心里。老师等我不再反驳，才又继续："我把《常井民话考》借给你看了吧。"

"是的。"

"我记得我借书给你时，说过那本书很宝贵要好好收着。事实上，它确实很宝贵。"

"这我知道。但也不像是能卖钱的书。"我扬起嘴角笑了笑，可老师却一脸严肃："不，不是这个意思。那书的确发行量不大。但镇上的学校和市图书馆应该都有收藏，然而却找不到。从数据上查是有登记的，书却没有。"

"您是说借出去了还没还回来吗？"

"不，地方资料一般都禁止外借。《常井民话考》应该归在这一类。书没有被借出去，只能解释为失窃了。"

"不会吧。"我想笑一笑敷衍过去，可笑不出来，三浦老师正一本正经地看着我。

"越野，这个镇子很小，你知道镇上一共有几个图书馆和图书室吗？"

"嗯……不知道。"

"光公立的就有二十八个。"

其实我心里想的是五个左右，便忍不住叫道："这么多啊？"

"小学、初中、高中，每所学校都有图书室。市政府、老人院里也有图书角。我把二十八个地方全跑遍了。数据上每个地方都有《常井民话考》的登记。可是，越野，我想请你相信，这二十八个地方都没有这本书。"

本应该有的这二十来本书，烟似的消失了。我突然觉得开了空调的病房里有点冷。

"有人把书拿走了，不是一个人，大概是个团伙。"

我脑中突然冒出刚才老师讲过的一个词语，不光彩。

"那是不是书上写了镇上哪个人的坏话呢？不那么重要的事，比方，落选了什么的。"

老师微微一笑，勉强地点了点头："你这想法不错。如果只单纯是坂牧市的图书馆找不到这本书，那你的想法或许可以成立。可是，越野，你知道我手里这本是从哪里来的吗？"

既然图书馆里没有，那若是在书店或者旧书店买的，老师也就不用这么紧张了。我想了想，慢慢地开口道："我想大概，是别人给的？"

"八十分。差不多在点子上了，可还不是满分。"

老师不是在跟我玩猜谜的游戏，他没扯其他，一字一句地说："是遗物。"

"遗物？"

"我大学的一个前辈得急病死了，吃毒蘑菇中毒。听说死的时候表情十分痛苦。他是研究民间传说的研究生，也就是研究人员。他家在处理遗物时，把他的藏书分给了其他的研究生和大学生，我当时位分低，就只分到了这本《常井民话考》。"老师语气中充满了感怀，"他是个好人，就是对吃不讲究，生活放纵。大家都说他那样过日子总有一天会病的，所以我对他的死并不感到奇怪。可就是觉得事情有些蹊跷。"老师朝空中看了一眼，念叨着几个名字："编写《常井民话考》的人叫中林秀利。有关玉菜姬的记叙，是中林根据登载在旧版《坂牧市史》中一个高中老师田清一写的故事，按照方便孩子阅读的形式重新编撰的。田清一在昭和五十一年采访过藤下兵卫。"

"我没听说过这些名字。"

"我也不熟悉。问题是,我接受了赠书后,对这个传说产生了兴趣,四年前来到这里,而当时这些人全都死了。"老师用可以活动的右手掰着指头算了算,"藤下兵卫死时已经九十岁了,从年龄上看应该算寿终正寝。可我听说发现他的尸体时,大家看到他大冬天的连被子也没盖,就这么冻着。中林秀利业余爱好钓鱼,一天他去河边钓鱼之后就再没了音信。搜查时发现他的尸体浮在瀑布潭里。田清一是食物中毒去世的,吃了有毒的蘑菇。藤下的事就不说了,而其他两个人的事报纸上都登了。你要查,很容易就能查到。"

我觉得后脖颈像被谁摸了一下,浑身发冷。

有人敲门。

我好不容易才咽下已冲上喉咙口的含糊声音。三浦老师说了声:"请进。"刚才收餐盘的护士进来了:"量体温。""哦,好。"老师接过她递来的体温计,单用一只右手灵活地夹在腋下。"必须好好夹十分钟。""好的。"老师苦笑着答道。看来老师曾干过中途把体温计取出来的事?护士走后,老师扬了扬下巴,指着我身后,生怕手一动体温计会移动位置。

"冰箱里有小杯子果冻。喜欢的话帮我吃一点。人家送得太多了，我正犯愁呢。"

我不愿在晚饭前吃零食，不过现在没事可干，就老老实实地道了谢。小冰箱里的确有很多果冻，橘子味、葡萄味和桃子味，每种数量相同，我便挑了个葡萄味的。病房里的冰箱，大概考虑到病人的身体，不怎么冰。果冻虽冰镇过，可还是温温的。

"这个……"

"别客气，吃吧。"

"不是，有没有勺子？"

"啊，在冰箱上的橱子里。"

我吃了一口葡萄味果冻，虽不太冰，还微微有点酸，但它的甜味让我整个放松下来。感觉每吃一口，老师刚才的话就从我脑中清除出去了一点。那些全是老师故意说的玩笑话。他自己受伤躺在床上无所事事，来了一个老实的学生探病就正好捉弄一番。我跟自己这么解释。

尽管肚子不饿，我还是很快就把一个果冻吃完了。老师的体温还没量好，他一动也不动，看到我拿着勺子站起来就说："啊，没事，放着吧。"我怎么能听话地照做呢？他自己连站都站不住。我走出病房，到外科护士台打听哪里可以洗东西。

我把勺子洗净擦干，重新回到病房，体温计正好响了。老师说："传呼机不太好用，你能帮我叫一下护士吗?"我又去了趟护士台。

护士看了看老师递过的体温计,歪过脑袋:"三浦先生,你真的量了十分钟?"

"是不是十分钟我没算,不过体温计响之前我一直没动过。"

"是吗?"护士似乎不信。我等满心狐疑的护士出去之后,问:"怎么了?"

老师尴尬地笑了笑:"我平时体温就偏低。他们怀疑我中途把体温计拔了。"

"啊,几度呢?"

"三十五度二。"

真的有点低。我正想问老师是不是有什么病,又觉得太不礼貌,索性就闭了嘴。病房里又安静了下来,等我再次坐到没有靠背的凳子上时,心情平静了许多。竟敢用在学校说"今天没作业啊"时的明快语气跟老师谈话了。

"也就是说,"我开口道,"与《常井民话考》相关的人员都相继死了啊。"

"嗯,算是吧。"老师轻飘飘地答道,丝毫不做作。到底大人比小孩沉得住气,我自卑起来。

"刚才的话才说到一半。"老师这话说得也很自然,"继《常井民话考》之后,又出了一本《坂牧民话集》,加收了一些旧常井村以外的坂牧市民间传说。这本更厚,价格也更贵。但这本书市面上有卖,附近的书店里可能没有,不过预订的话还是买得到的。"

"啊,是吗?"一碰到能让我安心的信息,我马上就抓住不放,连声音都激动了起来。可老师继续说:"这本《坂牧民话集》新加了一些传说和考察,却少了一些篇目。"听到这里,我也差不多猜到了:"有关玉菜姬的内容没有了吧?"

老师没说话,身子也没动,可能他微微点了点头,但动作幅度太小我没看到。太阳似乎已经下山,或者起了乌云,病房里的光线一下子暗了下来。

"为什么?"我本不想问的,可还是非问不可,"老师既然知道,为什么还去调查?还把书借给我看,把我也卷进来?"

三浦老师包着绷带的脸,痛苦地扭曲着:"我没想到会出这种事。我以为是不可能的,自己怎么会遭此毒手。"老师的左手打着石膏,脖子不能动,肋骨骨折,他说一笑就痛。我很清楚现在身负重伤的是三浦老师本人,而我只不过遇到些不快,又怎么能责怪老师呢?然而就在我准备继续追问时,心中越发感到疑惑。

老师说:"所以我说回答你的问题前,要跟你确认一下。与其说是确认,不如说是忠告。"

"好的。"

"正如你心里想的,关于上一代玉菜姬常盘樱,我了解到不少她的情况。不过我怀疑自己的车祸跟玉菜姬有关。坂牧市很小，是一个独立的世界，有很多事情他们不想让外人知道。我对此欠缺考虑，还以为自己最多就是招人厌罢了。但当我看到那辆没有车牌的车时，我就不得不反省了。越野你还只是个初中生，回家好好预习明天上课的内容，不好吗？"

老师说得对。

能预见未来的玉菜姬，我为什么对这个传说感兴趣？原因很简单。因为小悟说他能预见未来。事实上，他也靠自己的预言解决了一些问题。如果小悟只是说"我见过"，那我可以当作他在撒谎，或者就拿一个"似曾相识"打发了。我可以说他本来就很傻，不能再傻了。倘若他再啰嗦我就打他，然后不理他就是了。哪怕他说中了一部分，我也能用碰巧来解释。可小悟不但能预见未来，而且还说他见过这个镇子。他在害怕，他怕得哭。我不让他进我的房间，他就站在外面瑟瑟发抖。他拽着我的裙子，瑟瑟发抖。事到如今我不用再犹豫了，我说："没关系，我想知道。"

三浦老师没有再阻拦。我是在听完他的叙述，了解了一些内幕后自己做出这个决定的。于是老师就把我看作一个具备判断能力的大人。

"一九九八年五月十二日，大概是八点刚过。木造的庚申堂起火。据说那年天气异常，一个春天都没有下雨，天气非常干燥。大家才看到火光，就一下子全部烧了起来，消防员到达时庚申堂已是一片火海。庚申堂每逢特定的日子要召开一个例会，所幸火灾那天不是开例会的日子，确切地说是例会的前一天。只是堂里有个女孩，就是常盘樱，你也知道，她就是上一代玉莱姬。火灾是在第二天凌晨前后被扑灭的。人们在现场发现了尸体，我不知道有没有确认过身份，可当时的报纸上登的是常盘樱的名字。起火原因不明。不过，当时庚申堂还在用蜡烛照明，而烧毁最严重的部分就是尸体的周围，所以结论是常盘樱不慎酿成火灾。另外堂里有使用圆火炉，所以也有人说是火炉失火。可是，不知何时起，又传出了一个奇怪的说法。"老师突然用右手按了按胸部，大概是骨折的地方有点痛，我赶紧站了起来。

"没事，你给我拿杯水吧。"我从冰箱里拿出瓶装的矿泉水，打开盖子递给老师。老师一口气喝了半瓶。他长叹了一口气，接着往下说："据说常盘樱尸体的气管里没有发现煤渣。"

"煤渣？"

"是的。火灾死亡的人，临死前会吸入烟尘，可尸检报告里并没有发现煤渣。这就说明常盘樱在火灾之前就已经死了。可是死因不明。不知道是他杀还是自杀，也可能是生病。越野，对你来说也许五年前就像梦境一样是一个过去。可大人不一样。这个镇上的人到现在还对上一代玉菜姬的死疑团重重……不对，我这个说法有点过分。这里的人嘴都很严。现在一定还有人存在疑问，可说不定大部分的人都认为这只是一场不幸的火灾而已。这些外人就不得而知了。只是越野，这事明显有蹊跷，你知道在哪里吗？"

我几乎是立刻就答道："知道。"

"哪里？"

"尸检结果没发现煤渣，这个传闻很奇怪。是有人在胡说八道吧？"说到这儿，我不说了。是有人在胡说八道吗？还是警察在调查时说漏嘴了？爸爸在公司贪污的事，不知为什么逮捕令下达之前公寓里的人就都知道了。

老师把我没说完的话接了过去："胡说八道吗？如果不是，那就是泄密。不过警方是以不慎失火结案的，之后警方又说泄密这似乎有些说不过去。我还是不认为这是胡说。我问过的人都不认为那只是一次意外的火灾。总之因为有这样的传言，所以大家都觉得是有人故意纵火。"

我细细思考着老师的话。庚申堂被烧，常盘樱死了，有人传出奇怪的流言。然而，这一切应该还有一个重要的原因。"老师。您写的那张纸条上，有过去各代玉菜姬的死法。他们都是为村子献身，完成使命后……"

老师轻轻点了点头："是啊，根据民间传说的记载，她们都是在完成使命后自杀的。"

"如果庚申堂的火灾也跟过去这些事一样，那应该还有一个人死了。"

渐渐暗下来的病房里，老师眯起眼睛看了看我。话题如此恐怖，他的眼神为何这么温柔呢？

"不幸的是，事实就是如此。"

我知道那个人的名字了。可三浦老师的纸条上没有写。难道老师不知道？这不可能。一定是有什么理由，老师才没把他写上去。

水野忠良名誉教授，镇上为了开通高速公路而请来的老师，他从报桥上掉下去淹死了。这是几号的事？我没法像三浦老师一样迅速地说出日期。只是我很好奇，一不小心就问了出口："那是为什么？"

"什么？"老师平静地等着我的下文，我终于说出了一直想不明白的事："江户时代的检地官、明治时代的官员以及老师纸条上写的昭和时代的公司职员，他们都为镇子做了事，可他们为什么都非死不可呢？"

不管他们从玉菜姬那里接受了什么样的请求，他们都完成了自己的任务。比如减少赋税、创办工厂,都替坂牧市做了事。而水野教授,按照坊间传闻,他也是完成了调研报告的。倘若什么都没干,那遭到惩罚还情有可原,可他们都完成任务了呀。

然而他们都死了,都从报桥掉下去淹死了。这是为什么?

三浦老师突然目光犀利起来:"这其实是个很重要的问题。我也想了很久,有一则民间故事可以参考。越野你知道《姥皮》吗?"

我摇了摇头。

"是吗?这故事好像没有绘本。《姥皮》说的就是老太婆的皮,说皮有点可怕,你就当它是一个化装用的卡通人偶服。一位漂亮姑娘因为某种原因穿着它去帮工,有一天她脱下姥皮洗澡时,被帮工家的少爷看见了,少爷对姑娘一见钟情,就娶了她为妻。简单地说就是这样一个故事。"

"嗯。"

"不过我想说的是这个故事高潮部分的前篇,关于《姥皮》有很多个版本,其中有一个是这样的。这个漂亮姑娘是一个农民家的三女儿,他们家姐妹三个,父亲是勤劳的农民。一天父亲的田干了,犯难的父亲就嘀咕了一句:'谁能给我田里灌上水,我就把女儿许配给他。'结果,第二天早上他们家的田里就灌满了水。"

我默默地点头,继续往下听。

"给田里灌水的是住在沼泽里的一条大蛇，因为听到了父亲的许诺才给他田里灌了水，所以父亲必须兑现他的承诺，他请女儿们嫁给大蛇，老三同意了。只是女儿出嫁时，提出要带走几样东西，葫芦、针和棉花。姑娘到了沼泽就把棉花塞进葫芦，再扎上针，然后谎称这就是大蛇的媳妇，把葫芦扔进了沼泽。大蛇卷起葫芦就往水里拖，可葫芦里塞满了棉花，总浮起来，大蛇就不断地拖，几次三番，全身就被针刺烂了。姑娘杀了大蛇，却又不能回家，种种原因叫她不得不披了姥皮外出去帮工。故事是这样发展的。"

姑娘在哪里弄到的姥皮呢？先不去管它了，总之老师想说的我明白了："从大蛇的立场来说，它特意给田里灌了水，没想到却受骗被杀了。是这个意思吧？"

"没错，你很快就抓住了重点。"老师说着微微一笑，"大蛇确实帮了忙。可一旦事情结束，它终归还是个妖怪，没什么用了。没理由再把自己的宝贝女儿送去给它，于是就杀了它。类似的故事还有很多，比如猴子的媳妇、格林童话里的恶魔妻子之类。印尼的椰女神话和日本古代的大宜都比卖神话也有相似之处。椰女会排出宝物，大宜都比卖会排出食物，可也都被接受了她们馈赠的人杀死了。"

"可检地官不是妖怪啊。"

"不是妖怪,是外人嘛。从不把宝物给他这点来看,他们都很相似。"

宝物。如果玉菜姬传说有模仿姥皮的痕迹,那宝物指的就是玉菜姬吧。检地官和官吏都被告知能得到玉菜姬这件宝物,所以他们才为常井效力。可一旦事成,不但玉菜姬不送了,反而把他们给杀了。怎么像是在做一场噩梦?

老师真的认为水野教授像《姥皮》中的说法一样被杀了吗?如果直接问出来就好了,可我怎么也不敢开口。大蛇的事还好说,可要说出像这样一位上过报纸的人物"被杀"的话,总觉得之后会追悔莫及。

况且,我关心的不是水野教授。我看老师的身体似乎还行,现在也没人来访,病房里没看到有钟,不过应该离妈妈说的晚饭还有点时间。于是我含含糊糊地问:"老师,如果镇上真有可以看见未来和过去的'玉菜姬',那我们可以当她是神吗?"我到底想得到一个什么样的答案啊?难道希望听到"那她就是神,可以实现你任何愿望"?

可老师很干脆地告诉我:"那是妄想。"我花了很长时间才接受了老师这个说法:"啊?但是,老师……"

我说不下去了。三浦老师教育我说:"越野,不能把神话和现实混为一谈。镇上确实有关于玉菜姬的传说,可你最多只能理解为'大家相信有这样的存在',若把它当成真事那学问不就成了魔法?"

"可老师不是也相信玉菜姬是存在的吗?"

"这没错啊。"老师转了转被石膏绑住的身子,着急地说:"五年前死的那个常盘樱就是玉菜姬,现在玉菜姬也仍然存在。可我们不能以此就认为她能预知未来或者投胎转世什么的。玉菜姬在庚申堂里的任务,《常井民话考》里有记录。你没看?"

我摇了摇头,我只看了一篇小朝的故事就把书还给老师了。老师应该知道的。

"玉菜姬在庚申日七天前就必须戒除鱼肉五荤清洁身心,到了庚申日前一天就更要斋戒沐浴,在庚申堂守夜。明白吗?"

几乎听不懂。

"我知道庚申,就是阻止虫子向神告状。"

"哦,厉害。不过,不是向神告状,是向天帝。斋戒沐浴就是洗澡的意思。五荤指的是大蒜韭菜葱这类辛辣的食物。不过国内一般流传的庚申信仰没有清洁身心这个环节。让代表在庚申前夜一个人守夜的例子在别处也没听说。普遍的做法就是做个供奉天帝的花车,然后大家一起喝酒吃饭,严格点的就再念念经文。我觉得玉菜姬的传说可以算一种信仰,本来跟庚申信仰之间是没有关系的。不知从什么时候起,为了对外宣传这种信仰的正统性,就把庚申也扯了进来。我是这么认为的。也就是说,玉菜姬的传说没有明确的源头,可能古代确实有这样一个人到过这里,可是不能因此就认为现存的玉菜姬就是真正的神。"听着老师的话,我呆了半天,一件我想了很久的事又浮现在我脑海,这事跟三浦老师没关系。

病房很安静。从窗缝里吹来的风有点温温的,我想去开灯,可时间已经不早了。我赶紧最后问了一句:"那常盘樱的那场火灾就没有目击者吗?"三浦老师好像很不可思议地说:"有啊。火灾就发生在镇子里,而且天也不晚。"

"不,不光是指看见的人,有没有更清楚内情的目击者?"

大概我猜对了,老师"嗯"了一声:"听说有。火灾发生前有人一直待在庚申堂,只是没得到他的口供,不知道是什么原因。"

我站了起来,对一个重伤病人而言探视的时间太久了,况且我还是空手来的。窗缝里吹来的风叫我不舒服,我把窗子关了。飘动的窗帘慢慢静止下来。最后,老师突然说了一句:"常盘樱死时才十六岁,太可惜了。"

4

晚饭吃的是汉堡。好久没吃了。爸爸还在的时候，因为小悟喜欢吃汉堡，家里经常做。我不太喜欢单纯吃肉，加上每次遇到吃汉堡，小悟就特别兴奋，所以我对汉堡没什么感情。只是搬来镇上后今天第一次吃的汉堡，跟过去在家里吃的不一样。我在厨房给妈妈打下手时，看见妈妈往肉饼里拌了跟肉同等分量或许还更多的豆渣。豆渣热量低，利于减肥，可妈妈的初衷大概是想节约成本。

小悟回家时在报桥跟琳花说了会儿话，之后变得有些古怪，可一见到汉堡就又恢复了往日的傻样。

"太棒了。"他高声叫着，笑容满面，大刀阔斧地挥起叉子叉走了一大块，一口没吃完，掉了一半在桌子上。难道就不能吃得文雅点吗？我心想。可他本人看上去十分满足。

"好久没吃了，下次再做好吗？"嘴里的还没吃完他已经想下次了，而且丝毫没觉察出汉堡里掺了其他食材。妈妈柔声同意了。我盘算着找个机会告诉这小子，他的喜悦有一半来自他最讨厌的豆渣。

越野家吃晚饭时不看电视。爸爸不允许这么做。对喜欢看电视的小悟来说这大概是挺难熬的，可只要习惯了也就不再有怨言。小悟从没抱怨过，爸爸不在后也一样。可今天，我说："妈妈，我能开电视吗?"

"啊?有什么事吗?遥遥。"

"我不是昨天看到车祸了吗?想看看电视里有没有报道。"

妈妈放下筷子,看了看我:"没关系吗?"

不知道这句话问的是什么意思,我迷迷糊糊地点了点头。

"哦。遥遥觉得可以就看吧。"说着妈妈把她手边的遥控器递了过来。我接过遥控器,打开电视。电视里立刻传出喧闹的广告音乐,是一个面向女性的汽车广告,节奏十分明快。小悟瞪大了眼睛,我这才领悟到刚刚妈妈说的是什么意思。

餐桌上的安宁代表了爸爸一如往昔的威严。现在破了这个规矩,却没人站出来指责。如果明天小悟提出要在吃饭时看电视,那今后就再也管不住了。这样一来爸爸的身影就彻底消失了,电视的声音越大越说明了这个事实。

妈妈知道事情会这么变化,她知道,所以她说如果我觉得可以就可以。我真傻。爸爸走后家里还保持着安静的用餐习惯,是妈妈在为我着想啊。妈妈现在安心了……也许她在同情我,是我自己把深藏在内心一角的爸爸的幻影埋葬了。我强忍着没有去咬自己的嘴唇。我想让妈妈知道"我不是不计后果地破坏了家里的规矩。即使所有的事都表明爸爸已经不在了，前途未卜，我也有能坦然面对的勇气"。所以我平静地说了一句："看下新闻。"就按下了遥控器的按钮。

不一会儿频道就转到了地区新闻上，电视正在报道某幼儿园的孩子们做了什么，孩子们个个都很高兴。我咽下一口掺了豆渣的汉堡，说："那车祸是我们学校老师引起的。"

"是吗？"

"老师姓三浦。"

"哦。"妈妈好像在听，其实是她为人和气而并非对这个话题有兴趣。我觉察之后便假装集中精神看电视。

新闻从明快转向沉重，地方新闻较全国新闻来得单薄，话题也渐渐转向了事故和案件上。今天我们市也发生了不少事故：高速公路上的追尾造成了一家三口的死亡，其中有一名三岁女童；一个七十一岁男性因为酒驾撞上电线杆，现在神志不清病情严重；还有火灾的新闻，说是一间旧公寓起火，造成一名孩子身亡。也许现场有人带了录像机，画面上显示的是由观众提供的图像。熊熊大火包围了整个公寓，不负责任的围观者在一旁叫着："天啊，烧得这么厉害。"我正想着赶紧报道一下车祸吧，就听妈妈说："遥遥，不好意思，能不能看其他的新闻？"

"啊？"我不解地看了看妈妈，只见妈妈把视线转向了小悟。看到小悟的瞬间我也吓坏了，小悟的样子太奇怪了，虽说他平时就喜欢看电视，可现在他却目光炯炯地一直盯着电视里的新闻。"干吗，小悟，怎么了？"我的声音也有些发涩。小悟没有回答，他一直盯着电视图像，连手里的饭碗都没放下。

仔细想想，我确实知道小悟爱看电视，却从来没有注意过小悟看电视的样子，因为我总是先回房了。难道他平时也是这样的吗？妈妈知道吗？我赶紧照妈妈说的，伸手去拿遥控器。恰巧此时，火灾的报道结束了，新闻又变得明快起来，好像在说哪里出了一个有名的炒面。小悟这才吐了一口气，像是什么都没发生过似的继续吃饭。

我用眼神向妈妈抛出一串问号——他刚才奇怪吧？怎么回事？可妈妈注意到我的眼神，却岔开了话题："没播老师的新闻。""嗯。"我用叉子叉了一块已经冷掉的汉堡应了一声。似乎坂牧市汽车起火的新闻还不如炒面有价值。"谢谢，我关了。"说完我又把手放到了遥控器上。就在这时，小悟露出跟刚才完全不同的热情，好像在说我可不能放过这么好的机会，他立刻抓住了时机："放着，下面该我了。"我可以不理他直接关掉电视，可往后再说"晚饭时不准看电视"之类的话又叫我心虚。轻松的音乐声在告诉我新洗涤剂有多么强大的去污能力。我帮小悟实现了愿望。

接着我双手合十，说了声："我吃好了。"这也是爸爸定下的规矩，所幸这个规矩我还遵守着。

我回到屋里，发现箭翎纹样的窗帘在微微晃动。屋里有空气在流动。我拉开窗帘看了看窗户，果然木头窗框开着一条缝，我把手指勾在把手上，但开关不太好，必须要往上提一提才能把窗户关上。我之前没觉察到，窗户开了条小缝也不觉得冷，果真是春天来了。我甩了一下家居服的裙摆在坐垫上坐下，趴在矮桌前，从书包里拿出了本子和铅笔，翻开一页白纸，在上面潦草地写了起来：

常盘樱五年前烧死。水野教授五年前淹死。小悟说，报桥上死了人，他以前住在庚申堂附近。妈妈说小悟以前没有来过这里。水野报告，奖金

我的字越写越草。

三浦老师说他是被害未遂。五年前至少死了两个人。五年前的事，距离现在不算远。玉菜姬是一个特别的存在，玉菜姬不是一个特别

的存在，我要相信哪个？宫地裕子、三浦老师，我要相信谁？

最后我写的字连自己都不认识。

越野遥相信神吗？

"哈哈哈。"我终于笑出了声，一边放声大笑一边把纸揉成纸团，然后抓起一大把纸团朝壁橱扔了过去。纸团发出"嘭"的一声轻响又弹了回来。我坐在榻榻米上伸手去捡，捡回来再扔。"嘭"，我再扔。"嘭"，我又扔了两三次，渐渐悟出纸团弹回手边所需要的角度。我越扔越起劲。

这事我以前也干过，住在原来的公寓时。把纸团扔到墙壁上，再让它反弹回来。我那时候扔的是什么纸？好像用的力气比现在大。脑海里刚浮现这个画面，不清晰，很快就消失了。我想搞清楚自己当时扔了什么，便抓起纸团，照记忆中那样扔了出去，这次我用了很大力气。只听"砰"的一声，声音较刚才响了，纸团很快反弹回来。我接住，再扔，再扔。啊，想起来了。我当时扔的是一张留条，妈妈写的。

休息日我出去玩，回家时家里一个人也没有。当时已经是傍晚了，我看见妈妈留条说小悟突然发高烧，带他去医院了，晚饭在冰箱里。我不记得冰箱里有什么了，大概没吃。我想等爸爸回来一起吃。可天黑了爸爸也没回来，妈妈也没回来，我饿着肚子，又气又恼，然后就把妈妈的留条团成团扔了。

就像扔纸团的事一样，我把当时的情景都想起来了。放在冰箱里的是烤鲑鱼。现在想来妈妈为我做了很多，就在要带小悟去医院这么紧急的情况下，还专门为我开了烤炉。只是当时我无法体谅，鱼是用黄油或麦淇淋烤的，放凉后油脂都凝起来了很恶心。我记得这个细节，说明后来一定没吃。

我找到窍门了。只要把纸团尽量向壁橱上方，就是横木下面那个地方扔，纸团就能很顺利地回到手中。真奇怪，找到了窍门后扔起来反而没劲了。

以前我扔留条时有什么窍门吗？终究还是想不起来。不过当时我没像现在这样坐在榻榻米上。公寓里是地板，上面铺着黄绿色的地毯，我坐在粉色的靠垫上，朝壁橱的白门扔纸团。壁橱门是朝外开的，朋友说很洋气，可开关门的地方放不了东西，用起来并不方便。开门时还会勾到地板上的东西，叫人很恼火。那间公寓东西都放在壁橱里，壁橱不够深，换季时格外麻烦。儿童房的壁橱还凑合，客厅里放吸尘器的那个壁橱最讨厌，后来索性就把吸尘器放在厨房里了。

这么一想，以前那间公寓也并不舒适，只是当时的靠垫哪儿去了？搬家时没丢啊。我最后又用力扔了一次，这次力气太大角度偏了，用了很大力气纸团却没有反弹回来。

奇怪。不是因为纸团没有反弹回来。只是突然觉得奇怪。是什么呢？我好像真的觉察出了什么。如果我再扔一次的话会不会想起来？想着，我又伸出手去拿纸团，然后用力往壁橱上一扔。"砰"地响了一声，纸团有气无力地弹了回来。

是的，没错，就是这样。

我把厨房、客厅、爸妈的卧室、我和小悟的儿童房、浴室、厕所全都一个一个想起来了。这么一来我才惊奇地发现几个月以前才搬的家，而我的记忆已有些模糊了。儿童房用过的箭翎纹样的窗帘现在在我房间里。可客厅的窗帘是什么颜色的？我记得墙纸很白，可卧室的门是怎么开的？拉还是推？只是无论如何，有一件事不会错。

过去的公寓里没有和式壁橱，一个也没有。

我的指尖有点发胀。刚才扔纸团手臂太用力，血都积在了指尖。如果仅是这么做就会叫手麻掉，那打垒球的同学们就太厉害了。

我捡起纸团，摊开，用手掌抹平，拿起铅笔，在我的疑问边上又加上了一句：

为什么小悟说他能看见未来呢？

我想问问该轮到谁洗澡了，便出了房间。我不着急洗，就打算试试这两天的研究成果。我最近一直在摸索如何才能在下这个破楼梯时不发出声音。半夜要去厕所时，如果发出吱嘎声，就太扰人清梦了。小悟倒是无所谓，就是觉得对不起妈妈。此外，也许以后我不会再去夜间散步了，就是出去也不想发出声响。我们还要在这里住很久，有备无患。再说这有点像在玩忍者游戏，挺有趣的。

照我的经验，台阶的中央比较容易发出响声，我尽量把身体的重心移到脚尖，轻轻地去踩台阶的深处，虽然还是会发出嘎吱声，但已经很轻了，完全不出声是不可能的，这样已经很好了。

我下了两三级台阶，往下的第四级特别难弄，不知道是不是造的时候没造好，这一级尤其响，好像台阶下面装了乐器似的。为了不让这级台阶发出声音，我一直练习到昨天。不过后来想想，如果就这一级有问题，索性跳过它好了。这幢旧房子的电灯也很暗，楼梯上只有一个小灯泡。我们搬来时就有，也不知道用了多久，不过灯泡还能用便也没换。我在橙色的昏暗灯光中弯起膝盖蹲了下去，慢慢地伸出脚。楼梯特别陡，万一摔下去大概会死人的。

我把脚放在了往下的第五级台阶上，轻轻地移动身体，两级并一级，成功了。我赶紧站起来，再尽量把脚放在台阶边上。走廊里没有开灯，客厅的门也关着，不过还是能看见一丝光亮。我习惯了蹑手蹑脚，就这样慢慢地靠了过去。

于是我开始觉得奇怪。居然听不见电视机的声音，小悟应该还在一楼，他在客厅居然没有开电视这简直难以想象。厨房也静悄悄的，没有灯光。按常理推测，小悟大概去洗澡了，只有妈妈一个人在客厅。如果电视刚才就开着，妈妈一般是不会去关的，除非她觉得吵。我觉得气氛有些异常，倒也没有特别在意。

我心里想着，却仍旧轻手轻脚，兴许是我总感觉哪里不对劲，就想学学忍者潜行吧。又或者只是心血来潮，小恶作剧一番。我把客厅的门拉开一条缝，偷偷往里看了看。妈妈在里面，小悟也在。

妈妈和小悟面对面坐在坐垫上，妈妈伸出双手搭在小悟肩上，似乎马上就要用力去摇他似的。可妈妈动作很慢。关上拉门的话应该听不见他们说话。妈妈声音哑哑的，很疲惫也很轻："小悟。姐姐问你了吧？告诉妈妈。"

我站的角度不好，看不见小悟的脸。相反，妈妈的脸却正对着我，如果妈妈抬起头就一定会发现我的，可她自始至终盯着小悟，并没有注意到门外的我。

"别太勉强,只要把你看见的告诉妈妈就好了。"

"我看见坏掉的车子了。"小悟冷不防冒出这么一句,妈妈依旧把手搭在小悟肩上:"哦,是吗?后来呢?"

"遥遥来了。"

妈妈皱了皱眉,有点着急又有点责怪,不是我想看到的模样。再累妈妈也都是成天笑眯眯的呀。

"哦,遥遥来了,后来呢?"

"她问我那个人说了什么?"

"哦,后来呢?你怎么回答的?"

"我说她问了我好几次'后来呢',就像妈妈现在这样。"小悟这话好像戳到了妈妈的痛处,我明显感到妈妈手上的劲儿小了,她把手从小悟肩上拿开,说:"哦,对不起啊,那你,去洗澡吧。"我以为他们的谈话到此结束了,正准备装做什么都不知道似的去拉客厅的门,这时我听见一阵嘀咕,小悟说:"蓝色的毛毯。"

"什么?"

"我跟那个姐姐说,有一个披着蓝色毛毯的人在场。"

"毛毯?这是车祸发生以后的事?"

小悟点了点头:"我看到的。车子差点掉进河里,后来我就看到蓝色的毛毯了。蓝得很好看,我都想要呢。后来……后来怎么样了呢？"

"好孩子。"妈妈往前凑了凑，好像要扑到小悟身上去似的。

"后来……"

"后来？"

"不知道。"

妈妈叹了口气，小悟突然叫了起来："不知道，但是我害怕，害怕。"他叫得太突然，声音又出奇的高，我不由后退了两步。

"讨厌，这个镇子很奇怪，妈妈，我们回去。"

同意。

我没料到自己会同意小悟的意见。这个镇子确实很怪异，虽然讲不出具体哪里怪，就觉得有些诡异。如果能回去的话我也想回去。也许那幢公寓只是我的临时住所，可我从出生到现在都一直住在那里，它是我唯一的家。

我看见屋里妈妈正抱着小悟："对不起，对不起小悟。妈妈知道，可妈妈现在只有这里一个住处了。"

"不嘛。"

"别闹了。遥遥会听见哦，让遥遥听见又要说你是胆小鬼了。"

为什么这个时候要提到我？

"遥遥？"

"嗯。"

妈妈的话奏效了,我只能看见小悟的后脑勺,我看见他耸了耸肩膀不再放声大哭了。

"哦,妈妈错了,你先去洗澡吧。"

"嗯。"

我赶紧退了几步,离开门边。我以为妈妈终于看到了我,可她什么也没说,大概没注意。不,她一定没注意到我。

没事,没事。

第八章

1

我看见有微弱的光线射进箭翎纹样的窗帘。光线很暗,天恐怕还没亮,我已不记得自己几点睡的。莫非我睡了个午觉,现在正是黄昏时分?时钟指着五点半,这不是下午的时间。我渐渐恢复了记忆,没错,昨晚我是跟往常一样睡下的。以前我从没这么早醒过,身上有种说不清的倦怠,手脚都沉沉的。

我趴在被子里,热热的额头贴在被子上,凉凉的,好舒服。身上不太对劲,可头脑已完全清醒,没法再睡了。我就这么闷闷地趴了一会儿,突然想呼吸新鲜空气,便弯起膝盖,蹬了被子翻身起来。

我已掌握了下楼时不发出声响的窍门。家里没开灯,周围一片寂静,我可以听见自己的呼吸声。下了楼我光脚穿了球鞋,去开玄关的门。"嘎"的一声门开了,冰冷的空气扑面而来。报栏里晨报已经到了,这很正常,我又不是镇子上起得最早的人。

我穿着睡衣,不便在屋外久留,万一被看见就尴尬了。我左右看看,确定周围没人之后,才在门边大大地伸了个懒腰。门边有个纸板铭牌,拿图钉钉着，上面写着"越野"。越野是爸爸的姓，也是我的。这铭牌就是唯一能让我在这个家里待下去的理由。纸板属于可燃垃圾，我知道。

　　回到房里，我又钻进还留着体温的被子，努力想再睡一会儿。可眼睛仍是瞪得大大的，各种事在脑中不断旋转，根本睡不着。我翻来覆去躺了一会儿，终究放弃了。带着刚睡醒的表情，跟往常一样下了楼。楼梯的嘎吱声就像闹钟一样，如果吵醒小悟倒不要紧，吵醒妈妈就太过意不去了。我刚下楼就懊悔怎么不小心点。

　　客厅里很暗，我却没开灯。原来黎明是这样一种光线，我略感愉悦，从报栏里取了晨报回来，在暗淡的光线中，小心摊开报纸。现在我不用担心爸爸会来教训我"在暗处看书眼睛会坏，别看了"。

　　我看了看报纸里夹的一堆广告。对了，爸爸曾经每天早上把背面没有印字的广告纸挑出来，让我们在上面随便写写画画，练练字，事实上我们根本没用过。现在想想当时应该用上几张的。今天早上的广告纸都是双面印刷。从刚换过的窗纸上透进来的光线越来越亮，最上面的一张广告纸印着常井商店街的大甩卖。我突然停住手："咦？"

　　广告纸是彩色的，印着商店街的放大图片，夸张的"大甩卖"几个字横陈在图片上。这图片上的地方我熟悉。这是自然，虽然没怎么买过东西，商店街我倒是去了好几次。有样东西吸引了我的视线。

是拱顶街。大甩卖的广告纸上，拱顶街上几家店铺关着门，行人也悉数印在图片上。我思忖着也许能发现熟人，便用心在图片上找了找，不料一个也不认识。我觉得有些不可思议，歪着头想了想，竟又怀疑起自己的判断。

"想多了。"我喃喃道，眼睛瞥向了新闻栏。不过几分钟工夫，报纸上的字就清晰起来。不知是眼睛已经适应了昏暗的光线，还是天已经大亮了。屋外看上去像要下雨，可报纸上的天气预报却说"午后转晴"。

我听见有人开门，妈妈起来了。属于我的清晨时光就这么结束了。过了一会儿，小悟揉着眼睛也起来了，他还没洗脸就打开了电视。电视上的天气预报也说今天多云转晴。接下来是星座运程栏目，天真的主播说："今天最幸运的是天秤座，你今天会收到期待已久的信哦。"我是天秤座，可我在期待什么信吗？播音还在继续："今天运气最坏的是白羊座，你可能会被最爱的人教训哦。"小悟是白羊座，他看着运程播报脸色很难看。

没想到三浦老师的病休竟殃及到了我身上。

"怎么了？遥遥，没精神吗？"午休时，琳花拍了拍我的肩膀。

"啊，嗯。"我自己也发现了。今天其他老师来代上社会课，这门课得以顺利地重开。代课的女老师跟三浦老师迥然不同，十分天真，她一走上讲台就给我们鞠了一躬，说："三浦老师回来之前，由我给大家上课，请多多关照。"这让我觉得大概三浦老师再过五天、十天都没法康复。代课老师很漂亮，大家很快喜欢上了她。我听见有人笑着说："小浦别回来就好了。"我知道三浦老师并未危及性命，我不理会他们的玩笑。可不知怎么，心情还是很沉重。

　　天气预报没说中，下午天上的乌云依然低沉厚重。放学后，琳花又一个人先走了，回家路上又成了我一个人。我今天不想马上回家，就背对着平时常走的路，往另一条陌生的路上走去。好希望不要下雨。我本还有更多事要考虑，却一直在担心会不会下雨。

　　不知走了多久，等我走到一条离家和学校都很远的陌生路上时，才突然明白自己漫无目的地转悠究竟是为什么。我正向属于我一个人的地方走去。

　　幼儿园时属于我一个人的地方就是僻静无人的公园，那里有一座掉了漆的大象滑梯。我喜欢在滑梯下面，玩湿乎乎的泥巴，有时候还去踩蚂蚁。小学时，属于我一个人的地方就是家附近一个废弃的院子。我喜欢躲在日渐荒芜的院子里，看那些顽强盛开在高大茂盛的杂草丛里的花儿。心情不好时，我会把那些花儿摘下来，过几天又后悔得哭鼻子。

而现在，我正在镇上寻找一个属于我的地方，谁也找不到的地方，谁也不知道的地方，谁也不用顾忌的地方。我正在寻找一个可以独处的、让所有思绪都暂停、任由我发呆的地方。可不管我走到哪里，镇上的一切都与我那么疏远淡漠，无论是生锈的铁皮包围着的小路，还是在无人的路口兀自闪烁的黄色信号灯。有些冷清的民房是已经倒闭的商店，门前还有拆走广告牌后留下的印迹，有些电线杆上还留着糨糊印，不知何时贴上的广告纸被撕掉了。我不去看它们，我想回从前住过的家里去。可我只是一个孩子，不能一个人留在那里。学校和公寓里都没人照顾我这个罪犯的孩子，可那里至少还有能容纳我独处的地方。

突然我发现自己来到了一个眼熟的地方，有红色的旗幡和牌坊，是稻荷神社。之前我跟琳花在这里约过。我想起琳花当时说"抽签了吗？很准的"。我停下脚步，拿出身边带的救急用的一百日元硬币扔进了功德箱，然后举起六角形的签筒。我本以为该把它倒过来摇，却发现是开了盖子后任人自己取。我把手伸进去，抽了最初触摸到的签条，打开一看——大吉。等待的人会来。

这话现在看起来更像是在拍马屁。

我没找到别的可去之处,回到家已是傍晚。前面的路灯亮了。家里很暗,我借着夕阳的余晖脱了鞋,没开灯的屋子里一片寂静。客厅、厨房都不见有灯光。电视机也关着,家里没人?难道因为我回来太晚,妈妈带小悟出去吃好吃的了?若是这样倒也好,他们母子俩偶尔也应该单独相处一下。

可我想错了。妈妈在家,她在客厅的榻榻米上,连坐垫也没铺就这么呆坐着,大概都没觉察到我回来了,她就这样精神恍惚地坐在没有开灯而越来越暗的房间里。是我做错什么了吗?我突然害怕起来。难道是我破坏了大家心知肚明的晚饭前回家的规定,妈妈生我的气,气成这样的吗?我本来就没权利惹妈妈生气。所以我声音发颤地吐出了一句:"我回来了。"

妈妈慢慢地抬起头,她看我的眼神跟平常不一样,似乎在想:"这孩子是谁呀?"一副不明就里的模样。一定是因为家里太暗了,天色已晚,可家里还没有点灯,所以妈妈才会这样恍惚的。等我拉下电灯线,电灯跳了几下把客厅照亮,我才看见妈妈的眼睛红了。

"回来啦。"妈妈的语气跟平时一样温和,可声音有点异样。我回来得不算晚,妈妈不至于担心啊。

"对不起。"我忙认错,我宁可挨骂也不愿家庭不和。妈妈的眼神依然漂移,我很害怕。对了,晚饭怎么样了？我没闻到厨房有饭菜的香味。妈妈没数落我，她呆呆地问："遥遥，现在能跟你说点事吗？"

"嗯。"

"不好意思啊。"但愿妈妈只是想教训我一顿，我坐了下来，跟妈妈一样，没在榻榻米上铺坐垫。跪坐脚会麻，我稍稍放松了坐姿。这时我看到桌上有个信封。它大概早就在那里放着了，我却以为是刚出现。信封用剪刀整齐地剪开了，没剪断的部分马马虎虎地挂在信封上。信封倒扣着，我看不见收信人的名字。

妈妈似乎还没想好要说什么。她让我坐下自己却无话可说，神情恍惚好像并不清楚为什么要我坐下。我几乎准备问她了，又把话咽了回去。生怕一问，就会听到我不愿听到的答案。

从以前公寓里带来的挂钟一直滴滴答答地响个不停，它太旧了。我肚子好饿。刚才买个肉包子吃就好了，干吗用仅有的一百日元去抽签？数学作业也还没做。明天有没有数学课？大概有吧。妈妈一说完我就赶紧去做。

妈妈长长地叹了一口气。"非常感谢遥遥啊。"妈妈说，"遥遥经常帮妈妈干家务，也不任性，是个乖孩子。家里多亏有遥遥，妈妈才能安心去工作。"

我咬紧了牙关。

"我现在是拜托了单位的人才能得闲,等忙起来,周末大概也要上班。遥遥真是帮了大忙,本想着小悟三年级了能稍微懂点事,可你看,他就那样。"妈妈没有看我,继续说。她表扬我却并不看着我。"小悟从小就怕生,我一直担心他能不能适应学校生活。他人又内向,心里想的也不说,我好怕他会被人欺负。幸亏有遥遥,现在他才慢慢开朗了,话也比以前多。要没有遥遥,我得多担心啊。"

小悟以前确实非常认生,现在也没啥两样,可能稍微好一些。他以前话很少,与其说是内向,不如说是胆小。现在嘛,至少跟我说话时狂得不行。只是不知道他在外面怎么样。总之,妈妈没必要为小悟的事向我致谢。

"那孩子很懦弱,但有时也会在遥遥面前逞强。所以,遥遥,真的……"

"妈妈。"我一开口,妈妈就沉默了。妈妈,不是这样的吧,你想说其他事?你要说的肯定跟桌子上的这封信有关,不是吗?

妈妈清楚我的心事。她轻轻擦了一下眼角,低声道:"是啊。"我看她眼里并没有泪花。

妈妈伸手去拿信封,把它推给我。我猜不出信封里有什么,虽然我肯定那是我不想看到的东西,尤其会影响我和妈妈的关系。我把倒扣着的信封翻了过来。

邮政编码、地址还有妈妈的名字。信封上的字写得工整又老练，右边的一捺还向上翘着。这笔迹我见过。刹那间我忘了呼吸，胸口被小小地刺了一下。是爸爸的笔迹。信是爸爸写来的。可为什么收信人是妈妈？不是应该写给我的吗？他弄错了？不管怎样他没事就好。他大概不会写上现在的住址吧，只要知道他没事就好了。

我在妈妈面前竭力掩饰着激动的心情，装出一副无所谓的样子，可嘴角还是抑制不住地微微颤动。我抽出信。折了三折的薄纸夹在信封里。只有一张吗？爸爸那么讲究礼数，他说即使没要紧事也必须在信封里装两张以上的信纸。可我从信封里抽出来的却不是信纸。

"这是？"我不由得叫出声来。是一张印着绿字的纸。在打开这三折纸之前我抬眼瞥了一眼妈妈。怎么回事？我从没见过妈妈这副表情。妈妈垂头丧气地看着空荡荡的桌子。她的侧面显出惊人的疲惫。她浑身无力，身体好像比平时小了一两圈。那么漂亮的妈妈，就在这一瞬间仿佛老了几十岁。"浑身无力"大概指的就是她现在的模样。

打开纸，我看了一眼左上方的字，立刻明白了妈妈为什么此时会是这样一副表情。

那是一种安心。彻底安心地放下肩上的担子，所呈现的完全放松的状态。纸上写着"离婚申请"。

丈夫一栏里的名字,右边的一捺还是熟悉地往上翘着,图章印得就像范本一样工整。住址一栏填的是之前我们住过的公寓。

"我想把它交上去。"妈妈说。

她还没有向市政府提出申请,我现在还可以叫她妈妈。一旦离婚成立,妈妈就会从越野好慧变成雪里好慧,不,是回到之前的雪里好慧。

我既不生气也不伤心,只傻乎乎地浮出一个浅笑,心想:"是离婚申请啊,这我倒没想到。"我能在这个家里待下去只是因为我还勉强能算家里的一员。可这层关系也马上就要结束了。把妈妈解脱出来是好事,爸爸贪污的那些钱,妈妈一分好处都没得到过。她没必要永远被这事困住。想必她现在轻松了吧。我想握紧拳头跟她说一句"太好了"。

不对。这么说爸爸把我抛弃了?

"不过,"妈妈语气很坚决,她用令人难以相信的坚决的口气对一直盯着离婚报告冷笑的我说,"遥遥你还可以住在这里。你帮了我很多,我们互相需要。放心吧。我一定会把你照顾到初中毕业的。"啊,她忙乱间,想说的竟是这个,这事不能含糊。照顾我到初中毕业啊。嗯,雪里的生活本就不易,这已经破例了。世界上没有比她更善良的人了,真的。

我轻轻地把离婚申请放在桌上,这东西很重要,得小心别弄脏了。于是我刚一说出"那么"二字,喉咙就哽咽了,我咳嗽了一声,继续说:"那么,怎么办呢?爷爷家又不能住。"

我爸爸这边的爷爷奶奶,到底是生养了我爸爸的人,素来讲原则。按照他们的理论,孩子就必须跟父母一起生活,其他一概免谈。爸爸失踪后,奶奶在一言不发的爷爷旁边重复了十五遍同样的台词:"孩子必须跟父母在一起。我这儿房子太小。"可我当时差点想说奶奶不也没在自己父母身边吗?奶奶几乎就是否定了这个世上还有由爷爷奶奶抚养长大的孩子。其实她只要干脆地说家里小、没钱、自己不想帮忙,那五分钟就可以结束对话了。他们这么固执,还真说明他们就是爸爸的亲生父母呢。

"嗯,可你不是还有个伯父吗?"

有是有,可我从没见过,连他长什么样我都不知道。听说他跟爷爷及我爸关系都不好,对了,我都不知道他叫什么。虽然没见过面,但麻烦他从今天起照顾侄女,这话也难以启齿。此外,我根本不知道他住在哪儿,这事简直就跟把我托付给幽灵一样不靠谱。这些妈妈都知道的吧。她只是说不知道得那么清楚罢了。

离初中毕业还有三年。我从家人变成了寄居者,现在已经处处谨慎的我还得加倍小心地过三年,之后还不知道会怎样。是这个意思吗?

活着真难。

也许是我的心理作用，竟觉得妈妈很兴奋："事已至此，我想还是得跟你商量商量。"

"商量？"

"就是……"妈妈磨蹭了半天才对我笑了笑。笑容与平时不同，有些低三下四，好叫人厌恶。这不是面对家人才有的笑脸。今后三年我都得老想着这些吗？

"上学要学费，米也要用钱买。"

啊，我这个傻瓜竟然没想到这个。妈妈说得没错，这些事情都必须好好商量。

"多少钱？"

"金额嘛，以后再说。别担心，我不会为难你的，你帮着做些事就可以了。"

"我去打工吧。"

"是啊。"妈妈像家人似的说，"我去问问单位的同事，看看有没有好一些的工作。"

不知道学校允不允许打工，学生守则上是怎么说的？不过我的情况特殊，大概会特殊对待吧。就是不允许，我也得想办法出去赚钱啊。三浦老师比较好说话，可他正在病中，我只有去找班主任村井老师了。说实话我不认为她能帮到我，靠不住的。

便利店不用初中生，剩下的就只有送报纸了，这活儿还能记路。我付掉自己的生活费，还能攒出搬家的钱吗？我考虑了半响，可还不知道打工工资多少，其他打算都是徒劳。

突然我发现自己在咬嘴唇，咬得很重。如果就这样傻乎乎地跟着感觉走，我一定会做出令人后悔的决定。我害怕自己无意中会做傻事，就用疼痛强撑着。只是咬得实在太重了，嘴里已经有一股铁锈的味道。

妈妈伸手拿过了提包，从里面拿出钱包，取出一张一千日元的纸币放在桌上。"对不起啊，遥遥，妈妈累了，今晚你去外边吃吧。"一千日元，太奢侈了。我正在犹豫。已经起身的妈妈又补充了一句："两个人去啊。"这么说小悟也还没吃晚饭。妈妈跟跟跄跄地走出了客厅，突然又想起什么似的转过头来，朝桌上放着的"离婚申请"跑去。她宝贝似的抱着那只茶色的信封，对我羞涩地笑了笑。

2

我踩着嘎吱作响的楼梯回到自己屋里。原先以为适应不了的屋子最近渐渐习惯起来。以前我住的公寓是木地板，现在这间是榻榻米，睡觉也从床变成了地铺。之前我有张带书架的书桌，现在只有一张小矮桌，可我也已开始接受这间小屋了。

然而，错了，这里不是我的房间，这是我在雪里家借住的一间屋子。今后就是再生气,也不能拿屋里的东西出气了。只是箭翎纹样的窗帘不同。那是爸爸买给我的。我在公寓时跟小悟共用一间六张榻榻米大小的房间。那时候房间窗子上挂的是一块十分孩子气的窗帘,上面画着大象、长颈鹿、河马等小动物,后来被拿来当作我跟小悟之间的隔帘,窗户上就又另外买了新窗帘。我说:"我不要小孩子用的了。我要更漂亮的。"第二天爸爸给我买了这块箭翎纹样的回来。他很满意地说:"怎么样?这个漂亮吧。"我原本想说不是这种,又怕说完被爸爸教训,就忍住不再说话。

又是爸爸啊。

我磨磨蹭蹭地走到壁橱前。搬来以后我还有几个纸箱没拆,都堆在里面。

第一个箱子里放着我夏天的衣服。对了,我忘了把它们拿出来,这样堆着肯定要发霉的,幸亏被我发现了。不过,我现在不去动它。

第二个箱子里放着书,全是漫画杂志。我怎么会在搬家的匆忙之中把它们带来?虽然现在它们放着还不成问题,日后肯定要绑起来当可再生垃圾扔了的。我又把箱盖盖上了。

第三个箱子里都是杂物,比如我觉得漂亮的珠子、用了一半的胶带、小学最后那年班上写的文集、不知道还能不能用的电池,混在它们之中的还有一个漂亮的铁盒。四方形的铁盒，上面画着闪闪发光的宝石，是一个糖果盒。本来是爸爸带回来的一个手信，我吃掉了里面的糖，然后悄悄把盒子藏了起来。小悟也很喜欢这个盒子，发现盒子不见后，还大大地生了场闷气。他向我打听过盒子的去处，我一直佯装不知。我的书桌抽屉带锁，我把它锁在里面，成了我的百宝箱。我搬来新家后就拿出来看了看，之后又塞进了纸箱里，现在我轻轻地把它取出来。

我坐在榻榻米上，放下糖果盒，大概搬家时碰坏了，盒盖特别紧。我左手紧紧压着盒子，右手手指扣着盖子，用力拔。"啪"的一声，盖子打开了。里面有几十张纸条，被抹得平平的，收在盒子里。纸条上煞有介事地写满了汉字。这些全是签条。

  日常 暂待时机
  恋爱 如风吹柳
  迁居 宜择吉日

这些都不重要，我也从没当过真。我不去看纸上写的大吉、中吉、末吉、吉，我想看的只有一个……

小学六年级时，不知道谁传出我爸犯罪的消息，同学们都不理我。没人知道爸爸到底做了什么，可我却被大家叫作小偷的孩子。我独自回家时,发现了一座自己六年中都没注意过的神社。神社像被人遗忘了似的破破烂烂,却有一个小小的自动抽签机。大概是重新在生锈的地方上过漆吧,机器被涂成刺眼的红色,说实话我并不想去碰它。可我还是不由自主地走了过去,摸出用来吃晚饭的一百日元硬币扔进了投币口。我用指尖扳了一下积满灰尘的把手,只听重重的一声响,掉下了一张又轻又小的签条。签条被糨糊封得很牢,我刚剪过手指甲,费了半天劲才把它打开。

打开一看签上写着"大吉"二字,我自己都没想到会那样冷漠地看着它。可当我看见纸上还有"你等的人会来"几个字,便立刻把它抱在了怀里。等的人一定会来,签条上这么写的。我相信它,便高高兴兴地回了家。

我等的人,爸爸。我觉得他一定会回来。

应该回来的,签条上明明白白地写着。

可那天爸爸没有回来,我觉得可能是哪里搞错了,第二天又去抽了一张,这次不是大吉,可纸上仍然写着"你等的人会来"。我抽了好几次、好几十次,这一句话始终都在。好几十次纸上都写着"你等的人会来",好几十张签条,我把它们抹得平平的,扔掉原先装在糖果盒里的珠子、玻璃弹子和头绳,好好地把它放在盒子里珍藏着。可它一直都在骗我。哪怕我告诫自己这些签条不过就是印着字的纸，我还是没有把这些写着"你等的人会来"的纸条扔掉。我一直心怀希望，说不定有一天这些堆成山的签条会帮我实现愿望，说不定爸爸会回来，我们还会和以前一样生活。

傻瓜。

我真是太傻了。

我怎么会觉得这些东西，这些破纸，能给我哪怕一点点的希望呢？

"骗子。"我叫道。

我把手伸进糖果盒，抓起里面的"大吉""中吉""小吉"各种签条，撕碎。都是一些破纸，全放在一起也没有分量。撕碎，全撕碎。

都是垃圾。我饿着肚子，拿出那么多吃晚饭用的一百日元硬币去抽签。我那么期待，就是被骗了那么多次，都还愿意相信纸上写的那几个字。我把它们当成宝贝，可它们全是垃圾。瞧，这么简单就能撕得粉碎。

我不停地叫着，虽然我并不想这样，却一直重复着毫无意义的尖叫。不停地撕着那几十张纸。一直到再也撕不碎了，就把榻榻米上的碎纸捏在手里，用力捏，捏到指甲发白，嵌进手掌里。我的手在抖，胳膊在抖，我敲打着榻榻米。都是中学生了，却还把希望寄托在这些废纸上，我真是太傻太傻了。我讨厌这样的自己,一边叫,一边上下挥动着拳头。

因为自己一直在哭在叫,等我发现有手搁在我肩膀上时,已经是后来的事了。我回过头去,看到一张又是鼻涕又是眼泪的脸。

"遥遥,你别这样啊遥遥。"声音依然惨兮兮的。似乎这声音从一开始就一直在我耳边,一直叫我不要这样。

我的手有点痛,一旦有知觉,这种痛就变得无法忍受。我看了看自己的手,紧握的手心已经发黑发青。我甩掉搁在我肩上的手,我还穿着校服,我不想让那双沾着鼻涕的手弄脏我明天还要穿的校服。

"干吗啦,叫你不要进来的。"

小悟张狂地反驳:"明明是遥遥你先哭的。"

"谁哭了?"

"遥遥。"

"我没哭。"

"你哭了。傻瓜遥遥。"

小悟看错了。我试着张开捏着废纸的手,可张不开。手不痛,麻了。亏得小悟在边上跟我胡闹,我悄悄地把手背到了身后。

胸好闷,虽然我没有哭,却太过激动。我大口地吸着气,气堵在胸口好难受。

小悟抽抽搭搭地问:"遥遥不哭了?"

"我本来就没哭。"

我猜到他又会乱嚷嚷,如果这会儿手能动,我就捂住耳朵了。可小悟并没有叫,他努力闭上嘴,嘴角动了两下,大概心情平复了,可恶地笑了笑。"太好了。"小悟终于挤出这么一句,为了掩饰他那张哭得脏兮兮的脸,不停地做着深呼吸。

这会儿工夫,紧张的肌肉开始放松,如果小悟不在,我就能用嘴把手指一根一根掰开。我觉出废纸正从我逐渐松开的指间掉下。

小悟在看那个空的糖果盒。东西是我骗来的,就算再不在乎小悟,也有点尴尬。如果他说"这是我的",那我该怎么办?

过了一会儿,呼吸平稳了的小悟不高兴地噘起嘴,撒娇地说:"遥遥,我肚子饿。"小悟真会说话。我看了一下钟,已经八点了。我的肚子也饿了。

我口袋里有一千日元吃晚饭的钱,外面天一定已经黑了。

"去吃饭。"

"啊?"

"我们去吃饭。"

"已经天黑了啊。妈妈也去?"

真希望他不要老让我重复同样的话,我瞪着小悟又说了一遍:"去吃饭。你不去?"

于是小悟露出我从没见过的笑脸,问了好几遍:

"真的吗？可以去？"他像把刚才哭过的事全都忘了一样，开心起来。他身上还穿着短袖和短裤，这身打扮在家里不要紧，四月的夜晚屋外还是挺凉的。

"快去换长袖，再磨蹭就不带你去了。"

"哦。"小悟心急地点了点头，出去了。我刚缓了口气，他又探头进来说："遥遥，你去洗个脸比较好。"他这话叫我生气，倒也不失为一个好建议。

夜色清明，白天低垂的乌云此时已经散去。月亮很圆，月光灿灿，周围看不见一颗星星。街灯的亮处引来一只飞蛾，蛾子很大。小悟看见飞蛾就往车道上闪了闪。屋外有风，因为肚子饿，所以感觉有点冷。如果吃些东西暖和一下，这风吹在身上就爽快了。月明风凉。我并不关心天气的好坏，可今晚依然是个宁静的夜晚。

我的手好痛，手指还不能完全伸直。我把两只手都插在连帽衫的口袋里。跟刚才比起来疼痛已经减轻了不少，看来骨头并没有伤到。如果是之前住的公寓，地板是木头的，那我的手大概早就骨折了。榻榻米救了我。

我没有多想，却很自然地走在了去学校的路上。这条路我很熟悉，只是它通往中学，不可能给我们提供晚饭，我正不知怎么办才好，小悟问了一句："喂，我们吃什么？"

"嗯,你想吃什么?"

小悟怪叫起来:"你还没想好?那你干吗走这条路?"

"因为没走那条啊。"我放了个烟幕弹,小悟立刻不解地闭上了嘴。反正镇中心也在这边,走这条路并没大错。

不但手痛,事实上我的喉咙也很痛。刚才叫得太厉害了。再哭再叫都无计可施的事,现在就更没法解决了。就算金钱方面得等我找到打工的地方以后再考虑,那三年后呢?我想着想着,突然觉察到自己现在其实并没逞强,可怎么就能这样干脆地考虑起将来呢?难道我一直是这么容易自我修复的女生?

"遥遥,你在笑。"

"是吗?没笑啊。"

"傻瓜遥遥,明明哭了也说没哭,明明笑了还说没笑。"

如果我的手不疼,真想朝小悟的后脑勺来一巴掌,现在就只能用胳膊肘捅捅他了。

大概我已经想通了。爸爸其实并没有多么了不起,他不像他自己说的,也不像他要求别人做的那样好。我爱爸爸,现在依然希望他回来。可一旦在心里告诫自己"这也是没办法的事",便终究可以想到他有可能会抛下我走掉。

而我至今为止一直怀抱希望，不过就是那一堆废纸在作怪。我以为"神都这么说了，那他就一定会回来"，若不是这样，我一定早就不奢望了。

世上并没有神，可我以前硬是愿意相信。

我们沿着堤坝路走到了铁桥附近。接下来再怎么走？我真想把一切都忘了，就这样去一个没人知道的地方。可要这么做，目前还必须解决三个问题。第一，我手里只有一千日元。第二，小悟在身边。第三，我现在肚子特别饿。

"喂，你想好了吗？"我决心不再独自思考，便去问小悟。

"啊？"

"啊什么啊，我问你决定要吃什么了吗？"

"可以由我决定吗？"他这么一说，我突然又觉得有些不妥。为什么我的晚饭要由他来决定？我正准备说还是我自己来决定，小悟已经夺取了主动权。平时他连笑都叫人感觉不爽，今晚却丝毫不扭捏，满脸笑容地大声叫道："拉面。"

"啊？"

"我要吃拉面。"小悟一脸女人相，还把食指竖起来左右摇晃。这是装的什么蒜？我刚想骂他却先被他的傻样子逗笑了。

"夜晚的拉面好浪漫吧。"

"你哪里学的这些台词？"

"电视啊。"小悟并没有装腔作势,很快就坦白了。一派天真。

现在想来,小悟晚上还从没出过门,他整晚都在看电视。虽然我都在自己屋里待着,不知道他看了些什么。

"那我问你,能去吃拉面吗?你不是有电视要看吗?"

小悟好像很鄙视我似的说:"没关系啊。"

"你不是天天都要看电视的吗?"

"无聊嘛,随便看看,反正没事干。"

我在口袋里活动了一下手指,已经有知觉了。我把右手从口袋里拿出来,在小悟头上打了两下。手还有点痛,所以没用多大力。

"好痛。"

"那就学习,你本来就笨。"

我以为他会大声反驳,没想到他竟没有。小悟搔了搔头,小大人似的说:"那遥遥,你教我?"

"什么?"

"学习啊。"

"为什么要我教?你自己学。"

话音刚落他就低下头,把并没那么痛的头摸了又摸,嘟嘟囔囔地说:"你傻,你不会教,傻瓜遥遥。"

我们来到铁桥上,我正在想哪里有拉面店呢,突然就想起来了。没错,我去图书馆时遇到过一家。是连锁店,环境还不错。我们两个小孩进去,打工的店员应该不会二话不说就把我们赶出来的。况且那家店还很便宜,两个人一千日元应该没问题。

"去生驹屋。"

"啊?"小悟像听到了什么天大的喜讯似的,十分怀疑地皱起了眉头,接着又慢慢展开笑脸:"生驹屋?拉面?"

"嗯。"

"生驹屋不是在我们以前住的地方吗?"

"傻瓜,是连锁店啦,这种店到处都有。"

小悟跳了起来:"太好了。"

跟兴奋过头的小孩站在一起叫我难为情,我先走了一步。现在大概八点半了,再晚的话恐怕会碰到巡警。我走上铁桥准备往镇中心去,小悟立刻并排跟我走到了一起。

"我跟你说哦,我很聪明的。"

"骗人。"

现在想来我好像从没说过这些事,小悟并不知道我的成绩,我自己也不想说。爸爸走后,我更不愿在妈妈面前提成绩的事。

"真的。像你这个年级的时候,我考试都是满分。"

"骗人。"

"成绩太好了会遭同学嫉恨,我费了不少事,可还是第一个就被选上当班长了,成绩好真的很辛苦。"

小悟好像尝到苦味似的表情很难过。我觉得痛快。

过桥的汽车不多,可只要有一辆小型车经过,脚底就会感到一阵轻微的颤动。从河上吹来的风有些凉,我不是因为手痛而是因为冷,又把手插进了口袋里。

小悟一直走到桥的中段都没有开口,我以为他是在害怕桥的晃动,其实不是。突然他叫了我一声,低着头说:"你讨厌傻瓜?"

我从没考虑过这个问题。嗯,是啊,被这么直接地一问,倒好像也没有那么讨厌。

"至少……"我小心翼翼地回答,"光成绩不好的话,我并不讨厌。"小学跟我最要好的朋友,就算往好了说也不是成绩优异的学生,可我根本没在乎过她的成绩,不知道她现在怎么样了。即使在接二连三被人叫作小偷女儿的那种尴尬局面下,她也一直在我身边鼓励着我。尽管最后她还是败给了班里的舆论,很抱歉地跟我分开了。

"是吗?"我听见小悟喃喃地说。

桥对面过来一辆自行车,我看见车灯了。我跟小悟并排走在路上,为了不妨碍别人通行,我便默默地走到了小悟的前面。骑自行车的是一个胖男人。如今有孩子晚上走路已经不新鲜，可他还真瞧了我们好几眼，像要骂我们"岂有此理"似的。跟我们擦肩而过时，我听见那人扔下一句："这些孩子。"他是想说这些孩子真够呛吧。之后我就闻到了他身上的酒味。

我有点不爽，不愿再沉默了，就随便问了一句："那小悟想吃哪种拉面？"

小悟故意把双手抱在胸前，歪着脑袋想了想："嗯……普通的。"

"有很多种呢。酱油的、味增的，我也不太清楚。"

"我想吃有鱼肉卷的。"

"鱼肉卷就是鱼糕那种的？你喜欢吃那个？"

"也不算特别喜欢。"不知怎么小悟突然不说了，好像鱼肉卷有深远的意味似的。他一定又在想些傻事，我根本没有在意。

过了一会儿，小悟小声说："以前吃的那种就好。"

"以前？"

他轻轻点了点头，一句一句说了出来："以前在生驹屋吃的。晚上跟妈妈还有遥遥。"

是啊，趁不喜欢外出吃饭的爸爸出差去的那次，我们偷偷去的那次。

"那边香烟味好大,好吵。妈妈去拿了个小盘子,她把面给我放在小盘子里。可我不要就那么一点,我要鱼肉卷,还有……"小悟望着我笑得很奇怪,"我忘了。等我吃了拉面再想。"大概我也有相同的经历。爸爸格外严厉,可他好像也有给孩提时的我分过一些吃的。不过我已经忘了。小悟记得真清楚,可能是因为他还处在幼儿期吧。我"哼"了一声。

我在铁桥上吹着夜风,突然感觉自己知道不少事。

镇子上的事、妈妈的、小悟的。高速公路招商的广告牌、崭新的庚申堂、"水野报告"、玉菜姬。没有壁橱的房间、《常井民话考》。跳蚤市场、在小摊子上吃的午饭、文化会馆、"找茬的"。报桥、三浦老师的前辈、三浦老师的车祸、独角仙形状的广告牌、商店街的广告纸。离婚申请。认真收集的签条。

小悟为什么会说他"见过"这个镇上所发生的各种事情?

我明白了这些事之间的联系,我自己才意识到。这一切都太显而易见,我忍不住笑了起来。可事情的真相一点都不让我觉得快活,对我也算不上好事,对小悟就更坏……

"遥遥?"大概小悟见我样子怪怪的,担心地叫了一声。

小悟。我这个什么都要反驳的、讨厌的弟弟。不,他不是我弟弟。他是"雪里的儿子",跟我没一点关系。

他太傻了,根本不知道自己的处境。我完全可以叫他一声可怜鬼,然后装着不认识他,可我还是没看他,说了一句:"我并不讨厌傻瓜。我讨厌懦弱的人,爱哭鬼。"

"遥遥你自己还……"小悟突然说不下去了,"刚才还哭了。"

"对。"我号叫起来,"我也会这样。可这也哭那也哭,叫人看到就完了。如果让人家觉得你好欺负,那就惨了。所以想哭的时候我不是也装着无动于衷,掐着大腿强忍着吗?而你总是动不动就哭鼻子,一点努力都不做。你坚强一点吧,装出了不起的样子,逞点强吧。你不是男子汉吗?"

"可……"小悟支支吾吾地找着借口,"我害怕啊。遥遥你不懂。"

"我怎么不懂?"

"遥遥你很坚强啊。"

"你傻啊,怎么听话的?"我忘了自己喉咙痛,大叫起来,"就是因为不坚强才要假装坚强嘛。"我看见小悟弓着背，身子小了一圈。这算什么姿势。我把左手放到小悟腰上，右手托住他的下巴。"站直了。"我硬把他的身子掰直，这时我发现小悟其实并不矮，我还以为他很小。小得像一不留神就会踩到一样。

我把他的脸掰向我这边，现在我还是比他高。我正视着小悟那双眼泪汪汪的眼睛："你听着，好好听着，要记住。要哭就在一个人的时候哭，如果做不到，你就长不大。"

从前一有事就立刻反驳的小悟，这时不同寻常。他紧紧地抿着嘴，屏住呼吸，瞪着我，尽管仍一副弱弱的模样，可眼泪却没有掉下来，仅此一点也该表扬他。

"知道吗？"我问，他苦涩地点了点头："知道。"

"好。"我放开手，"好了，那我们去吃拉面。"话音刚落，我的肚子就咕咕叫起来。真是太不巧了。

第九章

1

第二天早晨,我在洗脸台前面花的时间是平时的两倍。

我自觉昨晚睡得不错,一照镜子吓了一跳——双眼通红,眼睛下方还有了黑眼圈,脸似乎也瘦了。脸色虽难看,但能看着瘦一点也不错。就算学校是大家互挖弱点的地方,仅脸上有点变化还不至于被看穿。不过,还是把脸好好洗一下吧。

早饭跟往常一样已经准备好了,米饭、味增汤和鸡蛋卷,还有牛蒡炒胡萝卜,极普通的家常早饭。妈妈最早今天就会去把离婚申请提交给市政府。我坦然地吃了早饭,妈妈见了,咕哝了一句:"这下放心了。"我可不适合上演"心情糟到不吃饭"的剧情,必须给即将到来的打工生活提供体力保证。

我跟小悟一起出门,因为必须陪胆小的小悟一起过报桥,可我发现这么做很愚蠢。

"你一个人能去学校了吧?"我说,心想要是他耍赖我就不理他了,没想到小悟很干脆地点了点头,说了声:"嗯。"

不管我在家里的地位有什么变化，妈妈和小悟的姓氏有什么变化，这些都跟学校无关。所幸我身边还没有能谈论各自家事的好朋友。我拍了拍脸颊，向学校走去。我跟平时一样，依然随大流，依然用笑容解决问题。我还是我，什么都没变。我心里想。

班里一大早就有点怪异。到了午休时，我明显感到气氛不同于往常。自己在班级里虽有一定的活动范围，可仍没有巩固的地位。要想打入各个以毕业小学为核心的小团体里，尚需一段时日。可以说我现在跟班里同学的关系都靠在原琳花一人维系。同一组的小竹和栗田，我目前还没有跟她们建立更深的友情。

我知道自己在班级的位置不够稳定。倘若作为外来者的我遭了白眼，手里恐怕还没有能翻身的好牌。这些我都知道，可大家都没看我。起初我还以为这不过是偶然，后来才渐渐意识到并非如此。昨天还在离我三张桌子远的地方聚集的小团体，现在都跑到了教室的角落里。小竹的座位在我斜对面，可她一早就把书包往桌子上一放，不知所踪了。此外一下课，她就急着离开座位。

最终让我确定自己并没有猜错的是栗田的行为。栗田在班里属于比较老实的那一群，最靠近等级关系的下层。因此我平时不太接近她，她应该也知道我在跟她保持距离。可今天我们偶尔有一秒钟对视了一眼，她看我的眼神里带着同情。我飞快地在笔记本上写下"最糟的一天"。我被大家孤立了。

这事是从今天上学时才开始的吗？还是昨天就已经发生了？我不知道谁是罪魁祸首，班级里还看不出谁最有煽动性。

我猜到他们为什么孤立我了。是因为三浦老师。

老师的车祸——老师自称是他自己造成的，这让班里有了取乐的对象。大家都盼着有些特别的经历，倘若班里的老师因为车祸去世，大家伙该多么兴奋啊。可老师只是受了重伤，并不危及生命。虽然大家嘴上都不说，一定还是有人失望的。

班里的这股风气我已经觉察到了。只是我的判断有误。我不应该一个人去看望三浦老师。我想原因一定出在这里。

初中的三年才刚开始，如果三年里一直这样，那终有一天矛盾会升级。我必须趁早解决这个问题，可今天实在太不巧了，琳花没来上学。

真倒霉。我恨恨地看着琳花的空座位，四处寻找突破口，可没人给我上前搭话的机会。我没想到班里这么快就会团结在一起。琳花不在我就找不到顺藤爬的由头，结果我一整天都没跟人说话，直到学校放学。

放学并不等于一天的结束。我竟然迟迟没发现，自己写下的"最糟的一天"这几个字其实就是现实。我本该早点想到的。我到家时是四点半,小悟还没回来。妈妈回来时是五点半,她两只手提着购物袋,一看到我就赶紧说:"我还没去交。"

六点半的时候晚饭做好了,妈妈柔声对我说:"遥遥,要吃饭了,你去把小悟叫来。"我当时一定脸色煞白。真是最糟的一天。小悟竟还没有回来。

2

为什么我没注意到小悟竟然没有回来?

我一回家就一直在呆呆地思考着"明天开始要怎么办",一定是因为这个。因为我始终只在考虑自己的事。那小子平时经常在路上乱转,却从没有忘记回来吃晚饭。而且他总是很早就到客厅的电视机前坐着,如果没什么特别想看的,就一直盯着新闻看到开饭。可他也总有长大的一天,总有贪图属于自己的时间而耽误了回家吃饭的一天。难道这一天就是今天?

"我出去找他。"我说。妈妈却婉转地制止了:"别急,遥遥,可能他跟朋友去玩了吧。"

"可……"

"别担心,没事的。"妈妈怎么一点都不急?

我鼓起勇气看了妈妈一眼,她的脸白得叫人吃惊。她自己这副模样，却还叫我别急。妈妈一定是在自我安慰吧。想明白了这一点，我就微微点了点头上了二楼。

我屋里没有开灯。矮桌上放着三浦老师给的纸条。如果光线很亮我就不会去注意它，写着那么多叫人讨厌的东西，我可不想看。我背对着桌子抱膝坐下。身子一动不动。箭翎纹样的窗帘开了一道缝。我到家时看到晚霞，现在从窗帘缝隙看出去，外边天色已经暗蓝，马上就要全黑了。

我昨晚叫小悟"不许哭"。其实应该跟他说"小心点"。这个镇子会发生什么，跟小悟有什么关系，我其实都已经觉察到了。可我却一句警告都没给他。我怎么这么大意？我明明知道他那么傻，什么都不懂。

就这样，大概过了一个小时，也许实际上时间更短一点。我没看钟所以不能确定。突然我听见楼梯上发出的嘎吱声。这声音肯定不是小悟发出的，他上楼的脚步更轻。现在上楼来的是个大人，不一会儿拉门开了，果然是妈妈，而且她跟我预想的一模一样，说："开灯嘛。"

"嗯。"

"怎么了？遥遥。不吃饭，跟小悟吵架了？"

对啊，妈妈自然会这么想。小悟没回来是因为跟我吵架了。我摇了摇头。"没，只是不想吃。"我说着，在心里希望妈妈能做出些我预想不到的事。可妈妈还是跟往常一样温柔："哦。那要是想吃了就下来吧。"

"嗯。"

"做饭团比较容易吃吗？我做一些？"

"不用，现在不用。我一会儿下去吃。"我看着妈妈说，"对不起，我任性了。"妈妈愣了一下，随后笑了："没事。我知道你在担心他，没事的。"

"几点……"

我觉得如果打定主意小悟几点不回来就去报警的话，心里会比较好受些。一颗心老悬着，不知道要等到什么时候再行动才更难受。但是我把想说的话咽了回去。因为妈妈就算等到凌晨，也不会去报警的。

"怎么了？"

"嗯，没什么。"

"哦，那你开个灯吧。眼睛会坏。"妈妈关上门，又像想起什么似的加了一句，"我还是到周围去找找，遥遥就在家里好了，他如果回来家里没人就太可怜了。"

我点了点头，然后听见楼梯的嘎吱声渐渐远去。过了一会又传来关玄关门的声音。

我松开了抱着膝盖的双手，慢慢地站了起来。

妈妈很温柔，跟往常一样。

这有点不对劲。

外面已经全黑了,没有窗的楼梯上连月光都照不到。走廊上一片漆黑,周围一点声响也没有。以前也发生过家里没人的情况吗?我记不清了。不过我还很小的时候,家里似乎有过这么一次。我半夜醒来,从被子里爬出来。家里跟现在一样黑,我找了半天也没看到一个人。我打开窗,朝外面看了看,爸爸妈妈把我撇下,不知去了哪里。一定再也见不到他们了。我拼命忍着不让自己哭出声,站在窗边抽泣。

对了,后来回到家的爸爸妈妈还带了手信回来。是烤鸡串。烤鸡串全都凉了,一层白色的油脂粘在蘸料上。爸爸不喜欢在外面吃饭,却喜欢在外面喝酒。爸爸还教训了我一顿:"怎么这个时间还不睡?"真不可思议。这么久以前的事,我以前从没想到过,今天却因为"晚上家里没人"而一点一点都从心底爬出来了。

客厅的拉门开了一道小缝,我向厨房走去。妈妈给我们准备的晚饭,因为放得太久,都不香了。厨房的桌上,碗碟上罩着防尘的保鲜膜,一个一个摆在那里。黑暗中电饭锅的保温按钮还发着亮光。窗外的街灯照进厨房,借着光亮我盛了一碗饭。饭勺碰到了锅底,锅里就只有一碗饭的量了。想着待会儿得洗锅,我往锅里放了点水。

今天的晚饭是红烧鲽鱼。妈妈做红烧鱼总喜欢放很多生姜,我开始怎么也吃不惯,现在已经没事了。小碗里放着牛蒡炒胡萝卜丝,跟早上吃的一样。这个不是妈妈做的,是买的超市里的熟菜。

我把自己这份晚饭摆在托盘里,小心着不让红烧鱼的汁洒出来,慢慢地从黑暗的走廊走到客厅。眼睛适应了以后,客厅看上去也没那么暗了。我把晚饭放在桌上,取下保鲜膜,默默地吃了起来。

我没什么胃口,但我必须得吃点东西。今晚一定会是一个漫长的夜晚。

我用筷子把鲽鱼肉挑出来,放在饭上,送进嘴里。红烧鱼已经凉了,还留着些许余温。这种半温不温的口感最恶心,不过放在热饭上一起吃倒正好。今晚的红烧鱼,到底生姜还是放多了,跟妈妈平时做的口味一样。

妈妈一向对我很好。可今天妈妈不应该这样。小悟没有回来,我把自己关在二楼的屋里。妈妈问我:"跟小悟吵架了?"到这个阶段事情发展得都很自然。可后来,妈妈错了。

如果小悟是昨天没有回家,那我大概就无法理解妈妈所做的一切了。按理说,妈妈在这种情况下还对我这么好,反而会让我觉得生疏。可现在不一样了。

我把收拾碗筷的事放在一边，先去打了个电话。铃声响了五遍以后，我听到电话那头传来冷冷的一句："我现在不在家。"这在我的意料之中。"请在嘟音后留言。"这种时候舌头千万别打结呀，我小心翼翼地说："我把你要找的东西拿过去。跟你换。"我还没约定时间。看了一下钟，现在是九点，我觉得给我两个小时事情就能办妥。"今晚十一点，在庚申堂等我。"

3

夜深后天气变冷，我挑了一件薄的长袖衣换上。家里有两件薄的长袖衣，一件是白色的，上面绣着小花。还有一件是灰色的，没有任何装饰，只能当家居服了。我从没穿过这件灰衣服出门，不过今晚不同，我穿了灰色的。下身我换了条棉布裤子，不带钱包了。但为了以防万一，我在后边的裤袋里放了一枚五百日元的硬币，又在左边口袋里放了一枚一百日元硬币。

突然我看到自己脚上穿的是白袜子，其实这也没什么，可一想到兴许会出意外，便觉得还是换一双为好。我没有黑袜子，倒是有藏青色的。我换掉袜子，稍稍休息了一下。如果一切顺利的话，这些准备就都用不到。我宁愿会是这样,可今晚情况特殊,我不得不考虑周全一些。

几分钟后,我骑上自行车。屋外月亮很亮,我感觉自己似乎比白天还显眼。我一口气骑过铁桥,往镇子的中心赶,就是旧时被称作常井村的地方。我得抓紧时间,不过也不用太急。虽然发生车祸的可能性很小,但要是被警察拦下来就麻烦了。

我对镇子已经相当熟悉了,哪怕夜晚街道跟白天不太一样,我也不会迷路。我从家里出来,大约过了十分钟,就到了常井商店街。月色中,商铺全都上了卷帘门。不知是偶然,还是有什么其他原因,路上一个人也没有。我凭着记忆转过一个弯。觉得自己就像做了一场噩梦。自从搬来镇上,我就一直觉得这地方有点不对劲,却从没想过它竟这么可怕。看来我得认真对待三浦老师给我的忠告了。

小山丘顶上就是庚申堂。我在坡道上走到一半,停了下来。"就是这儿。"我被自己的说话声吓了一跳。

有着水泥围墙的房子,两层楼,屋顶原是蓝色的,可在月光的照射下看上去像深蓝色。房子周围种了很多茶花,我看不清屋内的情形。大门口贴着"森元"的铭牌。

我深吸一口气。没看到水泥围墙上有电铃。踏脚石从狭长的院子一直延伸到玄关。门上装着一盏大灯，只是现在没开。既然事已至此我便不能再犹豫了。我敲了敲森元家的门。两下、三下。

不知是大门的材质原因，还是我的心理作用，脆脆的敲门声很响，至少能传出一百米。我咬着嘴唇等着。没有人来开门。我又敲了一下，这次动作轻了些。

几分钟后，我叹了口气："真糟糕。"今天晚上森元家没人。本来想见面好好谈一下，把问题解决的。可家里没人，我也很无奈。现在还不能放弃，这个情况我也考虑到了。正因如此，我才穿了一件在夜晚不那么显眼的灰色长袖衣和藏青袜子。为了以防万一，我转头看了看，确定水泥围墙和茶树的篱笆中间别人看不见，然后就沿着森元家的外墙走了过去。

阳台的窗子正对着客厅，我轻轻伸出手，窗子打不开。通往厨房有扇小门，外面的煤气表数字一动也不动。我去拉门把手，这里也打不开。于是，我在有点臭味的换气扇下面停住。如果是浴室的换气扇还好点，但从这臭味判断，大概这是厕所的换气扇。窗户很高，我踮起脚，用手指指甲扣在窗框上。"啊！"我不禁叫出了声。说不清是安心还是紧张。果然还是这样啊。森元家厕所的窗户大概才上过油，很轻松地就被我打开了。

我用手扒住窗框，照着引体向上的诀窍，把身体攀了上去。尽管窗户不大,我用了点力就把头和肩膀钻了进去。

大概最后一个用厕所的是个男人,马桶盖跟马桶座都翻了上去。要是头朝下掉下去就糟了,我扭动身体抓住马桶盖,慢慢地溜了下去。手指一滑,塑料的马桶盖敲在了陶瓷马桶上,发出一声巨响,如果是在自己家,我一定会被声音惊得跑来看个究竟。

不要紧,邻居住得很远,而且邻居也不会因为别人家马桶盖倒了就特意跑来张望。只要森元家的人不回来就没事。我想深吸一口气,可隐隐的尿骚味叫我放弃了这个念头。我把手放在关上的马桶盖上,小心地让剩下的半个身子钻了进来。

地上铺着马赛克瓷砖,还放着脚垫和拖鞋。我在从没用过的肌肉上使劲,把身体卷起来,脱下鞋,让自己落在拖鞋上。一出厕所就赶紧深吸了一口气。

我自己也能觉出自己有些得意,喃喃道:"现在我也是个名副其实的罪犯了。"我不是很清楚法律条款,嗯,是算非法侵犯住宅罪吗?不管罪名如何,倘若现在警察进来,那肯定逃不掉。或者挨顿教育就放了?无论如何,人家一定会把我跟爸爸联系起来:"啊,到底是父女啊。"仔细想想,这样倒也不坏。我想着,心里轻松了许多。

那我就开始吧。

陌生的房子里没有灯光。我就是知道有开关也不会傻到要去开灯。现在想想应该带个手电筒来的，可我家里其实并没有。

我决定实施第一步计划。我沿着外墙走时感觉到方向没错，这里通向厨房。走廊里贴着护墙板。即使光线这么暗，也能看见木板上的光泽，可见森元家打扫得很干净。

我猜对了，很快我就到了厨房。屋里摆着大餐桌，锅碗在月光下闪闪发亮，面积是我以前住过的公寓和现在住的雪里家的两倍。这不能算厨房，得叫带厨房的餐厅。我以前有听说过，今天第一次见识了。从屋里散发出的气味让我准确地猜出了今晚森元家吃了些什么，不会错，是咖喱。

比我个子还高的冰箱旁，有一个很小的铝门，是小门。我打开门锁，把鞋子放在那儿。能从进来的地方原路返回最好，万一遇到意外就走这条路。森元大概抽烟吧，餐桌上放着烟灰缸和打火机。

"这就是一百日元一个的打火机吧。"我自言自语道。我需要亮光，便毫不犹豫地拿起了打火机，这举动叫我自己都吃了一惊。想着东西只值一百日元，就随手拿过来，我也算老资格的无赖了。带厨房的餐厅里有个壁钟，应该没人会在黑灯瞎火的时候进厨房，可时针却淡淡地发着荧光。幸亏这点荧光，我看清了时间。零点。

已经这么晚了？

"不会吧？应该还不到一个小时啊。"我自言自语道。钟大概快了。没事，我还有时间。我走出了带厨房的餐厅。

这所房子应该被搜查过，不过他们没找到想要的。如果这里都没有的话，就只有一个地方了。

要把整幢房子找一遍，太费时间。我很害怕。万一我上二楼时森元回来了那就万事休矣。我得定个目标。

我在走廊上走着，地板没有响声，按理说这才正常。我想着就来到了玄关。在玄关边我看到了要找的东西："在这里，楼梯。"楼梯上没有平台，直接通往二楼。我现在住的家楼梯很陡，这家的楼梯也大同小异。楼梯窄窄的，没有扶手，有点危险。儿童卧室不会在二楼。"那是在一楼吗？"静静的屋里我听见自己的说话声。本想着不出声的，一没忍住就说了出来，大概我怕太安静吧。

尽管我知道地板不会发出响声，也尽量蹑手蹑脚。离我最近的房间装着玻璃门，这是客厅。屋里放着白色的桌子、大大的电视机，光线太暗看不清楚，应该还有张红色的沙发。客厅看着很舒适。我没有进去，因为我要找的不是这间。

这幢房子并不大，一楼的房间我已经看过厕所、餐厅和客厅了。浴室大概也在一楼，那剩下的房间就只有一个，最多两个。

我从玄关回到走廊的深处，在厕所和厨房旁边有个直角的拐弯，我拐了过去。有一扇门，门把手是金色的，在黑暗中很显眼。门边是画着松树的拉门，门不大，拉门有两扇。"这间。"我选了拉门这间。尽管刚才怎么敲门家里都没有人应答，我还是轻轻地拉开了拉门，尽量不发出声音。

灰尘的味道一下子钻进了我的鼻子，直觉告诉我，森元家已经很久没使用过这个房间了。我进了屋，袜子上好像沾了灰尘。我把手放在拉门上，正犹豫该不该拉上。拉起来的话万一遇到意外，可以多争取点时间。还是不关了。我现在没勇气一个人待在房门紧锁的屋里。

房间有六张榻榻米大。正面的纸窗上，有月光照射进来。眼睛已经适应了这一切。右手边有个竖着的两开门，上面贴着白纸，门把手上装饰着缨子。我立刻明白了这是个佛龛。这么说这是一间佛堂。尽管让一个三岁的孩子住在佛堂里有些奇怪，但仔细想想，我现在的问题不是要找儿童房，而是那样东西藏在了哪里。选择佛堂作为藏东西的地方，倒未必行不通。只是我不知道妈妈以前是不是也把这里当佛堂在用呢？

左手边是一排壁橱，我吞了下口水。

"是这儿吧？"前几天小悟就是把语文试卷藏在

壁橱里的。我记得他考了六十五分，成绩不好，但也不算特别差。那小子不是把东西藏在壁橱里，他是撕破了壁橱的拉门贴纸，把考卷塞进了破洞里。为了找到考卷，我必须钻进壁橱，然后再检查一下拉门的背后。虽然那里算不上藏东西的最佳位置，但对小悟来说就是很明智的选择了。

那次小悟说过，他以前也用同样的方法藏过东西。可我们搬家之前一直住的是公寓的洋房，每个屋里都是有衣橱的。家里并没有带拉门的壁橱。这么说他是把东西藏在别处的壁橱里了？

爸爸和妈妈结婚前，小悟就已经出生了。那么他当时住在哪里？我觉得他以前的家里一定有壁橱。从没想过我还会因此溜进这家人的家里来。我把手放在了拉门的门把上。

好害怕。我松开手。我都猜对了吗？没有哪里出错吧？就算事情都跟我猜测的一样，就没有人在这五年中把东西取走吗？谁能保证这个拉门五年里没有换过呢？只要有一处不对劲，我就拿不到我想要的东西，这么一来我就没有东西可以去换小悟了。一旦他没了用，会不会也被人扔下报桥呢？小悟会不会游泳啊？我连这些都不知道。

我摇了摇头。现在再想这些已经来不及了。即使这里没有，二楼也可能有壁橱。无论如何得抓紧了。我把收回的手又伸了出去。

就在这时。

我的嘴被一阵旁若无人的声响堵住了,是一个女人的说笑声,紧接着一句"我回来了"。森元家的人回来了。还有男人的声音:"啊,累死了。""什么嘛,不是很开心嘛。""是啊,可我想先洗个澡。""好,好,我马上去烧水。"说话声很激动,很响亮,似乎这世上没有愁苦,全是愉悦。我不知道他们去做了些什么,可既然这么开心,干吗不玩个通宵?心中的怨愤让我停下了手上的动作。走廊里的灯亮了,我被这一瞬的亮光刺得闭上了眼睛。

脚步声越来越近。我没有关拉门。现在走吗?不行。即使现在放弃,外面的脚步声也通向了餐厅。

我身子僵硬,舌尖都有些麻木了。走廊里有个成直角的弯道,他们现在应该还没有发现异常。可只要他们再往前走一步事情就败露了。我现在能做的就只有紧紧闭上双眼。

我又听见男人说:"喂,来帮个忙,要掉下去了。"笑声在继续:"你一下子拿太多了,先放下。"

"不是,你帮我这边撑一下。"

"好的,好的。"

脚步声远了。

就是现在了。我赶紧伸出手,去关拉门,动作太急的话,拉门发出响声就全完了。我怕得要命,没把门关严实。一条光线从门口的小缝里射进了六张榻榻米的房间里。

"好,这样行了吧。洗澡,洗澡。"

脚步声又返了回来。

这次我得藏起来了。能躲的地方只有一个。我打开了正要进去找东西的壁橱。壁橱分上下两层,下层堆满了被子。上层有一些毛毯,此外都空着。我起身跳进去,关上门。我躲在暗处,稍微冷静了一下,这回我慢慢地把门关严了。

"没事的。"我没出声,张了张嘴巴。

没事,没事。这间佛堂的拉门确实开着一道缝,我的鞋还留在小门那儿,打火机也没了,可这些都不要紧。我回家时,如果哪个房间开着道小缝,也不会留意的。放在矮桌上的发带没了,也只觉得是忘在哪里了。鞋子嘛,如果发现了陌生的鞋子……没关系,大半夜的谁没事会去检查小门呢。

脚步声停住了,我也顿时屏住了呼吸。

女人的声音比刚才离我近了:"你……"

没事,完全没关系。她一定是要说明天早饭吃什么?澡盆的水热不热之类的话。

"你进佛堂了?"

天啊。

我在黑乎乎的壁橱里紧紧地握住双手,立刻又觉得难为情起来。绝不要相信不存在的事物。可是,我在透不过气来的壁橱里要求谁来救我呢?

男人说:"怎么了?"

"拉门开着呢。"我听见了开门声,说话声近在咫尺,"真奇怪。"

人进来了。

对了,如果被发现我就好好跟他们解释。我首先想到这点。我本就打算到这里来跟森元见个面,然后请求他们让我进来找个东西。只是很不幸现在以这种方式跟他们碰上,一切基本上还在我的计划中。

那我现在出去?总比被人发现后再出去好吧。女人好像从壁橱前走了过去,我听到一阵滑动的声音,我立刻明白了,她在开窗。

"窗子上着锁呢。"

紧接着是开门声,是开佛龛上那扇两开门的声音。然后又是一阵翻东西的声响。

"存折在的。"声音明显放松了下来。大概森元家把存折放在佛龛里了吧。我又不需要存折。人要走了吗?不检查一下壁橱就要走了吧?

"嗯,好奇怪。"声音朝我靠近,女人正走近壁橱。等她一开门我就揍她,然后逃跑怎么样?只要不被抓住,没人会知道进来的是我。我早忘了刚才想向他们解释的事,手上加了把劲。想是这么想,身体却越缩越小。

有没有谁,不是神,也不是抛弃我的爸爸,也不是总对我微笑以至于身心疲惫的妈妈，有没有谁来救救我啊？

"哦，这么说，我倒是进去过。"我听见男人说。事情简单得让我惊诧。

"啊？你进来过？"

"嗯。"

女人没有问理由，只是好像打消了疑虑，声音清脆地说："哎呀，那把门关好嘛。"然后就是一阵拉门的开关声，脚步声远了。过了一会儿，我听见往澡盆里放水的声音。

我终于放松了紧张的身体，握紧的双手也松了开来。黑暗中我笑了，来救我的既不是神也不是爸爸妈妈，而是森元家的男主人。

哎，就这么回事啊。

我打开壁橱的门，轻轻地下到榻榻米上。真不可思议，我刚才那么困惑，现在居然这么肯定要找的东西就在壁橱里了。

浴室似乎离这个房间很近，我听着隔壁哗哗的水声，朝拉门背后看了看。背后的贴纸斜斜地破了一道。当然，事情必须这样。我把手插进去，摸到一个类似纸的东西，有点尖。破洞太小大拇指动不了，我用食指和中指把东西夹住，往上拉。

"错了。"这是个用纸折成的飞镖，应该还有别的东西藏在里面。我又把手插了进去。

这次手指碰到了一个硬硬的东西,很小。我把它拿出来放在手心里。

我不太熟悉电脑,但这个东西我认识,我看爸爸用过。

"是个U盘啊。"

手掌里微微感到一丝坚硬。我打开窗户,让月光照进屋里。塑料外壳上有一些变了形的凸起,大概是经过高温,熔化了吧。文件没事吧?算了,不管那么多了。

这就是镇子上的人找了五年的宝贝。据说价值百万。

"那个傻瓜,藏了一百万?"黑暗中我喃喃自语道。

4

我从森元家跑出来时看了一眼餐厅的壁钟,时针依然指着十二点。钟坏了,我推测不出现在距我约好的时间还有多久。为了找钟,我下了山。我知道哪里有便利店,可我讨厌灯火通明的地方,所以没上那儿去。我来到了每天都去的学校。校园里竖着一根带时钟的杆子。多亏今晚的月光,我不用爬进上了锁的校门也能看到时针。时针指着十点半。

比我想的还要早些。

庚申堂在森元家再往上去的坡顶,从学校出发步行十五分钟就能到,骑自行车的话就更快。我不想在没人的地方等得太久,就下了自行车,朝学校望了一会儿。

我常听人说夜晚的学校很恐怖。最普遍的传闻就是回学校取东西的学生遇到了鬼。可如今我眼前的中学一点都不可怕。空无一人的学校有啥可怕的?一个打火机就能轻而易举地把它烧掉。想到这里,我确信自己明天定能一身轻松地去上学。

我呆呆地看了一会儿月光下的校园,屋外起了微风。四月的夜晚啊。我从没在夜里外出这么长时间,可我依然知道今晚是个美好的夜晚。

"时间差不多了吧?"我看见时针指向了十点四十五分,就跨上自行车。是啊,我的心情就像要去见一个朋友似的,轻快地蹬着踏板。

庚申堂。

今夜月色清明,可月光被郁郁葱葱的树木遮住了,透不进来。崭新的房子里没有一丝亮光。外面没有路灯,原来夜晚这么黑。

光线虽暗我还是立刻发现前面站着一个人。对方应该早就看到我了。距离有些远,不便说话,那人朝我挥了挥手。我也挥着手往前走去。我先开了口:"对不起啊,琳花。这么晚叫你出来。"

在原琳花微微一笑:"不会啊,我家很近嘛。"

"你今天没来学校?"

"嗯。"

"你没来,弄得我好惨哦。当然还不至于被欺负啦。"

于是,琳花皱起了眉头:"啊?有这种事啊,太可恶了。我关照过大家要对你好一点的啊。"

"到底你人不在跟前,事情就没这么容易了。"

"嗯,好讨厌。"

"是啊。"我不知道她讨厌什么,还是跟着附和了一句。

于是,琳花手插在腰上问:"你这么晚叫我出来有什么事吗?电话打得好突然,吓了我一跳。"

我曾设想过好几种琳花的反应。一个是直接承认,还一个是生气发火。看来正确答案应该是她假装什么都不知道。我硬是装着像听到笑话一样笑了笑:"别开玩笑了,今天晚上不是要通宵吗?好辛苦啊。嫌晚上时间太长,就陪我一会儿吧。"

"我要通宵?我算睡觉早的呢。现在都困死了。你干吗说我今晚要通宵?"

"不是……"我话语中带着笑意,"今天不是庚申日的前一天晚上吗?"

琳花是一副什么表情呢?我很想见识一下她此

时的表情，可惜眼睛还不适应黑暗，看不清楚。

琳花温和地告诉我："遥遥你弄错了。庚申日前一天晚上要通宵守夜的是玉菜姬啊。"

"这样啊。那这么说，现在裕子在庚申堂里咯？"

她没有回答。

看来我选这个地方谈话真选对了。他们说庚申日前一天晚上玉菜姬要一个人在庚申堂守夜。现在看来裕子不会在这里。

"她不在对吗？"

"……"

"她根本就不是玉菜姬吧。我听三浦老师说了。玉菜姬在庚申日前几天就不能吃大鱼大肉了。而裕子那天还吃肉干呢。"

"现在哪还有人遵守那么多清规戒律啊。只要不被庚申讲的人看见，裕子也不会那么认真的。"

"也许吧。可老师还说，不但不吃鱼肉，还有，五服？"我并没想要套她的话，可结果还是变成这样，琳花修正了我的说法："是五荤。"

"对对，就是这个。你知道得真多。就是大蒜、韭菜、葱什么的。"

我渐渐能在黑暗中看清周围的一切了。

"可琳花你在跳蚤市场吃荞麦面的时候，叫他们别给你放葱了吧。"

"你记性真好……"琳花傻乎乎地继续说，"我不喜欢吃葱。"她一点都没想说服我,语气中带着顽皮。

"不是吧。不是这样的。琳花你是不能吃葱的。"琳花应该早就知道我想说什么了,她早就知道我发现了什么。所以我现在本不用多说的,可我实在忍不住了。我看着黑暗中琳花的眼睛,说:"琳花你才是玉菜姬。"

不料琳花却一点都不认输。我本以为她很老成。

"就因为不让人家放葱,你就把我当成玉菜姬,这真叫我为难了。就为这事?"

当然不是,我摇了摇头,我不知道琳花有没有看到我摇头。

"星期六你带我到这里来了吧。还介绍裕子给我认识。"

"她人很好,不是吗?"

"嗯,她人很好,还给我铺了坐垫。"琳花好像从这话里悟到了后边的事情,我看见她把右手放在了额头上。

"啊,那天啊。遥遥你记性真好,而且观察得很仔细。我小瞧你了。"她这么说就等于承认了,不过为了坐实,我说:"给你坐的是上座吧。"

裕子给我们铺坐垫的时候,站了起来,然后自己特意从原先的座位上走开了。她坐在了进门处靠窗的位子。琳花有点不满或者说有点为难,她坐在了壁龛前面的位子。

我爸爸曾是一个很讲礼数的人，他不但给我们定下了看电视的规矩，还教会我们很多常识性的礼仪。壁龛前面的位子就是上座。裕子特意把这个位子留给了琳花。

"我是后来才意识到，其实琳花你的地位比裕子高。要是我当时发现就好了。"

正确地说，我是在听了三浦老师说的玉菜姬庚申日前不能吃荤腥之后，才有这些推断的。从那时往上推才回想起裕子曾把上座让给了琳花的事。

琳花把手放到了脑后："我一直跟你说不要想那些事了吧，可你就是不停手。必须重新考虑下礼数了。"

"一直？不是你专门叫裕子来演戏给我看的？"

"啊，不是的。嗯，该叫她替身？"

原来如此。

"为了对付三浦老师那种人而找的替身吧？"

"是的。自从这事写进书里，有很多自称学者的人跑来镇上。我是无所谓，可庚申讲的人不喜欢。"

琳花不说"互助会"，而说"庚申讲"。她好像更习惯后者的说法。

她口中的书就是《常井民话考》吧？这么说，镇上图书馆里找不到《常井民话考》莫非也是庚申讲干的？我心里想着，却不打算追问。三浦老师才对书的去向感兴趣,我并没有。琳花用脚踢掉一块泥巴,不高兴地说:"算了,算了。那如果我是玉菜姬,我在庚申日负责干杯,那又怎么样呢?"

她又是这种语气。

"如果你是玉菜姬,那就一定跟庚申讲有联系。跟陌生的大人们谈判我恐怕很难做到,所以想跟琳花你谈谈。"

"谈判?这……"琳花双手抱胸,我看不清她脸上细微的表情,但感觉她在笑。

"你电话里也说,要交换什么的。什么意思啊?我最多只有日记能跟你交换了。"

"交换日记也不错啊。"

琳花的对策就是假装从容。我不能输在她手里,也不能被她耍了。

"你先把小悟还给我。"

"小悟啊。你弟弟。他不见了?真叫人担心。"

我不去理会她的挑衅,强忍着,冷静地说:"我不是说谈判了嘛?不会让你受损失的。你要老这样装腔作势,谈话就没法继续了。"

"你这么说,我也……好像是庚申讲的人拐走了小悟似的。他们干吗要拐他啊?"

我没有说好像,可琳花倒像一直在拖延时间。为什么她要这样?事到如今,她应该知道我不会只说一句"是啊,我搞错了"就放弃的。

难道是？我想到了一个可能。倘若我把这场谈话录了音，那就可以作为犯罪证据。镇上的大人恐怕就会被警察带走。这么一想，琳花的小心也是可以理解的。若是这样，我就只能摊牌直到她愿意跟我谈。

"那我就说了吧。"我在嘴里偷偷舔了舔舌头，"镇里人有个梦想就是想让镇里通高速公路。这个想法愚蠢又没道理。可为了实现它，庚申讲的人找了大学老师。水野老师受聘来到镇上，之后还专门写了调研材料。可水野教授死在了镇子里。他从报桥上掉下去淹死了。如果事情仅限于此，那庚申讲也就当它是件无关紧要的事处理了。可原本要到手的调研报告因为水野教授的死，变得不知去向了。水野教授死后没人知道报告的内容是什么。于是这五年来大家一直在寻找水野的报告。无论真假，总之传言说镇上还出了一百万日元的奖金。这事到底是不是真的？真找到了水野报告，庚申讲就会付钱吗？"

琳花干脆地说："会付的。我觉得他们打算付的。"

这样啊。

我在医院跟三浦老师谈话时，没有把老师举的《姥皮》的例子消化吃透。老师大概觉得他说得很通俗易懂，但我被媳妇啊、村里的财产啊、椰女神那些杂七杂八的内容搞得头昏脑涨。

江户时代的检地官、明治时期的官吏、昭和时代的公司职员,他们都给常井带来了利益,却也都掉下了报桥。三浦老师用姥皮的例子来解释个中缘由,说村里原本是准备支付报酬的,可一旦事情完结,他们又反悔了,所以最后就把那些人都弄死。

对我来说,就事论事远比举例子来得容易理解。按照庚申讲的传统,谁找到了水野报告,把它交出去,幸运一点就是说声谢谢,把人打发走。否则恐怕也得浮尸佐井川了。我虽然会游泳,却不想在夜晚的河里游。我耸了耸肩膀,继续说:"同样在五年前,这座庚申堂发生过火灾吧。五年前的玉菜姬常盘樱在火灾中丢了性命。真可怜。"

庚申堂看上去很新,显然是最近重新建造的。琳花并没有隐瞒这场火灾。我原以为她会否定我说常盘樱是玉菜姬这件事,可她承认了:"是的。"

"只是,我有一个疑问。"琳花没有说话,我感觉她已经被我的话吸引了。现在主动权都在我的手上。我得继续往下说:"你不是说水野教授的笔记本电脑无法解读吗?"

"嗯。"

"这么说教授把电脑留下了,可能放在了旅馆或宾馆里。可是大家却认定还有一份水野报告。这事就奇怪了。调查的内容都在电脑里,却另有一份可以随身携带的报告。难道是为了以防万一做了备份？这么私人的事情庚申讲肯定不知道。调查结束后庚申讲得知教授总结了一份报告，于是大家开始寻找。他们怎么知道有这份报告的？答案就是水野教授自己说的。他打电话给庚申讲，说东西做好了，现在就拿过去。他决定要把东西交出去了，所以庚申讲才知道除了笔记本电脑还有一份水野报告。"

我听见琳花在黑暗中发出一声叹息："了不起，你说得一点不错，你从这些琐碎的细节里推断出来的啊？"

太棒了，我本没有百分之百的把握，没想到被我猜中了，可现在还不能太过得意。

"我想的还不止这些。"我稍微顿了顿，"我从报纸上找到了水野教授死亡的消息，又从三浦老师那里听说了常盘樱的死。之后我联系起这两件事，自己也吓了一跳。他俩竟是同一天死的。三浦老师说常盘樱死的那天正好是'集会的前一天'。庚申堂举行的集会也就是庚申日了。那庚申日前一天，玉菜姬是要一个人待在庚申堂的。刚才你说玉菜姬负责在集会时给大家敬酒。这种说法我现在已经不相信了。你说玉菜姬不过是文化节上表演的灰姑娘，这话我也不信。五年前，水野教授死了，上一代的玉菜姬也死了。这种事过去也发生过很多次吧，就像是个翻版。这种重复发生的事故一直到五年之前还在持续,可要说现在就突然不再发生了,谁会相信?玉菜姬是庚申讲的一个象征,也许她平时确实只负责给人敬敬酒,可一旦遇到需要外界帮助时,她就成了整个镇子的代表。所以我想,水野教授会不会把报告交给了玉菜姬呢?"

我觉察到琳花的动作和呼吸,但看不清她脸上的表情。如果五年前的火灾把这附近的大树也全烧掉的话,那我现在借着月光就能看清琳花的表情了。

水野教授把报告交给了玉菜姬,也就是交给了庚申讲。因此水野教授不再有价值,接下来发生的就是镇上惯常的做法了。

"而关于他们在交接报告的地方为了报酬发生了争执,这大概是我瞎想了吧?到上一代玉菜姬为止,这里还在用蜡烛照明不是吗?太危险了。万一蜡烛倒了就可能造成火灾。但是人们在承认庚申堂是被原因不明的火灾烧掉的同时,又传出玉菜姬在火灾之前就已经死了的流言,那我刚才的推断也可能还算靠谱吧。你说呢?"我问琳花,她没有回答,她似乎不想把具体的细节告诉我。那算了吧,反正我也没指望她说。

至此,这些都是一个陌生城市里一群陌生人之间发生的案件。我关心的是接下来发生的事。

"听说火灾发生时,有目击证人,可警察却没有询问证人的口供。这是为什么呢?"

"……"

"顺便说一句,这下面有一户姓森元的人家。小悟曾跟我说过这样的傻话,他说他在那个人家住过,还说在家附近同一个跟我现在年纪相仿的女孩子,在一个像是森林的地方做过游戏。琳花你不是问我庚申讲的人为什么要拐骗小悟吗?这件事也正是我想问的,不过我自己想了一下。"马上就要分出胜负了,"因为小悟就是五年前火灾的目击证人。"

如果小悟没有发生意外,我大概根本不会想到这一层。就算是出现这种想法,也一定会被我一笑带过。可小悟没有回来,这反而叫我更加疑惑了。如果我反过来想他大概是被人盯上了,那我就只能得出这个结论。"那小子一看到电视上有火灾的新闻就特别兴奋。而且五年前警察之所以没有向目击者调查取证,就是因为目击者年纪实在太小了。"

"所以呢?"琳花插了一句,"那大概是警察或者消防局想找小悟问话,跟庚申讲没关系不是吗?"

我起初也是这么想的,如果单凭火灾的目击证人这一点,小悟并不会引起别人的注意。但事情不是这样的。根本原因就是问题并非出在小悟目击了火灾这件事上。

"那小子目击了火灾的发生,就说明五年前的庚申日前一天他到过这里,那他就很可能是常盘樱生前见的最后一个人。他也有可能知道水野报告的下落。"

"你是说可能?"

"我只能说是'可能'。可五年前的那些人他们一定确信如此。火灾发生后他可能自己也说过跟玉菜姬见面的事。"

"你的意思是他们就为这把孩子拐走了?"

他们的目的是水野报告。也许打印出来它不过就是一张纸而已,就算找到了也未必能保证改变什么。

如果是我,我就这么想。琳花大概也是这样想的。可我还是提高了嗓门:"琳花你不是告诉过我吗?高速公路是拯救镇子的最后一个梦想了。这里基本上已经没有了企业,商店街的商店也几乎全部倒闭,学校越来越少,剩下的学校教室有一大部分都空着,高速公路便成了它们唯一的神。我觉得这想法很可笑,我对此嗤之以鼻。可是琳花你说镇子上的人不这么认为。"

去跳蚤市场那天,我去借用厕所,在文化会馆里迷路了。我把印着"有关召开重新探讨招商的会议"的广告纸重新贴到告示牌上去。就因为这点小事,一个讨厌的男人就把我全身上下好好打量了一番,最后明知道是搞错了,还教训我,叫我别惹事。如果光是这些还没什么,最多也就是知道了镇子上有讨厌的人,然而更可怕的事还在后头。

"三浦老师不是遭车祸了嘛。我去探望他并向他打听了。老师说他是被人暗算的。"

"那老师本来就怪怪的。"

我拼命摇了摇头。

"不是这样的。我想起来了。我见过'有关召开重新探讨招商的会议'的广告纸,是老师借给我的那本书里夹着的。老师那种人即使去开会,也是出于好奇。可就在开会的那个星期天,老师被一辆卸掉了车牌的小面包车给撞了,人差点死掉。你看到底哪件事比较诡异?"

老师感觉他是因为在调查玉菜姬的传说才遭人暗算的。我并不这么想。他说跟《常井民话考》这本书有关的人都死了,但人即使活着也总有一天会死。这是偶然吗?如果真是因为研究的原因,那老师在镇上一边教书一边搞研究,直到那个星期天之前都安然无恙,不是很奇怪吗?

我是这么想的。三浦老师虽是外人却爱惹事。虽是外人,却被大家误认为是不满于将高速公路引入镇子以寻求最后希望的那类人,所以他们为了教训教训他,才撞了他的车。因为这事在班级里传开了,所以跟三浦老师走得比较近的我在班里就遭到了白眼。

"不好意思,我不认为高速公路会给镇子带来希望。那些都是狂热的想法。"借着从树叶间漏下的月光，以及渐渐适应了黑暗的眼睛，我看见琳花微微点了点头。

"正因为是狂热的想法，才会找大学教授来写些什么对自己有利的报告，还会为了破坏反对派的集会突然搞个跳蚤市场出来。还拐骗儿童啊？太厉害了吧？遥遥。"琳花的话语叫我感到一丝暖意，"这么短的时间你就收集了这么多材料。我真是小看你了，遥遥。但这不仅是我的问题，因为跟我听说的有出入。"

你听说的？

我在琳花的剪影中看到她微微做了个投降的动作。

"遥遥不喜欢小悟，无论他发生什么事都不会出面相救。我听人家这么说的。"

我自己也很意外，自己居然会这么冷静地接受了琳花的这种说法。琳花终于承认是庚申讲拐走了小悟，另外，我的事庚申讲也已经知道了。前者我基本上早就猜到了，所以并不吃惊。只是后者……我有点不明白。

"我当然不喜欢他。不过，不过……"我在考虑措辞。

小悟没有帮手。

自从爸爸走后，我曾强烈地祈求过神，那几十张签条都告诉我"你等的人会来"。

可是从爸爸那里来的只有一纸离婚申请。

照我的经验说,这世上没有神。

没有神,也就没有玉菜姬。

这世上不存在一代一代可以通晓过去和未来的女子玉菜姬。三浦老师借给我的民话集讲的不是神存在的故事,只是一个贿赂和杀人的记录。如果我早点觉察到这些理所当然的事情,那小悟为什么说他来过这个镇子,又为什么说他对这个镇上发生的事情都"看到过",答案就再明显也不过了。

答案就是小悟真的见过。

五年前,妈妈带小悟逃出了镇子。妈妈知道玉菜姬的故事里,甚至有关"镇上发展"的内容中有很多死亡的记录吗?她知道最近发生的水野教授死亡事件,也是这不断重演的死亡故事中的一个吗?我觉得她知道,所以她才为了保护小悟,而离开了坂牧市。

后来妈妈遇到了我爸爸,他们结了婚。因为双方都是再婚,我记得他们关系还挺不错。虽然具体事情我不太清楚,但似乎是蛮幸福的。至少他们在经济上还过得去。

可我爸爸不见了,没了去处的妈妈,带着小悟外加我这个大包袱,不得不再回到她之前已经逃离的镇子。现在想想,我们现在住的房子妈妈很容易就借到了，妈妈的工作也很简单地就落实了。

我知道有人在帮妈妈，可我最多只想到他们可能是妈妈以前的老朋友。可事实似乎并非这么简单。现在说来，我们搬来的那天晚饭，吃的是荞麦面。妈妈说是她以前的熟人店里给送来的，我应该多看那碗荞麦面几眼的，兴许那家店就是琳花家的呢。

小悟没回家时，妈妈对我很好。为什么她能对我这么好？

我摆出一副知道底细的样子，妈妈就不应该对我这么好。妈妈应该揪住我的领子，甩我几巴掌，边哭边大声骂我的啊。她该说："你，是不是知道什么？"可妈妈没这么做。为什么她能对我这么好呢？

因为她事先就知道小悟不会回来的。而且她也知道其中的原因，是谁在背后做手脚。她对这些都一清二楚。

小悟，这个突然闯入我跟爸爸的生活的傻孩子。老觉得别人对他的批评没有道理，没有一天不故意虚张声势，没有一天不胡言乱语，稍一碰到困难就哭鼻子，一个难缠的小学生。这样的一个小悟，每次一哭，妈妈就会温柔地抱住他。

可妈妈……出卖了他。

虽然破旧却很宽敞的住家，周末可以休息，来得及回家准备晚饭的工作，这些对妈妈来说都有足够的诱惑力吧。倘若从她逃离的家乡，有人捎话给她"只要让我们跟小悟谈几句话，我们就给你提供住房和工作"，妈妈定是不会拒绝的。也可能妈妈自己提出："我现在生活很困难，如果能提供一点帮助，我可以重新考虑把小悟交给你们。"可妈妈一定很愧疚，她为了保护自己，向我撒了谎——说小悟没有来过这里。

搬家以后，小悟惧怕自己的记忆。明明是见过的事，却被最信任的妈妈否认了，小悟陷入了混乱之中。那家伙不管怎么哭，妈妈也从没说过一句"没事，因为你真的见过，所以没什么可怕的"。妈妈对我就像天使一样温柔，可她终究不是天使。当我第一次悟出这个世上没有神时，就开始怀疑妈妈的话。我觉得其中有些深意。

于是，我想，倘若妈妈不帮小悟，倘若这个镇子都在逼迫小悟，那我即使不愿意，也必须帮小悟一把。

因为我是他姐姐，我真的很烦。

"总之我是他姐姐嘛。"我说得很轻，琳花大概没听见。

琳花宽慰我说："我能理解你的担心，不过，没事的。就给他做个小测试，完了就会好好地把他送回去的。只要小悟想起他把水野报告藏哪儿了就行。

即使想不起来也没办法了。雪里，哦，就是小悟的妈妈，她也知道的。要不是遥遥你这么激动，一切都会稳妥地过去。"

开什么玩笑！

"你觉得我会相信吗？你知道给镇上庚申讲办事的人都没有好下场吧？就算书上写的都是胡说八道，至少水野教授的死是真的吧？你说什么稳妥地过去，我怎么可能相信？庚申讲真是奇怪。他们为唤起小悟的记忆会做些什么？"

说到这儿，我才想到。他们为了唤起小悟的记忆会做些什么呢？

怕不是？

"你们，莫不是，觉得小悟能'预知未来'吧？"

有办法可以让人把将想起还未想起的事记起来。

比如，我搬来时必须在二楼做些事。可我跑到玄关时才突然意识到，我把要做的事忘了。那要怎么办？如果是我，就会重新回到玄关。我扔纸团那次也觉得自己以前同样这么干过，可就是想不起来是什么时候干过的了。那我就再扔一次纸团试试。只要把跟当时同样的情形再现一遍，就能回忆起当时自己心里的想法。

天很黑，可我还是看到琳花在笑。

"是啊，我们给小悟再现他当时住在镇上时发生过的事，帮助他把记忆找回来。"

商店街的那次抢劫，原来就是第一次，最费事的情景再现啊。

可事情还不止这一件。我们现在住的地方必须过了报桥才能到小学去上学。过桥让小悟想起了水野教授的死。他说有个胖胖的老师死了，后来还说看见河滩上铺着"蓝色的毛毯"。我到现在才知道他说的"蓝色的毛毯"是什么意思——盖尸体的蓝色塑料布。

诱导小悟去森元家，也就是小悟从前住过的地方。这个方法也设计得很巧妙。那个写着"悉皆"的独角仙形状的广告牌。那东西之前小悟住在这里时就有吧。可现在商店已经倒闭了，广告牌也撤了下来。在商店大甩卖的广告纸上没有印那个广告牌。然而，就在小悟到商店街来时，它又重新挂了出来。大概小悟小时候是认着这个广告牌回家的吧。

"镇子整个成了一体？"

"嗯，是的。"

"就为了唤醒小悟的记忆？"

"对。"

琳花好像一点不当一回事似的肯定了我毫无道理的推断。原来真的是这样。

这镇子原来从我搬来那天到现在，都不过是一个要唤醒小悟记忆的大规模舞台布景啊。

真是太不正常了！

"就像遥遥你说的,水野教授和常盘樱为了报酬的事发生了争执。水野教授希望结束调查后也能跟常盘樱保持那种关系,可常盘拒绝了。就像过去发生过的一样。然后他们吵了起来……蜡烛倒了,庚申堂着火了。在房子全烧着之前,小悟跑了进来。好像他爸爸妈妈不在家。把一个三岁的小孩一个人留在家里……算了,人家的家事不说也罢。常盘樱跟之前的玉菜姬一样,必须去死。所以她在火势还没有全部蔓延前就把水野报告交给了小悟。叫他好好保管。小悟特别听话,超乎了常盘的想象。他把东西藏了起来,大概是小孩子的顽皮吧,他怎么也不肯把藏东西的地方说出来,只一个劲地说除了常盘他谁也不给。很可爱的。其实他要是直接把东西交给大人,事情也就结束了,可他没交,所以后来就复杂了。大家还没想出好的办法,他们一家就搬离了常井,小悟也把火灾的事给忘了。"

原来这才是事情的起因啊。

"虽然方法上有些缺陷,可小悟还是想起了不少事。真叫人高兴。大概遥遥你没意识到,你在其中也发挥了作用。三岁的小悟常跟常盘一起玩,他当她是姐姐。因为遥遥充当了他的姐姐,才让他很顺利地想起了过去的一些事情。不过,对不起啊,遥遥,我不能再说了。最后的表演还没开始。"

五年前的庚申日前夜,小悟从燃烧的庚申堂拿走了水野报告，然后藏了起来。为了让他找回当时的记忆，大家为他准备了最后一场戏。那就只有一个可能了。

"琳花。你想再现火灾？"

琳花用唱歌般的声音说："常井所有的事都在轮回，这镇子就这样。时间不早了。你赶紧回去吧。我也要到庚申堂里去了，和五年前一样被烧死。我不能再陪你了。"

我不允许发生这种事。

我从喉咙深处发出一声："别自作主张。你没听我说吗？我跟你做交易。水野报告在我手里。"

黑暗中，琳花突然不动了，她好像在防备什么圈套似的缓缓地向我靠近。

我现在能很清楚地看见她的表情。刚才她那嗓音是怎么回事？难道我听错了？站在我面前的琳花跟我在学校见到时一样。她歪了歪脑袋，说："遥遥，真的吗？"

"我干吗骗你？"

"嗯，说得也是。"她盯着我看，眼里却没有了刚才话语中所包含的狂热。琳花耸了耸肩，跟平时一样。她开口了，就像有过多少次相同经历似的："你大概在虚张声势吧。"

"我刚才说的话，你不懂？你不是也承认自己小看我了吗？我简直无法相信镇上的人会找了五年都找不到。我才来这里十天,就知道水野报告在哪里了。"

"哦,那你让我看看。"

我硬是做出一副嘲笑的表情:"你别开玩笑了。先让我见到小悟。"

琳花想了想,终于点头:"原来这才是关键啊。你跟我来。"

突然,我的脑海里闪过一个不好的念头。琳花会不会装着跟我交易,拖住我?他们若趁现在把小悟转移了,那我就再找不到他了。

"不会的,不会的。"我尽量不让琳花听到,硬是这样安慰自己,"那样的话就不是轮回了。"

要造成一场跟五年前同样的火灾,就必须选在庚申堂。所以小悟一定在这里。我只是误以为琳花会出来接我。小悟肯定在里面。

我们走近庚申堂,从外表看,这间木制神堂造得还真简陋。现在想想,原来是有缘由的。这座庚申堂大概从一开始就是为再现五年前那晚的情景而重新建造的,大家早就决定最后要烧掉它,所以故意造得这么简陋……我是不是想太多了?

琳花把还很新的木门拉开。地上铺着木板。琳花当然是脱了鞋走进去的,我毫不犹豫地没脱鞋跟了进去。万一遇到不测,哪会有让我穿鞋的空闲?

虽然这么做很失礼,但对一个拐走了我弟弟的人来说,没什么礼数可讲。

正面左边的房子是我和宫地裕子见面的那间。不知道那里现在还有饼干吗?正对着我们的是一扇拉门。拉门上画着什么,光线太暗我看不清楚,可我能看见从拉门缝隙里漏出来的光,光线很弱,橙色,在晃动。我没打开拉门就已经确信屋子里点着蜡烛。

尽管我从没经历过突然袭击,但身子已经警觉起来。

琳花转过身,对我一笑:"就是一个大房间。"她用手扣住把手,把门拉开了。我吸了一口气。

屋子比在外面看时还要大,用榻榻米来计算的话,会是多少张榻榻米呢?高高的黑色烛台上点着摇晃的烛火,蜡烛有好几支。屋子正面挂着白色的窗帘,或者应该叫帷帐。帷帐在烛光的照射下闪着光。帷帐后边就藏着庚申讲,不,是有关玉菜姬信仰的秘密吗?如果三浦老师到了这里一定会兴奋地一把掀掉帷帐。可我的兴趣不在这上面。

"我该说欢迎光临吗?你看,很普通吧。"

大房间的中央被四个烛台围着。琳花坐在了榻榻米上,她没有跪坐,双脚往边上伸了出去。我感觉这种坐姿不太雅观。琳花用手握住身边的烛台柄,把三只脚支撑的烛台摇得左右晃动,她半开玩笑地说:"遥遥你要是再晚来一步,说不定就能遇到烈火逃生的一幕呢。"

一点也不好笑。也许明天我去学校,就可以把她当作好朋友了。

琳花的面前,小悟躺着。他就跟平常一样邋遢地把手脚伸在外面。

"他怎么了?"

这回琳花很认真:"没什么。就是睡着了。八岁的孩子,半夜十二点对他来说已经很晚了。"

"还没到十二点呢。"

"我已经让你见到小悟了。你的交易呢?"

"我知道。你看,就是这个。"

我不想靠得太近,就把 U 盘放在榻榻米上,朝琳花推了过去。再让我重复一次,恐怕我也做不到了,我把 U 盘准确地推到了琳花手边。

琳花有点恶作剧地笑了笑,拾起 U 盘。她眯起眼睛,仔细地端详了一番后,耸了耸肩:"太厉害了,就是它,不会错。遥遥,我好喜欢你啊。"

她既没有问我 U 盘是在哪里找到的,也没有问我是怎么找到的。就算她问了我也不会说。算了,这些都无所谓。

"把小悟还我。"

我不应该先交出 U 盘的,我原打算万一她反悔我就揍她,脸上拼命装出唬人的表情。可琳花很干脆地就点了头:"嗯,你带他走吧。"

  我很犹豫,不知道该叫醒他还是就这样让他睡着。刚准备靠近,又停下了。有一件事我还得问一下:"你……"

  "什么?"

  "琳花你不认为高速公路会通到我们这里来吧?不认为通了高速公路就会改变一切吧?那你为什么要做这种事?"

  琳花轻轻吐了吐舌头:"对不起啊,遥遥。我也有我的苦衷。"

终 章

起风了，吹散了天上的云彩。若没有那些树叶，今晚会是一个明亮的夜晚。月光太亮，照得我接下去的行为叫人难堪。

庚申堂的榻榻米屋里，小悟手脚自由，头枕着折成两段的坐垫安稳地睡着。

"小悟，小悟。回家了。"我在他脸上拍了两三下，可这八岁的孩子根本没醒，只懒懒地哼哼了几句。

琳花不知何时已经走了，我没有听见她的脚步声，也没有听见她拉门的声音。也许是我一心放在小悟身上，把它们都忽略了。

到最后小悟也没醒，我便背起他回了家。明亮的月光让我们显得十分惹眼。如果月黑风高我们就能悄无声息地回去。真叫人气愤。

也许是睡得太熟了，小悟绕在我脖子上的手渐渐耷拉了下来。我只好不停地颠着背，不让他从我身上摔下去。午夜十二点，夜风已经很凉了，我们走在沿河的路上，本该更冷。可因为背上驮着重重的一个人，人的体温暖暖的，我竟一点都不觉得冷。明天早上妈妈会用怎样的表情面对起床的小悟呢？

想到这里,在些许感伤的背后,我还颇有点痛快。妈妈会不会瞪大了眼睛,像见到鬼一样当场吓昏过去呢?还是跟往常一样,柔声地叫着"吃早饭咯,洗完脸赶紧过来"?也可能她会恨我多管闲事吧?不过,算了,不管那么多了。

小悟又要从背上掉下去了。

"这小子睡觉时还真是傻啊。"我骂了他一句,可他并没有反驳我说:"说人家傻的人才傻呢,傻瓜遥遥。"好无聊啊。我停下脚步,弯了弯身子,把小悟背得更上一些。

我把自行车留在路上了。背着小悟没法骑车,我本想把自行车停在一个不太扰乱通行的地方,或许某些自以为是的人会以为车是被随手丢掉的吧。这也没办法。

夜风拂来,我有点想哼首歌了。可我一开口就哼出了不太着调的曲子,干脆还是不哼了。

于是我琢磨起其他事。

琳花仔细检查了我找到的那个U盘就说"没错"。可U盘上除了贴着标签,并没有写字。为什么她肯定那就是水野报告呢?U盘的种类很多,每个厂家的设计也不尽相同。大概庚申讲的人听水野教授说过他用的是哪家的U盘吧。可仅凭这一点就能断言东西没错吗?也许我随便从哪家店买了一个空U盘来交换呢？

如果说那个U盘上有特殊的标志，应该就是被火烤过的痕迹吧。大概有人知道水野报告装在U盘里，U盘上的塑料部分被火烤化了。这个人一定不是小悟。他根本不知道从常盘那里拿到的东西叫什么。这点我还真没法说他傻，因为他那时才三岁呀。

水野教授会不会知道呢？他有没有见到装着自己调研报告的U盘被火烤了呢？从时间上来说，这个可能性还是有的。教授为了送报告去了庚申堂，然后当晚就淹死了。现在我没法向琳花求证了，教授是被庚申讲的人推下河的吧？凭我的直觉，推他的人大概就是阿丸。就是那个在蔬菜店偷东西也没人管的阿丸。他的这种特权应该就是对他只身犯险的奖赏。也可能我在文化会馆跟他有过不愉快的接触，所以对他的看法就带着偏见。

水野教授死的那天晚上，庚申堂被一把火烧了，水野报告跟着不见了。所以水野教授有可能看到U盘的一部分被火烤化了。可他有机会或者有必要在死前向人提起此事吗？应该没有吧。那剩下的就只有常盘樱了。身为玉菜姬的她拿到U盘，把东西托付给看到庚申堂起火而跑来的小悟，嘱咐他好生保管，这以后她就离开了人世。她知道U盘里装着水野报告，也知道U盘被火烤过，而且她也知道小悟拿走了U盘。

尽管为了唤起小悟的记忆，整个镇子都变成了一个情景再现的大舞台，这事做得有些荒唐，却也有其可行性。只是他们为什么这么肯定小悟知道藏U盘的地方呢？知道这件事的，只有小悟和常盘樱两个人呀。

常盘樱死了。所以她不可能跟别人说。可琳花却很清楚。身为玉菜姬的琳花看到了只有上一代玉菜姬才见过的东西。换言之，就是她们拥有共同的记忆。只能这么解释。疑团还不止这些。

对于五年前常盘樱死于火灾一事，琳花说："常盘跟过去那些玉菜姬一样都必须死。"她这么说，仿佛她全都亲眼看见过一样。可引起我注意的却是另外一件事。火灾发生时，常盘樱把水野报告交给了小悟。如果这场火灾一个三岁的孩子都能逃脱，为什么常盘樱逃不出去呢？或者说她为什么不逃呢？

三浦老师告诉我，有传言说常盘樱在尸检时没发现肺部有煤灰。我虽无法判断真伪，但如果真是这样，那就说明火灾之前常盘就已经死了。从顺序上来说，把U盘交给小悟应该是在起火了、水野教授走了之后。那么当时在庚申堂的就只有常盘一个人，她应该是自杀的。就像《常井民话考》中记录的跳崖自杀的小朝一样。

为什么她能这么轻易地就选择去死呢？虽然我有时也会想去死，但终究没这个勇气，就一直活了下来。为什么玉菜姬们这么不怕死？就好像她们知道自己能重生，一切还会轮回似的。明天我到学校去问问琳花，她现在究竟几岁了？也许我能听到有趣的答案。

不过，一切都结束了。不论玉菜姬的本来面目如何，妈妈又如何考虑，还有我今后在学校又会发生什么，即使爸爸再也不回来，这些都已经不重要。我都得活下去，无论如何生活最终都是不易的。也许我终将疲惫，为抓住最后的一线希望不择手段。可现在，今晚，我还是想早点回去睡觉。

小悟在我背后轻声地咕哝了些什么，佐井川哗哗的流水几乎遮住了他低低的声音，我仔细听了听。

"遥遥。"

"干吗？"

"遥遥。"

"干吗啦？"

"……姐姐。"

跟睡得迷迷糊糊的人说什么都没用。

这小子今后也很艰难。他所享受的关爱也不都是无限、无偿的。妈妈对此早就心知肚明，而我今晚才领悟，这小子总有一天也会明白的。只是，小悟，如果其他人都不站出来支持你，那你就告诉我。如果你听我的话，长成能独自落泪的男子汉，说不定我也会重新考虑。

我在风中喃喃道:"没事。没事了,别担心,好好睡吧,傻瓜。"

明灭的街灯照耀下,我终于看见了我们的家。

我听见背后传来沉稳的鼾声。